우리는 다시
강에서 만난다 2

우리는 다시
강에서 만난다 2

나의 친구 두우쟁이에게

이상복 장편소설

매일경제신문사

소년은 어른이 되었습니다.
그리고 두우쟁이는 세상과 작별했습니다.
어른은 먼저 떠난 친구가 살아보지 못한 삶을
대신 살아가기로 했습니다.

차례

가정환경 조사서

내 나이 열다섯 살, 나는 중학생이 됐다. 초등학교 때 나하고 친했던 놈들은 죄다 중학교에 진학하지 못했다.

올해 2월 초에는 초등학교 졸업식이 있었다. 아버지는 졸업식이 대목이라면서 하필이면 내가 다니던 초등학교 앞에서 꽃 장사를 벌이겠다고 나섰다. 나는 창피해 죽을 지경이었지만 아버지도 오죽하면 그러려니 싶어 말리지도 못했다. 그날 아버지는 교문 앞에서 장사꾼들 무리에 섞여 꽃다발과 졸업장을 둥글게 말아서 넣을 수 있는 갖가지 색깔의 통을 팔았다.

졸업식의 첫 순서로 교장 선생님의 일장 훈시가 있었다. 그러고 나서 풍금 소리에 맞춰 졸업의 노래가 울려 퍼졌다.

"빛나는 졸업장을 타신 언니께 꽃다발을 한 아름 선사합니다…"

졸업식장 분위기가 숙연해지기 시작했다.

"잘 있거라 아우들아 정든 교실아, 선생님 우리들은 물러갑니다…"

졸업생들이 답변의 노래를 부르자 졸업식장은 완전히 눈물바다가 됐다.

그 시절 졸업식이 그렇게 눈물 넘치도록 서러운 행사가 되었던 이유는 많은 졸업생이 상급 학교에 진학하지 못하고 그 졸업식을 끝으로 각박한 사회로 흩어져야 했기 때문은 아니었나 여겨진다. 여기저기서 아예 작정을 한 듯 엉엉 우는 소리도 들렸다. 나도 차가운 땅바닥에 주저앉아 땅을 치면서 엉엉 울었다. 주변 분위기 탓도 있었지만 졸업식장에 나오지 않은 짝꿍 때문이었다.

6학년 내내 짝이었던 민구는 그날 졸업식장에 나오지 않았다. 민구는 중학교에 진학하지 못했다. 아마 혼자 울고 있을 것이다. 혼자가 아니라 민구 어머니도 함께 울고 있을지도 모른다. 민구는 위로 형이 하나, 아래로 누이동생이 둘 있었다. 민구가 3학년, 형인 윤구가 5학년 때 아버지가 돌아가셨다고 했다. 그것도 오랜 병을 앓다가 빚만 남기고 돌아가셨다. 그래서 윤구 형은 초등학교를 졸업하고 가발 만드는 공장에 취직했다. 소년 가장으로 가족의 생계를 책임져야 했기 때문이다.

이제 민구도 취직해서 가족의 생계를 도와야 했다. 민구는 나보다 공부도 월등히 잘했다. 하지만 몸이 약하고 말수가 적고 숫기도 없어서 잘 어울리는 친구가 없었다. 나는 민구에게 신문 배달을 같이하자고 권했었다. 신문팔이를 하면 돈을 많이 벌 수 있다면서…. 그래서 민구는 신문 배달을 시작했지만 몸이 약한 탓에 오래 하지 못하고 그만뒀다. 또 내가 신문을 팔 때 데리고 가서 신문을 팔아 보라고 권했지만 한 번 거절당하자 얼굴이 빨개지며 포기해 버렸다. 그런 민구가 불쌍했다.

졸업식을 마치고 민구의 졸업장을 대신 챙겨서 그의 집으로 갔다.

민구네 집에 도착했을 때 어린 누이동생 둘이서 밥을 먹고 있었다. 집은 다 쓰러져 가다가 썩은 각목 기둥에 걸려 겨우 서 있는 시늉을 내고 있는 판잣집이었다.

"나는 민구랑 같은 반 친구 칠복이 오빤데, 민구 있지?"

"오빠는 아침에 공장 갔어요."

둘 중 조금 큰 아이가 말했다. 몇 학년이냐고 물었더니 4학년이라고 했다. 죽은 숙이와 동갑이었다. 나는 또 죽은 숙이 생각이 났다. 잊을 만하면 생각나고, 또 잊을 만하면 자꾸 생각나서 날 우울하게 만들었다.

두 여자아이는 뜨거운 물에 밥을 말아 먹고 있었다. 반찬이라고는 달랑 김치 한 접시가 전부였다. 그들의 궁색한 꼴이 불쌍해서 호주머니를 뒤졌지만 돈이 없었다. 돈이 조금이라도 있었으면 줬을 텐데. 그날 따라 내 호주머니도 텅텅 비어 있었다.

누이동생들의 말에 따르면 민구는 올해 초부터 윤구 형이 다니는 공장에 같이 나간다고 했다. 그래서 캄캄해서야 돌아온단다. 그 말을 들으며 나는 눈시울이 뜨거워졌다.

같은 동네에 살던 영범이도 중학교에 진학하지 못했다. 아니, 영범은 진학에는 전혀 관심이 없었다. 영범이는 빨리 돈을 벌어야 한다고 말했었다. 같이 살던 동네가 철거되면서 나와 헤어지고 난 후 영범은 나보다 질이 더 나쁜 친구들과 어울렸다. 학교에서 주먹질 잘하는 아이들과 몰려다니는 모습을 여러 번 목격했다. 그 아이들도 대부분 중학교 진학을 하지 않고 취직을 한다고 영범은 말했었다.

돈을 벌어서 먹고 싶은 것도 사 먹고, 입고 싶은 옷도 사 입고 싶어

하는 영범이 마음을 나는 충분히 이해할 수 있었다. 신문을 돌리면서 여유가 생긴 나는 나름대로 돈을 써봤기 때문이다. 우동이도 정규 중학교에 진학하지 않고 낮에는 공장에 나가고 저녁에는 교회에서 운영하는 공민학교에 다닐 것이라고 했다.

나는 운이 좋은 놈이었다. 내가 중학교에 가겠다고 말했을 때, 아버지는 "중학교는 무슨 얼어 죽을 놈의 중학교냐! 나는 초등학교도 안 나왔다"라며 내 머리통을 쥐어박았다. 그런데 어머니는 어디서 무슨 말을 듣고 왔는지 중학교는 보내야 된다며 나를 거들었다.

나는 계속 중학교에 가겠다고 고집을 피웠다. 보급소에서 같이 신문을 돌리는 형들도 전부 중학교나 고등학교에 다니는데, 다들 스스로 돈을 벌어서 다닌다고 했다. 내가 돈 벌어서 갈 테니까 걱정 말라고 떼를 써서 겨우 아버지를 이겼다. 나의 돈 버는 실력을 익히 알고 있던 아버지는 내 말에 일리가 있다고 생각했는지 더 이상 우기지는 않았다.

보급소 형들 중에서 학교에 다니지 않은 사람은 단 한 명도 없었다. 모든 형이 학교에 다니는데 내가 중학교에 진학하지 못하면 보급소장이 신문 배달을 당장 그만두라고 할까 봐서 중학교에 가겠다고 막무가내로 고집을 피웠던 것이다. 내 말대로라면 결국 신문 배달을 계속하기 위해 중학교를 진학하는, 매우 웃기는 이야기였다. 보급소장은 학교 다니면서 공부 잘하는 신문 배달 소년을 무슨 큰 벼슬이나 하고 있는 사람쯤으로 여겼다. 자기는 학교를 제대로 나오지 않았는데도 성공했다고 매일 자랑하면서.

얼마 후 중학교 입학식이 있었다. 연단에 선 교장 선생님이 학교 자랑을 길게 늘어놓기 시작했다. 3월이라지만 꽃샘추위로 한겨울보다 더 추워 죽을 지경이었다. 신입생들은 입학식 내내 몸을 덜덜 떨었다.

내가 입학한 중학교는 언뜻 보기에 건물이 매우 낡았으며, 운동장도 코끼리 코딱지만 했다. 그런데 그게 무슨 자랑거리라고 하염없이 읊어 대는지 모를 일이었다. 차라리 그렇게 억지로라도 자랑이 하고 싶으면 '나는 얼굴이 영화배우처럼 잘생긴 사람입니다' 하고 터무니없는 흰소리를 늘어놓는 것이 오히려 더 어울릴 것 같았다. 하기야 맨 처음 우중충한 건물과 운동장을 보고 크게 실망하고 있을 게 뻔한 신입생들의 입막음을 위한 교장 선생님의 몸부림이라고 치면 이해할 만도 했다.

입학식 바로 다음 날부터 본격적인 학교생활이 시작됐다. 새 선생님을 맞이하는 우리는 다들 약간씩 긴장하고 있었다. 교실에 들어와서 자기 자랑만 늘어놓다가 나가는 선생님이 있는가 하면, 중학교는 초등학교와 다르다면서 자기 말을 잘 안 들으면 반쯤 죽여 놓겠다고 대뜸 으름장부터 놓는 선생님도 있었다. 특히 '기율반장' 노릇을 하는 체육 선생님은 부리부리한 호랑이 눈을 달고 있었다. 눈은 호랑이였지만 덩치가 작아서 사실 새끼호랑이라고 불러야 옳았다. 아직 총각이라고 밝힌 새끼호랑이는 학교 앞에서 자취하고 있으니 우리들보고 놀러 오라고 했다. 아마 아이들을 좋아하는 모양이었다.

그중 수학 선생님이 가장 기억에 남는다. 당시 인기 많았던 영화배우 문희를 약간 닮은 여선생님이었다. 문희라면 사족을 못 쓰던 나는 수학이라면 이를 갈 만큼 싫어했지만 그 선생님한테만은 호감을 가졌다. 그런데 수학 선생님은 동작이 너무 느렸다. 수업 시간이 끝나는 종이 울려도 금방 나가지 않고 늘 몇 분씩 설명을 더하곤 했다. 수학을 좋아하거나 싫어하거나 가리지 않고 천금 같은 쉬는 시간을 야금야금 갉아먹는 이런 선생님의 행동을 좋아하는 아이들은 하나도 없었다. 한마디로 정성이 지나쳐서 우아한 생김새에 걸맞는 인기를 끌지 못했다.

어머니는 내가 교복을 입은 모습을 보고 정말 좋아했다. 어릴 적에 배우지 못해서 그런 것 같았다.

"학교 다녀오겠습니다."

중학교에 가면서 내게 달라진 면이 있다면 인사를 하는 버릇이 생겼다는 것이다. 이는 물론 학교에서 배운 것은 아니고, 신문 배달을 하면서 독자들에게 하던 습관 때문이었다.

"아이고, 우리 칠복이 중학교에 가더니 인사도 잘하고. 그래, 그래, 차 조심하고. 공부 열심히 해라, 응?"

'공부 잘해서 뭘 해, 돈 많이 벌어야지.'

나는 공부를 열심히 하라는 말이 제일 듣기 싫었다. 한 번도 그런 내색을 하지 않다가 중학생이 되고부터 갑자기 그런 말을 하는 어머니를 보면 답답하게 느껴졌다. 아버지와 어머니는 돈을 벌려고 발버둥을 치면서, 또 돈이 없어서 그렇게 고생하면서, 또 돈 때문에 자주 싸우면서, 또 내가 돈을 벌어 집에 보태면서 생활 형편이 나아졌으면서도 공부를 하라는 것이 말이 안 된다고 생각했다.

내 생각에는 세상에서 돈이 최고였다. 돈을 벌면서 나는 나름대로 먹고 싶은 것도 사 먹고, 사고 싶은 것도 살 수 있었기 때문이다. 또 민구나 영범과 우동이를 봐도 분명했다. 민구는 나보다 공부를 잘했지만 돈이 없어서 중학교에 가지 못했고, 영범과 우동이도 마찬가지 아닌가. 아버지와 어머니도 내가 돈을 벌어다 바치니 예전과 달리 나를 끔찍이 여기지 않는가?

어머니는 내가 학교에 등교하는 뒷모습을 자주 지켜봤다. 초등학교 다닐 때는 한 번도 없던 일이었다. 내가 한참 가다가 뒤를 돌아봐도 집에 들어가지도 않은 채 "어서 가라" 하고 손짓을 했다. 학교에 가보면 쌔고 쌘 중학생이 된 사실을 뭐 그리 대단하다고 여기는지 참으로 알다가도 모를 일이었다.

아버지도 어머니와 크게 다르지 않았다. 아버지는 새벽에 일어나 장사를 나갔다가 밤에 돌아오기 때문에 교복을 입은 내 모습을 볼 수가 없었다. 중학교에 입학한 지 한참 지난 후의 일이었다. 장사를 마치고 돌아온 아버지가 밤늦게 식사를 하고 있었다. 나는 방바닥에 엎드려 숙제를 하고, 초등학교에 들어간 철이도 옆에서 숙제를 하고 있었다.

"칠복아, 교복 좀 한번 입어 봐라."

"지금 숙제하고 있단 말이에요."

나는 귀찮아서 숙제가 무슨 대단한 일인 양 대뜸 핑계를 대면서 아버지가 모처럼 한 부탁을 거절했다. 그런데 아버지는 퉁명스런 내 대답에도 전혀 개의치 않고 교복 입은 모습을 보고 싶다고 다시 말했다. 교복 입고 학교 다니는 놈들이 어디 한둘이란 말인가. 만약 옆에서 철이가 "형아, 멋있어. 교복 입어 봐"라고 말하지 않았더라면 나는 아버지 말을 끝끝내 들어주지 않았을 것이다.

나는 철이가 초등학교에 들어가서 매우 기뻤다. 다른 애들의 동생들처럼 한두 살이 아니고 여덟 살이나 나이 차이가 나서 함께 놀 수는 없었지만 철이가 학생이라는 게 내게는 아주 대견스러웠다. 철이는 죽은 숙이와 생긴 모습도 똑같고, 순한 것까지 닮았다고 어머니는 말했다. 그런 철이가 학교에 들어간 지 얼마 안되어 아이들한테 맞고 왔다. 철이네 학교는 집에서 멀었다. 집은 번동인데 학교는 월계동에 있는 S초등학교를 다녔기 때문이다. 이사를 자주 다니다 보니 그렇게 됐다. 그래서 나는 등굣길에 철이 가방을 대신 들고 중간까지 데려다 준 다음 우리 학교로 가곤 했다.

철이가 아이들한테 맞고 왔다는 말을 듣는 순간 나는 분한 마음이 하늘이라도 찌를 듯 격렬하게 북받쳤다. 어렵게 말하면 분기탱천했다. 그래서 나는 그날 학교에 지각하기로 작정한 후 철이가 다니는 S초등학교에 함께 갔다. "이 새끼들, 머리통을 박살내 버리겠어" 하고 씩씩거리면서….

나는 교실에 들어가서 철이를 때린 녀석들은 당장 나오라고 소리를 질렀다. 분명히 맞은 놈이 있는데도 때린 놈들은 쉽게 자수하지 않았다. 나는 뒷일이 걱정되어 철이에게 때린 놈들을 지목하라고 시키지 않고 '자수하여 광명 찾으'라고 화가 난 얼굴을 억지로 부드럽게 펴며 말했다. 간첩도 자수하면 용서해주고, '자수하여 광명 찾자'는 표어도 나라에서 만들어 담벼락에 붙여 놓았는데, 너희들도 내게 자수하면 진심으로 용서해주고 싶다고 제법 점잖게 타일렀다. 그랬더니 세 놈이 손을 들었다.

그놈들을 보니 다시 화가 치밀어올라 완전히 박살을 내버리려다 처음이니 협박만 하기로 마음을 바꿨다.

"이 새끼들, 한 번 더 내 동생 철이를 때리면 내가 용서하지 않을 거야!"

나는 눈을 부라리고 위협했다. 녀석들은 눈물을 찔끔거렸다. 나는 교탁 앞에 나가 "앞으로 내 동생 철이를 때리는 놈은 내가 박살내겠다"고 한 번 더 엄포를 놓았다. 철이도 이런 나를 정말 잘 따랐다. 그런데 내가 바쁘게 지내다 보니 철이와 자주 놀아주지 못했다. 그래서 대신 돈으로 때우기도 했다. 철이가 "형아, 돈" 하고 말하면 수금하면서 삥땅친 돈을 얼른 꺼내주곤 했다.

내가 교복 입은 모습이 멋있다고 철이가 그러는 바람에 나는 자리에서 일어나 교복을 주워 입었다. 아버지는 한술 더 떴다. 교모도 써보라는 것이었다. 공부를 열심히 해서 아버지 고생을 면하게 해줘야 된다는 훈계까지 덧붙였다. 아버지도 어머니와 똑같은 착각을 하고 있었다. 공부와 돈을 구분하지 못하는 면에서 말이다.

내 목표는 아버지, 어머니와 달랐다. 신문을 돌리면서 확장을 많이 하는 것이 내 최대의 목표였다. 그러면 내가 받는 성과급도 엄청나게 늘어나리라. 중학교를 졸업하고 보급소에 감독으로 취직한 후 총무가 됐다가, 총무에서 보급소장까지 올라가는 것이 내가 정한 인생의 목표였다. 보급소장은 돈을 많이 벌었는지 검정색 자가용도 가지고 있었다.

그때 내 진짜 신분은 학생이 아니라 신문 배달부라고 해야 맞았다. 그 바닥의 경력도 벌써 3년이나 되었기 때문에 보급소에서도 내 능력을 인정하고 있었다. 나는 신문 배달과 수금, 확장에 남다른 자신감이 있었다. 공부를 열심히 해서 성공한다는 것은 남의 일이지 내 일로 여기지 않고 있었다.

새벽에 일찍 일어나 신문을 돌리다 보니 수업 시간에는 조는 것이 다반사였다. 중학교는 초등학교보다 배워야 하는 과목도 더 늘고 숙제도 훨씬 더 많았다. 매일 자습서를 그대로 베껴 가는 것도 지긋지긋했다. 교과 내용을 잘 이해하지도 못하면서 대충대충 베껴 내도 선생님들은 잘 알아차리지 못했다. 숙제를 깜박 잊어버리고 그냥 학교에 간 적도 많았다. 하는 수없이 숙제한 애에게 좀 베끼자고 부탁하면 대개 잘 안 빌려줬다. 중학교도 사람 사는 동네라서 개중에는 인심 좋은 놈도 더러 섞여 있을 법한데도 그랬다.

한번은 국어 숙제를 안 해 간 적이 있었다. 이놈 저놈에게 숙제를 빌려 달라고 부탁해 봤지만 그날따라 선뜻 제 공책을 내주는 놈이 한 놈도 나타나지 않았다. 평소에 내가 그놈들에게 인심을 얻지 못한 탓이라는 후회가 들었지만 이미 소용없었다. 그래서 숙제 베끼기를 막 포기하려는데 다행히 평소 잘난 척을 해대는 형준이라는 녀석이 자기 숙제를 빌려줘서 국어 시간에 여선생에게 깨질 위기를 겨우 모면할 수 있었다.

형준은 이마가 둥글둥글하고 코가 오뚝하고, 입술도 두툼하게 생긴 것이 여자아이들이 좋아할 듯한 인상이었다. 얼굴형도 갸름하여 어떨 때는 도토리 비슷한 것 같기도 하고, 또 어떨 때는 계란을 닮은 것 같기도 했다. 어쨌든 나는 형준에게 한 번 톡톡히 신세를 지게 됐다.

호랑이 체육 선생은 체육 시간마다 기초체력이 중요하다고 강조하면서 뜀박질로 운동장을 여러 바퀴 돌리고 나서 팔굽혀펴기나 오리걸음을 시키면서 우리들을 달달 볶아댔다. 체육 시간에 지친 아이들은 다음 수업 시간에서 졸기 일쑤였다.

어느 날은 특별한 이유도 없이 흥분한 체육 선생이 아이들을 운동장에 이리 굴리고 저리 굴리고 그러다가 제대로 구르지 못하는 놈들은 꾀병을 부린다는 이유로 따로 모아서 굴리며 다른 날보다 유별나게 굴었다. 대답 소리가 작다고 그 시간이 끝날 때까지 마구 굴려댔다. 과목 특성상 체육 선생은 늘 운동장에서 생활했다. 그러다 보니 무더운 여름이면 더위를 먹어서 그럴 만도 할 것이다. 그러나 그때는 봄이 한창인 때였다. 참으로 그 이유를 알 수 없는 일이었다.

그날 체육 시간을 마치고 교실로 들어와서 체육복을 벗고 교복으로 갈아입으면서 나는 그 이유를 짐작할 수 있었다. 형준이 녀석이 책상 위에 올라가서 나름대로의 해석을 곁들여서 전후 사정을 떠벌리고 있었다.

체육 선생은 문희를 닮은 수학 선생을 좋아했단다. 작년에 수학 선생님이 전근 오면서부터 첫눈에 반했단다. 그런데 다른 총각 선생님들도 모두 반해서 그 여선생을 놓고 서로 차지하기 위해 치열한 경쟁을 벌였단다. 그들 총각 선생님들이 벌이는 경쟁은 처절하고 처절해서 이를 지켜보는 다른 선배 선생님들로 하여금 감탄사를 자아내게 했단다.

그중에서도 체육 선생님이 가장 저돌적으로 달려들었단다. 그런데 이를 어찌하랴! 수학 선생은 체육 선생을 제일 싫어했단다. 그 이유는 수학적인 머리와 체육적인 머리는 도저히 조화를 이룰 수 없었기 때문이었다. 그래서 수학적으로 머리를 많이 굴려본 수학 선생이 운동만 하느라 통 머리를 굴려본 적 없는 체육 선생을 '백 대 빵'으로 가볍게 물리쳤단다. 그래서 작년에 체육 선생님은 학교도 며칠 결근했단다.

그리고 역시 수학적인 머리를 가진 다른 남자 수학 선생님이 그 여자 수학 선생님을 차지하게 됐다. 그런데 그 두 선생님이 화창한 봄을 기다렸다가 지난주 토요일 결혼식을 올렸고, 지금은 한창 신혼여행 중이란다. 그러니 지금 체육 선생은 미칠 지경이란다. 앞뒤 분간을 못하는 체육적인 머리는 애꿎게 우리들에게 화풀이를 해댔단다.

입에 침을 튀기면서 열변을 토하는 형준이 말을 전부 믿지는 않았다. 형준이 자식은 뺑이 워낙 세기 때문이었다. 하지만 그 이야기에 대해 반 아이들 중 고개를 끄덕이는 아이들도 있었다. 나는 형준이 해석이 일말 타당성이 있다고 생각했다. 나도 초등학교 5학년 때 주용이네 집에 놀러갔다가 주희 누나에게 반했었는데, 그때 춘길이 자식의 "주희 누나 정말 예쁘지?"라는 말만 듣고도 강한 질투심을 느꼈고, 그 후로는 춘길이를 주희 누나와 떼어놓기 위해 주용이네 집에 갈 때 춘길을 데리고 가지 않았던 적이 있기 때문에 새끼호랑이가 충분히 그럴 수도 있다고 생각했다.

그런 체육 시간 후의 수업이라 많은 아이들이 졸고 있었다. 나는 수업 시간에 조는 데 이미 날고 기는 선수가 되어 있었다. 교실 왼쪽 벽에 붙어 앉게 되면 연필을 쥔 오른쪽 손을 오른쪽 이마에 가져다 댄 채, 무슨 생각을 깊게 하는 듯한 모습을 하고 졸았다. 또 자리가 바뀌어 교실 오른쪽 벽에 붙게 되면 왼손을 왼쪽 이마에 가져다 대고 눈을 가린 채 졸았다. 벽 쪽 자리가 아니면 양팔을 엇갈려 포개서 책상에 대고 책을 보는 척하고 졸았다. 그동안 선생님들에게 한 번도 들키지 않았다. 그날도 여느 때처럼 졸음과 대결하기를 일찌감치 포기하고 내내 졸다가 모든 수업을 마칠 때가 되어서야 졸음이 저만치 달아나게 만드는 일과 부딪쳤다.

종례시간에 담임 선생님이 '가정환경 조사서'를 나눠주면서 빈칸을 채워서 제출하라고 지시했던 것이다. 조사서를 죽 훑어봤는데 별의별 내용이 다 있었다. 좀 잘사는 녀석들이야 망설이지 않고 빈칸을 채우리라. 부모들이 대학까지 나오고 좋은 직업을 가진 녀석들이야 마다할 이유가 없었지만, 나 같은 놈은 기가 죽을 일이었다.

가재도구를 적는 난을 보니 냉장고, 텔레비전, 전축, 자가용 따위가 들어 있었다. 우리 집에는 단 한 개도 없는 물건이었다. 그리고 거기에는 내가 번 돈으로 마련한 벽시계는 나와 있지도 않았다. 정말 창피하게 왜 이런 것을 시키는지 환장할 노릇이었다. 하기야 우리 집에도 자가용은 한 대 있었다. 아버지가 끌고 다니면서 장사하는 리어카도 자가용이라면 자가용이었다. 그래서 나는 자가용 난에 동그라미표를 했다. 그 외의 난은 비워뒀다.

부모의 학력과 직업을 적는 난도 있었다. 어떤 자식은 자기 아버지가 A대학을 나왔다고 떠들어대면서 은근히 자랑했다. 그러나 나의 아버지와 어머니는 학교 문턱에도 가보지 못하고 어깨너머로 겨우 한글을 깨우친 사람들이라 뭐라고 적어야 할지 난감했다. 조금 거짓말을 보태서 모두 국졸이라고 기재했다. 내친김에 아버지 직업도 상업이라고 적어 넣었다. 리어카를 끌고 야채 행상을 다니는 것도 넓은 의미에서는 상업에 속하지 않는가? 내가 자신 있게 적어 넣을 수 있었던 것은 종교 난이었다. 어머니와 아버지가 교회에 다니고 있었기 때문이다. 작성을 마친 가정환경 조사서를 행여나 다른 애들이 볼까 봐 먼저 제출하지 않고 기다리고 있다가, 아이들이 우르르 몰려 나갈 때 슬쩍 끼워서 냈다.

이튿날 종례 시간 전에 반장이 교탁 앞으로 나가 담임 선생님의 지시라며 아이들의 장래희망을 조사하기 시작했다. 반장은 다양한 직업들을 하나씩 불렀고 아이들은 자신의 장래희망과 일치하면 손을 들었다. 정치가, 사장, 교수, 교사, 판사, 검사, 변호사, 의사, 목사, 연예인 따위의 유망한 직업들이 차례로 불려졌다. 나도 손을 들려고 기다리고 있는데 신문사 보급소장이라는 직업은 없었다. 반장은 쪽지에 기록된 숫자를 세어보더니 숫자가 맞지 않는다고 인상을 찡그리며 손을 들지 않은 사람이 누구냐고 언성을 높였다. 나는 말없이 손을 들었다. 그때였다.

"이칠복, 너 언론인 해. 언론인."

형준이 자리에서 일어나 입을 크게 벌리고 웃고 있었다.

"언론인이 뭐 하는 건데?"

"너는 신문사에서 근무하니까 지금도 언론인이잖아."

'아이, 쪽팔리게 저 새끼가….'

　몇몇 아이들이 형준의 말을 확인하기 위해 내게 왔다. 나는 모른다고 딱 잡아뗐다. 전에 신문을 돌렸었는데 형준이가 그것을 두고 하는 말이라고 거짓말을 했다. 형준이 자식은 신문 대금을 수금하러 나갔을 때 우연히 만난 적이 있었기 때문에 내가 신문 배달한다는 사실을 알고 있었다. 중학교에 와서는 이상하게 신문 배달하는 것이 창피해지기 시작했다. 남녀공학을 다니면서 여학생을 의식하다 보니 그런 것 같았다. 어쨌든 형준이 때문에 내 꿈은 언론인이 되고 말았다.

모래무지의 슬픔

신문 배달을 그만두고 싶었다. 그렇지만 돈을 벌어야 제때 학교 등록금을 납부해서 담임에게 들볶이지 않고, 또 학교생활에 필요한 준비물을 이것저것 사야만 내가 가난하다는 사실을 숨길 수 있었다. 내키지 않았지만 신문 배달을 계속하고 있었다.

지난 일요일 보급소에서는 신문 확장과 수금을 독려했다. 확장을 나가도 예전 같지 않았다. 보급소 담당 총무는 실적이 저조하다고 나무랐다. 내가 자꾸 이상해지고 있다는 것이었다. 나는 그 이유를 잘 알고 있었다. 확장하기 위해 낯선 가정집을 방문하는 것이 부담스럽게 느껴졌기 때문이다. 어느 집 대문 앞에서 벨을 누르면 겁부터 났다. 혹시 나하고 같은 학교에 다니는 여자아이가 나오면 어떡하지 하는 걱정부터 들었다. 대범하게 무시해 보려고 애를 썼지만 잘되지 않았다. 당시 나는 월급제가 아니라 성과급을 받고 있었기 때문에 보수도 늘지 않았다. 갑갑하기만 했다.

그날 보급소 총무는 수금 실적이 저조한 나를 지원하기 위해 동행했다. 독자의 집 벨을 눌렀더니 안에서 "누구세요?" 하는 어린 여자아이의 목소리가 울려 나왔다.

"신문 값 받으러 왔는데요."

잠시 후 대문이 열리고 아줌마가 나왔는데, 첫눈에 봐도 별로 예쁘게 생기지도 않은 여자아이가 따라 나와 자기 엄마 옆에서 히죽거리며 웃었다.

"엄마, 쟤 우리학교 애야."

교복을 입은 내 모습을 보더니 그 계집아이가 지껄였다. 말하는 꼴을 보니 나보다 선배인 것 같았다. 마음이 썩 내키지 않았지만 겉으로라도 반가운 척하면서 무어라고 말을 해야 할 텐데 그게 잘 안됐다. 얼굴이 화끈거려 슬쩍 얼굴만 한 번 쳐다본 후 고개를 떨어뜨렸다. 신문대금을 받고 거스름돈을 주고 있는데 옆에 있던 총무가 내 어깨를 툭 쳤다. 내가 감사하다는 말도 없이 무뚝뚝하게 신문 값을 받았기 때문이다. 총무는 내 마음을 모른다. 그날은 마침 일요일이어서 나와 같은 학교에 다닌다고 말하는 아이들이 여럿 있었다. 내 처지가 부끄럽고 처량했지만, 내 가슴이 진짜 조마조마했던 이유는 다른 데 있었다.

나는 보급소를 속이고 있었다. 그런데 하마터면 그 사실을 총무에게 들킬 뻔했다. 신문 독자를 확장했으나 보급소에 보고하지 않고, 몰래 신문을 빼다가 넣는 집이 몇 곳 있었다. 보급소 형들에게 배운 방법이었다. 성과급이었기 때문에 한 집에서 600원을 수금해서 삥땅을 쳐봤자 그 돈이 결국 그 돈이었다. 그런데 새로 확장한 집을 보급소에 보고하지 않고 몰래 별도로 관리하면 구독료 전체가 내 차지가 됐다. 처음에는 들통나는 것이 두려워 망설였지만 다른 형들이 잘해 나가는 것을 보고 용기를 냈다. 그렇게 시작한 비밀 독자가 한 집 한 집 늘어서 작년 가을부터 여러 집을 관리하고 있었다. 우리 가족이 세 들어 사는 주인집은 확실한 비밀 독자였다.

그날 신문 확장을 하기 위해 나와 동행하여 여러 집을 방문하던 총무는 내가 비밀리에 관리하는 독자 집 앞에 이르러 벨을 누르려고 했다. 그 순간 내 정신은 어지러워졌다.

"총무님! 그 집은 어제 내가 확장했어요!"

나는 당황에서 소리를 질렀다. 순간 간이 콩알만 해졌다.

"인마, 그럼 진작 말하지. 그런데 왜 보고 안 했어?"

나는 깜박 잊고 보고하지 못했다고 서둘러 둘러댔다. 총무는 별 의심 없이 다른 집으로 이동했다. 하마터면 들킬 뻔했다. 내가 생각해도 나는 참 운이 좋은 놈이었다. 손에 걸릴 듯하다가도 아슬아슬하게 잘도 빠져나가는 미꾸라지처럼 위기 때마다 누군가가 일부러 나를 돕는 것이 아닌가 하는 생각이 들 정도였다.

가끔 보급소 형들 중에는 들켜서 총무와 소장에게 시말서를 쓰기도 했다. 얼마 전에는 성국이 형이 들켜서 총무로부터 뺨따귀까지 맞았다. 잘못을 실토하고 싹싹 빌어도 시원찮을 판에 성국이 형은 처음부터 아니라고 오리발을 내밀다가 일을 더 크게 만들고 말았다. 총무는 '이놈이 닭 잡아먹고 오리발을 내민다'며 길길이 날뛰다가 자기를 무시한다면서 뺨따귀를 올려붙였다. 성국이 형은 나보다 눈치가 없었다.

성국이 형은 신문을 돌린 지 몇 개월밖에 안된다. 나보다 경험이 부족해서 그런 것이다. 나는 그런 성국이 형이 좋았다. 보급소에 있는 다른 형들은 나이 차이가 많다고 나를 무시하기 일쑤였다. 하지만 성국이 형은 나보다 한 학년 위라서 거리감 없이 얘기를 나누거나 어울릴 수 있었다. 그런데 성국이 형은 약간 멍청하게 생겼다. 항상 입을 헤벌리고 다녔다. 중학교 2학년인데 여자를 너무 밝혔다. 여자가 화제로 오르는 한 나이를 많이 먹은 형들하고 이야기를 나눠도 결코 뒤지지 않았다. 여자 이야기만 하면 입에 침을 흘리면서 집중했는데 그 꼴을 보면 내가 성인만화를 보면서 침을 꼴깍 하고 삼키는 모습과 너무나 흡사했다.

보급소 옆에는 D음악학원이 있었다. 그곳에서는 피아노와 바이올린 따위를 가르치고 있었다. 성국이 형은 그 음악학원에 다니는 단발머리 여중생을 좋아했다. 그래서 늘 그 여중생이 학원에 오는 시간에 맞춰 난간으로 나가 얼굴을 훔쳐봤다. 넉살이 좋은 성국이 형은 D음악학원 원장의 비위를 맞추면서 학원에 놀러 다니기도 했다. 순전히 그 여학생을 한 번이라도 더 보기 위해서라고 나는 눈치 채고 있었다.

그날 총무까지 나서서 온종일 구역을 돌았지만 실적이 별로 좋지 않았다. 오후 늦게 보급소에 들어갔더니 형들이 총집합하고 있었다. 나만 아니라 다들 실적이 신통치 않은 표정이었다.

"칠복아, 잠깐 이리 와 봐."

성국이 형이 배시시 웃으면서 내 팔을 잡아끌었다.

"왜 그래?"

무슨 책을 슬쩍 보여주더니 나를 옥상으로 데려갔다. 옥상에는 다른 사람이 없었다. 성국이 형은 그 책을 꺼내 보여줬다. 나는 눈알이 갑자기 튀어나가는 줄 알았다. 온통 발가벗은 여자들의 사진이 내 눈 속으로 마구 빨려 들어왔다. 전부 서양 여자들이었다. 성국이 형은 그 책을 학교에서 구했다고 나직하게 소곤거렸다. 성인만화를 좋아하는 나를 위해 구했다는 것이다. 나를 위해 구했다는 말에 마땅히 고마움이 앞서야 하는데도 불구하고 그리 기분이 썩 좋지 않았다. 그런 책을 몰래 숨겨 보는 것은 발랑 까진 아이들이나 하는 짓이고, 성국이 형이 나를 그런 놈으로 여기고 있다고 느꼈기 때문이었다.

"형이 가지고 있어. 나는 숨겨둘 곳이 없어."

"네가 가져. 이거 너 주려고 가져 왔어."

"아니야! 나는 필요 없어!"

"야, 너 왜 그래? 요즘 통 웃지도 않고 이상하게 변했어. 혼자 떨어져서 정신 나간 사람처럼 앉아 있기도 하고, 누가 말을 걸면 성질도 부리고…."

성국이 형 말처럼 요새 나는 이상해지고 있었다. 나는 성국이 형의 성의를 아주 거절할 수는 없어서 한 장만 찢어 달라고 했다. 성국이 형은 엉덩이와 가슴이 큰 서양 여자의 벌거벗은 사진을 골라서 찢어줬다. 나는 이를 꼭꼭 접어서 호주머니에 집어넣었다.

중학교 1학년 때인 1975년은 박정희 대통령 시절이었다. 그때는 국가가 나서서 여러 가지 국민운동을 장려했었다. 새마을운동, 만보걷기운동 등 각종 운동이 많았다. 당시 우리나라에서 생산되는 쌀은 국민들이 먹고살기에 많이 부족했다. 그래서 국가 차원에서 혼식과 분식을 장려하고 있었다. 나는 혼식에는 자신이 있었다. 어떤 놈들은 도시락 위에만 살짝 보리를 깔아 왔다. 담임 선생님이 검사를 마치고 교실을 나가면 녀석들은 보리를 살짝 걷어내고 하얀 쌀밥만 먹었다. 이놈들은 겉과 속이 다른 이중인격의 소유자들이었다.

나와 마찬가지로 먹고사는 것조차 어려운 집 아이들이 많았다. 학교에 가면 반 아이들이 싸오는 반찬도 그저 그랬다. 온통 식물성인 풀 종류였다. 어쩌다가 동물성의 영양가 있는 반찬을 싸 가지고 온 아이가 있으면 아이들이 벌 떼처럼 몰려들어 반찬을 낚아채 갔다. 한 명당 한 번씩만 집어가도 반찬 통은 순식간에 동이 났다. 그래서 인심이 좋은 아이는 자기가 싸온 반찬으로 다른 애들 좋은 일만 시키고 정작 자신은 맨밥을 먹었다.

그런데 정말 성질 더러운 놈도 있었다. 소시지 반찬을 자주 싸오던 놈이었다. 어떤 애가 소시지 하나를 집어 먹었다고 자기 반찬 통을 교실 바닥에 내동댕이치면서 소리를 고래고래 질러대는 것이었다. 키가 나보다 조금 더 크고 생김새로 보면 인심이 후하게 보이는 놈이었는데 하는 짓은 좀생원에 개차반이었다. 녀석의 개 같은 행동은 겉만 보고 사람 속을 판단할 수 없다는 격언을 마치 행동으로 증명해 보이려는 것처럼 더럽고 아니꼽고 치사했다.

아이들이 싸오는 반찬은 대개 비슷했다. 김치만 싸오는 애, 단무지

(당시는 '다꾸앙'이라고 불렀다. 요새 단무지와 달리 별로 맛이 없었다)만 싸오는 애, 깍두기를 싸오는 애 등이 대부분이었다. 소시지는 별로 없었고, 계란도 좋은 반찬에 속했다. 나는 쉰 냄새가 물씬 풍기는 김치를 주로 싸갔다. 가끔 국물이 흘러 가방 속 책과 공책이 벌겋게 물들기도 했다. 책가방 네 귀퉁이는 김치 국물에 절고 절어 늘 고약한 냄새를 풍겼다.

신진대사가 왕성한 사춘기 소년들이라 그런지 점심시간이 되기 전에 도시락을 미리 까먹는 놈들이 더러 있었다. 가끔 김치 냄새가 교실을 진동하곤 했다. 특히 여름날은 괴로울 지경이었다. 김치 냄새를 유달리 싫어하던 어떤 선생님은 도시락 까먹은 놈이 자수하지 않자 아이들의 도시락을 일일이 검사하고 김치 냄새를 풍긴 범인을 색출해 벌을 주기도 했다.

그때 반찬 중에서 제일 인기가 있던 쇠고기 장조림을 싸오는 아이들이 가끔 있었다. 한 번이라도 맛보기 위해서는 쇠고기 장조림을 싸오는 그들과 평소에 친하게 지내지 않으면 안됐다.

"하나만 먹자, 응?"

"안 돼, 내가 먹을 게 없단 말이야."

'정말 더럽고 치사하게 시리!'

언젠가 한번은 젓가락을 들고 옆에서 알랑거리면서 하나 얻어먹으려 했지만 자식이 반찬 뚜껑을 확 닫아 버려서 크게 무안을 당한 적도 있었다. 정말 속이 좁은 놈이었다. 까짓 반찬 하나 가지고 되게 위세를 부렸다. 공부를 좀 하는 놈들의 위세는 더 심했다. 이런 놈들의 반찬을 뺏어 먹는 것은 하늘의 별 따기였다. 끼리끼리 모이는 유유상종이라는 말대로 반찬도 주로 공부 잘하는 놈들끼리만 나눠 먹었다.

석우라는 아이가 있었다. 여느 애들과 달리 내게 인심이 매우 후했고 또 나를 좋아했다. 나도 석우를 좋아했다. 석우는 학교에 올 때 늘 어머니가 데리고 왔다. 도시락은 검은 보온 밥통이었다. 반찬도 주로 맛있는 것을 싸 가지고 왔다. 석우가 내 짝이 된 적도 있었다. 석우의 입에서는 늘 지독한 마늘 냄새가 났다. 또 대가리에는 수술로 꿰맨 자국이 있었다. 석우 어머니는 학교에서 나를 보더니 석우에게 잘 대해주고 보살펴주라고 했다.

석우는 항상 입을 벌리고 다녔다. 반 아이들은 아무도 석우하고 가까이 지내지 않았고, 석우는 항상 혼자였다. 석우가 풍기는 마늘 냄새가 너무 지독하다고 지랄을 하는 놈들도 있었다. 반 아이들은 석우가 조금 모자란다고 무시하고 있었다. 물론 석우가 자기 반찬을 나 외에 다른 아무에게도 나눠주지 않았지만, 다른 아이들도 석우 반찬을 달라고 하지 않았다. 석우 반찬의 절반은 항상 내 몫이었다. 내게 맛있는 반찬을 줬기 때문에 석우를 좋아한 것은 절대 아니었다. 다른 아이들이 아무도 놀아 주지 않아서 내가 조금 어울려 줬을 뿐이었다. 하지만 석우는 착하고 순진한 아이였음이 확실하다.

얼마 전에 봄소풍을 갔었다. 나는 소풍이 아예 없었으면 하고 바랐다. 어머니는 평소와 마찬가지로 노오란 다꾸앙과 김치를 반찬으로 싸 줬다. 내가 벌어다 준 돈으로 김밥을 싸줄 만했는데, 쌀 줄도 모르고 바쁘다는 핑계를 대며 그냥 도시락을 싸줬다.

그날 집을 나선 나는 소풍 장소가 아닌 학교로 먼저 갔다. 신문지에 밥과 반찬을 모두 싸서 변소에 버렸다. 이것이 옳은 행동이 아니라는 것을 잘 알고 있었지만 소풍 가서 다른 아이들이 내 밥과 반찬을 쳐다보는 것이 싫었기 때문이다. 그런 후 학교 앞 구멍가게에 가서 내가 좋아하는 카스텔라와 초코우유, 초콜릿을 사서 가방에 넣었다. 점심시간에 먹을 것들이었다. 그런 것들을 먹으면 나를 쳐다보고 흉보는 놈들은 없으리라는 것이 내 생각이었다.

소풍 장소인 동구릉에도 혼자 갔다. 친하게 지내는 놈들이 없어서였다. 점심시간 에는 석우가 주는 김밥을 몇 개 얻어먹었다. 김밥은 정말 맛있었다. 점심시간 후 자유 시간에는 석우하고 여기저기 돌아다녔다. 다른 자식들이 자기들끼리 어울려 사진을 찍고 시시덕거리는 꼴을 보기 싫었기 때문이다. 남은 신경질 나서 죽겠는데 뭐가 그리 좋아 낄낄대는지 녀석들이 얄밉기도 했다.

같은 반 친구들하고 사이가 그리 나쁜 편은 아니었지만 특별히 친하게 지내는 아이도 없었다. 반 아이들 중 누구에게도 내가 신문 배달하는 것을 밝히고 싶지는 않았다. 아니 신문 배달이라는 사실이 밝혀지는 것조차 두려웠다. 신문 배달을 한다는 것은 가난하게 산다는 것을 의미하고, 또 가난한 집 아이들은 사고뭉치가 흔하다고 여길 것이라는 게 내 생각이었다. 내가 가난한 집 아이라는 사실이 밝혀지면 반 아이 중 어떤 놈도 나와 사귀려 들지 않을 거라는, 그래서 어쩔 수 없이 나는 철저하게 혼자일 뿐이라는 생각이 들었다.

그러면서도 나는 마음속으로 항상 집 근처까지라도 동행할 만한 친구를 아쉬워했다. 그러나 마음을 닫고 있는 내 태도로 인해 친하게 지낼 친구가 좀처럼 생기지 않았다. 그 시절 나는 스스로를 울타리에 가둬놓고 그 고독을 아무와도 나누려 들지 않았다. 나는 남의 이목을 너무나 두려워했다. 남들의 나에 대한 거북한 시선으로부터 초연할 배짱이 없었다. 나도 그렇게 나약한 자신이 싫었다. 몸을 자갈이나 모래 속에 감추고 눈과 코만 내놓은 채 적의 동태를 살피는 물고기 '모래무지'가 내 모습이었다.

  나는 언제나 교복 바지 주머니에 두 손을 넣고 고개를 숙인 채 걸었다. 어떤 때는 사람들의 눈을 피해 어딘가로 꽁꽁 숨어버리고 싶은 적도 있었다. 이유 없이 모든 일에 의욕이 떨어져 귀찮기만 하고, 마구마구 짜증이 나기도 했다.

국산품 애용

새벽에 보급소에 갔더니 신문을 배부하다 말고 총무들과 형들이 웅성 거리고 있었다. 신문 1면을 '월남 공산화'라는 제목의 기사가 대문짝만 하게 장식하고 있었기 때문이다. 월남 대통령인 티우는 다른 나라로 도망치고, 국민들은 월맹의 베트콩에게 잡혀서 죽지 않으려고 조그만 배를 타고 자기가 살던 나라를 필사적으로 탈출하고 있다는 보도 기사였다.

"나쁜 새끼."

신문을 보던 영섭이 형이 말했다. 국민들은 죽고 있는데 대통령이 도망간 것을 두고 한 말이었다. 다들 영섭이 형만큼 관심이 있었다. 배부한 신문을 돌리러 나갈 생각은 하지 않고 신문을 읽고 있는 형들이 많았다.

"너희들 빨리 안 나가!"

박 총무가 소리를 질렀다. 나도 신문을 읽고 있었다. 그런데 내가 읽고 있는 기사는 월남에 관한 기사가 아니라, 매일 아침마다 흥미롭게

읽던 연재소설이었다.

학교에 갔더니 담임 선생님은 오늘 아침 신문 1면에 어마어마한 기사가 났는데, 그 기사를 본 사람이 있느냐고 물었다. 나는 그 기사가 무엇인지 알고 있었다. 새벽에 독자들보다 그 기사를 먼저 읽었다. 하지만 나는 손을 들 자신이 없어서 가만히 있었다. 초등학교였으면 벌써 손을 들고 아는 척을 했을 것이다. 그런데 형준이 자식이 깝죽거리면서 아는 척을 했다. 선생님은 형준이가 시사를 많이 알고 있는 놈이라고 칭찬했다.

'나도 알고 있었는데.'

월남이 공산화된 후 얼마 지나지 않아 월남 옆에 있는 크메르와 라오스라는 나라도 공산화됐다. 1975년 4월과 5월에 걸쳐 일어난 일이었다.

학교에서는 불안한 시국이라서 올해 6.25전쟁 기념일에는 대대적인 반공연설회를 연다고 발표됐다. 우리 반에서도 반장이 나서서 대표를 선발한다며 설쳤다. 담임이 시킨 일이라지만, 설쳐대는 꼴을 보니 자기가 대회에 나가고 싶은 것 같았다. 녀석은 늘 너무 설치고 잘난 척을 해서 반 아이들 대부분이 싫어했다. 하지만 반장은 공부도 잘하고 제 엄마가 자주 학교에 들려 교실의 창문 커튼도 사줬기 때문에 당연히 반장 자격이 있는 놈이었다.

그러나 우리 반에서 말 잘하기로 치면 반장보다는 형준이가 으뜸이었다. 그때 교무실에 불려갔다가 돌아온 부반장이 반장의 귀에 대고 소곤소곤하더니 반장의 얼굴빛이 변했다. 그리고 어쩔 수 없다는 듯이 반 대표로 형준이가 선발됐다고 말했다. 부반장이 담임의 밀지를 받아온 모양이었다.

갑자기 형준이 녀석이 책상 위에 올라가더니 "우으으으…" 하면서 늑대 소리를 냈다. 녀석은 기분이 찢어지게 좋을 때 언제나 책상 위에 올라가 한 마리의 늑대로 변신하곤 했다. 우리 반 아이들은 전부 소리를 지르면서 웃어 댔지만 단 한 명 웃지 않는 녀석이 있었다. 형준에게 밀려서 탈락한 반장 녀석이었다.

1975년 6월 25일이 됐다. 운동장 한쪽에 마련된 단상 뒤에는 '상기하자 6.25'라는 표어가 내걸리고 그 아래에는 '반공웅변대회'라는 현수막이 걸려 있었다. 며칠 전부터 학교에서 '반공포스터 전시회'를 열었다. '총력안보'라는 제목 밑에 군인 아저씨가 총을 들고 있는 포스터, '투철한 반공정신으로 총력안보 이룩하자'라는 제목으로 된 타오르는 불꽃 모양의 포스터, '뿌리뽑자 공산당'이라는 제목 아래 아저씨가 나무뿌리를 뽑는 그림의 포스터 등 다양한 포스터들이 걸려 있었다.

그리고 학생들은 왼쪽 가슴에 '멸공'이라는 글자가 새겨진 리본을 달고 다녔다. 그 당시 가슴에 달고 다니던 리본의 종류도 다양했다. 어떤 때는 '불조심', 어떤 때는 '원호의 달', 또 어떤 때는 '청소년 선도의 달', '쥐를 잡자' 등의 리본을 계절에 따라 바꿔 달았다. 그렇게 온 나라의 피 끓는 학생들이 전부 리본을 달고 다녔기 때문에 그 시절 새끼를 가진 어미 쥐들은 상당히 마음을 졸였을 거라고 나는 장담한다.

반공포스터 전시회는 학교 선생님들과 보이스카우트, 걸스카우트 아이들이 열심히 준비한 것들이었다. 학부형들과 외부 손님들이 구경을 왔다. 나는 집에 가서 아버지와 어머니에게 반공포스터 전시회가 있으니 학교로 구경 오라는 담임 선생님의 말을 전하지 않았다. 먹고살기도 빠듯한데 학교까지 나서서 바쁜 사람을 동원하는 것이 싫기도 했지만, 말을 전한다고 해도 학교에 구경을 올 아버지와 어머니가 아니었기 때문이다.

시간이 되어 전교생이 운동장에 모였다. 키가 큰 교장 선생님이 먼저 연설을 시작했다. 교장 선생님은 아는 것도 많았다. 매주 월요일 조회 때마다 연설을 하는데 언제나 막힘이 없었다. 그래서 아이들은 다른 선생님이 써주는 원고를 단상 밑에 놓고 읽을지도 모른다고도 했다.

드디어 웅변대회가 시작됐다. 반 대표들이 한 명씩 나올 때마다 관중들은 우레와 같은 함성과 박수를 보냈다. 나는 수많은 청중 앞에 서서 떨지도 않고 연설을 잘하는 놈들이 몹시 부러웠다. 사실 나는 너무나 떨려서 교실에서도 한 번도 손을 들고 발표한 적이 없었다. 그런데 내 또래 연사들은 온통 자기에게 쏠린 수많은 눈들을 아랑곳하지 않고 두 손을 높이 들며 고함지르기를 주저하지 않았다. 그런 놈들은 하늘이 낸 놈이라는 생각을 했다.

드디어 우리 반 대표인 형준이 차례가 됐다. 사회자가 소개하자 형준은 대기 중이던 자리에서 벌떡 일어나더니 두 손을 높이 들고 "우으으으…" 하는 늑대 소리를 냈다. 정말 미친놈이었다. 동물원에서 탈출한 늑대도 아닌 놈이 시도 때도 없이 늑대로 돌변하는 것이었다. 하기야, 누군가가 멍석을 깔아주기를 기다리지 않고 늘 기회를 엿보다가 스스로 멍석을 깔면서 늑대로 돌변하는 녀석이었다. 삽시간에 운동장은 웃음바다가 됐다. 전교생들과 선생님들은 너무 웃고 웃어서 눈물까지 흘려 운동장이 눈물바다로 변했다.

형준은 명연사였다. 다른 연사보다 더 자주 두 손을 높이 들었고, 때로는 연단을 주먹으로 치는 시늉도 했다. 또 무장공비가 침투했을 때 저항하다 죽어 간 '이승복 어린이'처럼 공산당이 공격해오면 우리도 맞서 싸우자며 "총 진군합시다!"라는 말로 연설을 마쳤다. 그러고 나서 녀석은 또 늑대 소리를 냈다. 녀석은 담임에게 무진장 혼나고도 여전히 그 버릇을 고치지 못했다. 그래서 형준의 별명은 '늑대와 소년'이 아니라 '늑대 소년'이었다. 형준은 그날 반공웅변대회에서 우수상을 받았다. 부상으로 두꺼운 영어사전도 받았다. 나는 남 앞에서 말을 잘하는 형준이가 한없이 부러웠다.

웅변대회에 뒤이어 반공투사에 대한 표창이 있었다. 북한에서 귀순한 아저씨라고 했는데 우리를 상대로 북한은 나쁜 나라라고 연설했고, 교장 선생님은 이 아저씨에게 감사장을 수여했다. 그날 웅변대회는 재미있었다. 공부를 하지 않아도 되니까 아이들도 모두 좋아했다. 열중쉬어 자세를 하고 서 있었지만 나는 쓰러지지 않고 끝까지 들었다.

우리 학교는 다른 학교와 달리 일주일에 두 번씩 전교생이 운동장에 모였다. 월요일은 조회 시간이었고, 수요일은 예배 시간이었다. 나는 늘 이 시간이 지루하고 힘들었다. 지난 5월 조회 시간에는 서 있다가 쓰러진 적도 있었다. 막 일어서려고 버둥거리는 내 눈에 선생님들이 달려오는 모습이 보였다. 그때 바로 주위에 있던 아이들이 나를 들어올렸다. 내가 가만히 있었더니 선생님이 "빨리 양호실로 옮겨!" 하는 것이었다. 나는 속으로 차라리 잘됐다고 생각했고, 양호실에 가서 조회가 끝날 때까지 편히 쉴 수 있었다. 이 일이 있고 난 후로 나는 가끔 오래 서 있으면 어지럽다는 핑계를 대고 조회 시간이나 예배 시간에 땡땡이를 쳤다.

중학생이 되어서도 초등학교 때와 똑같은 생활이 반복되고 있었다. 수업을 마치기가 무섭게 보급소로 향하는 이중생활의 연속이었다. 가방을 들고 좀 뛰어가다 보면 빈 도시락 통이 흔들리는 소리가 공허하게 울렸다. 수저와 젓가락이 묘한 화음을 이루면서 달그락 소리를 내며 내 뒤를 따라왔다.

언젠가 보급소에 가방을 던지고 수금을 하러 나섰을 때였다. 구역을 한 바퀴 돌고 나서 커다란 공터를 가로지르는 중이었다. 거기에는 '국산품 애용'이라는 게임대가 설치되어 있었다. 사방 정사각형 가장자리에 게임 참가자들이 빙 둘러 앉을 수 있도록 송판으로 된 자리가 만들어져 있었다. 중심부에는 게임을 진행하는 주최측의 아저씨들이 여러 명 서 있고, 한쪽에는 집에서 흔히 사용하는 살림살이인 광주리, 바구니, 바가지, 주걱, 국자, 그릇들이 산더미처럼 쌓여 있어서 구경 나왔거나 지나가는 사람들을 유혹했다.

주최측은 게임을 시작할 때마다 가재도구를 한 가지씩 경품으로 걸었다. 한 회에 당첨자가 없으면 남은 것에 다른 가재도구를 한 개 더 추가하고 다음 게임을 시작했다. 그러기를 계속하다가 당첨자가 나오면 쌓인 경품을 모두 줬다.

그날부터 나는 '국산품 애용' 게임의 단골 고객이 됐다. 나는 성격상 중독되기 쉬운 기질을 타고난 모양이다. 지금의 시세로 환산하면 한 달에 30만 원 정도를 벌고 있었기 때문에 나는 아무 거리낌 없이 그 게임에 끼어들었던 것이다. 이 게임에서 당첨되어 상품을 받으면 집에 가져가곤 했다.

"이거 어디서 났어?"

그럴 때마다 어머니는 물었다.

"국산품 애용에서 딴 거예요."

아이들이 그런 게임에 끼어서는 안 된다는 것을 모르는 어머니는 동네 사람들에게 "우리 큰 아들은 살림꾼이에요"라고 자랑하고 다녔다.

어느 날이었다. 이날도 마찬가지로 나는 국산품 애용 게임을 하기 위해 여러 어른들과 섞여 의자에 걸터앉아 있었다. 얼굴이 반질반질한 중년 남자가 하품을 늘어지게 하고 나서 소리를 치면서 호객 행위를 시작했다. 뚱뚱한 몸을 흔들며 흥을 돋우고 있는 이 남자는 구경꾼들이나 게임 참가자들에게 인기가 높았다.

"여러분, 국산품 애용 게임에 참가해서 애국자가 되세요. 애국자가요. 여러분이 경품을 받아가도 애국자요. 게임에 져서 경품을 받지 못해도 여러분은 애국자 아닙니까?"

커다란 엉덩이를 좌우 아래위로 흔들어 '국 산 품 애 용 애 국 자'라는 글자를 쓰면서 알아맞혀 보라고 너스레를 떨었다. 커다란 덩치의 남자가 태산만큼 큰 엉덩이를 흔들면서 소년과 같은 목소리를 내는 폼이 전혀 어울리지 않았다. 구경꾼들은 그의 모습을 보고 전신을 흐느적대고 웃고 또 웃었다. 나도 웃었다. 웃고 웃다가 나중에는 눈에서 눈물이 나올 때까지 웃었다.

구경하던 사람들은 하나둘씩 애국 행위에 가담하기 시작했다. 나도 구경을 좀 하다가 경품이 쌓이면 애국자 대열에 합류기로 마음먹었다. 몇 번 게임을 하는 동안 진행자들이 아무리 부추겨도 서두르지 않고 기다려야 게임에서 이길 확률이 높다는 사실을 깨달았다. 무슨 조작을 하는지 몰라도 어떤 때는 당첨되는 사람이 전혀 없었기 때문이다. 처음에는 느긋하게 기다리다가 당첨되는 사람이 막 나오기 시작할 때 잽싸게 돈을 걸어야 당첨이 잘됐다.

먼저 사람들은 돈을 내고 직사각형 용지를 샀다. 그러고는 덤으로 딸려 나오는 크레용 조각으로 용지에 표시해 나갔다. 진행자가 번호가 표시된 공들이 들어 있는 통을 돌리기 시작했다. 그러다가 통 돌리기를 멈추면 번호가 매겨진 공들이 통 아래 틈에 하나씩 굴러 떨어졌다. 진행자들은 공을 꺼내 표시된 번호를 크게 불렀다.

"국에 3번, 산에 5번, 애에 2번, 품에 1번, 용에 6번!"

진행자가 여러 번 번호를 부르고, 가로나 세로 또는 대각선으로 된 다섯 칸이 먼저 차는 사람이 "여기, 당첨이요" 하면 게임이 끝났다. 요즘으로 치면 빙고게임의 일종이다.

한 게임이 끝날 때마다 진행자는 "여기 당첨입니다!" 하고 소리를 지르며 경품을 줬다. 당첨자가 나올 때마다 진행자들은 구경꾼을 하나라도 더 끌어들이기 위해 여러 번 큰 소리를 질렀다. 나도 애초 이 소리에 넘어가서 게임에 빠진 것이었다. 그러고 나서 또다시 참가자들은 돈을 내고 진행자는 공을 돌리며 다른 게임을 시작하는 식이다.

그날 운이 무지무지하게 좋았던 이미 나는 큰 바구니와 빗자루를 경품으로 받아놓고 있었다. 우리 집에는 빗자루가 많이 필요했다. 내 투정이나 까탈에 화가 난 어머니는 주로 빗자루로 나를 두들겨 팼는데, 내가 이를 피하려고 몸을 빼면 빗자루는 방바닥을 때리고 여지없이 동강 났기 때문이다. 나는 막 새로 시작될 게임에 참가하기 위해 기다리고 있었다.

"학생이 집에 가지 않고 이런 게임을 해도 되니? 너는 이곳에 자주 오더라."

검은 뿔테 안경을 낀 낯모르는 아줌마였다. 나는 낯선 아줌마가 중학생인 내게 반말하는 게 기분이 되게 나빴다.

"아줌마가 뭔데 참견이에요?"

나는 눈에 힘을 주고 퉁명스럽게 쏘아붙였다. 내가 눈을 째려보며 너무 당차게 나가서 그런지 아줌마는 더 이상 참견하지 않았다. 잘못했다간 여러 사람 앞에서 망신을 당할까 봐 그런 것 같았다. 나는 게임을 계속했다. 작은 바가지가 또 당첨되어 경품 세 개를 들고 흐뭇한 마음으로 집으로 향했다. 검은 안경의 아줌마가 괜한 참견을 해서 기분은 약간 잡쳤지만 그날은 재수가 좋은 날이었다.

다음 날 학교에서 반장이 나보고 담임 선생님이 부른다며 빨리 교무실로 가보라고 했다. 나는 교무실에 별로 가본 적이 없는 놈이었다. 교무실로 불려가는 경우는 대개 학급 임원이거나 아니면 공부를 잘하는 애들이거나 그도 저도 아니면 사고뭉치 아이들이었기 때문이다. 나는 어느 경우에도 해당하지 않았다. 나를 부를 이유가 없는데 무슨 일일까 의아하게 여기면서 교무실로 향했다. 선생님은 나를 보더니 씩 웃었다.

"야, 인마. 너 어제 집으로 안 가고 뭐 했어?"

안경을 콧등에 걸친 담임은 다짜고짜 뜬금없는 소리를 했다. 도대체 무슨 영문인지 알 수 없는 일이었다.

"너 어제 국산품 애용이라는 못된 게임을 하면서, 여선생님이 말렸더니 아줌마가 웬 참견이냐고 했다면서?"

나는 그 순간 속으로 '앗, 이제 죽었구나. 검은 뿔테 안경을 낀 아줌마가 선생님이었다니' 하는 탄식과 함께 다리의 근육이 저절로 풀어져 하마터면 주저앉을 뻔했다. 주위에 있었던 다른 선생님들이 다 웃었다. 그 아줌마, 아니 여선생님은 내 교복과 명찰을 보고 나를 알아본 모양이었다. '겉만 보고 사람을 판단하면 안 된다'는 격언이 실감나는 순간이었다.

담임 선생님도 그 여선생님처럼 검은 뿔테 안경을 쓰고 있었다. 발음이 좋은 영어 선생님이었다. 항상 굵고 짤막한 박달나무를 갖고 다녔다. 선생님은 이것을 '사랑의 매'라고 불렀고, 반 아이들은 '공포의 박달나무'라고 했다. 얼굴은 항상 웃고 있었지만 그 미소 뒤에는 매서움이 도사리고 있었다. 겉은 웃고 있지만 속은 깐깐한 선생님이었던 것이다. 한마디로 겉과 속이 다른 사람이었다.

　아무런 변명거리가 떠오르지 않아 '이제 죽었구나, 죽었어' 하고 속으로 잇따라 복창하고 있는데 어쩐 일인지 담임 선생님은 공포의 박달나무를 드는 대신 "이칠복, 다음부터는 그러지 마! 알겠나!" 하면서 웃는 것이었다. 처음에는 내 눈과 귀를 의심했으나 이내 담임 선생님이 말로만 훈계를 주고 그냥 넘어간다는 낌새를 알아차렸다. 나는 하도 반가운 나머지 그 순간만큼은 겉과 속이 다른 사람이라는 평소의 내 판단이 착각인가 하는 의심이 들기도 했다.

　담임은 수업 시간에 떠드는 아이에게는 어김없이 공포의 박달나무 맛을 보이곤 했다. 또 수업 시간에 영어책 읽기를 시켰는데 어디를 읽어야 될지를 모르는 아이들도 부러지지도 않는 박달나무 세례를 받아야 했다. 수업 시간에 졸거나 딴짓을 하다 들키면 당연히 매를 맞아야 했다. 나는 담임 선생님만큼은 잘 보여야 한다는 교훈을 초등학교 4학년 때부터 확실히 터득하고 있었다. 그래서 5, 6학년 때는 담임하고 선의의 관계를 유지했다. 중학생이 된 후로도 여전히 그 교훈을 잊지 않고 있었다.

　영어 시간에는 졸지 않으려고 무진장 애를 썼다. 졸릴 것 같으면 수업 전 쉬는 시간에 수돗가에 가서 찬물로 세수를 하거나 머리를 감기도 했다. 어쩌다가 나도 모르게 졸면 꼬집어 달라고 짝꿍에게 부탁도 했다. 초등학교 때 '뺑뺑이 돌리기'에 가위 눌린 적도 있었다. 마찬가지로 이제는 박달나무가 공포의 대상이었다. 그래서 영어 시간만큼은 제법 모범생으로 변신했다.

선생님은 어렸을 때와 젊었을 때 고생을 많이 했다고 했다. 어릴 때 부모님을 일찍 여의었기 때문에 고학을 하면서 공부를 했다고도 했다. 나는 선생님을 보고 동병상련이라는 생각이 들었다. 국어 시간에 동병상련이라는 말을 배웠다. 그 말은 '같은 병을 앓는 사람끼리 서로 가엾게 여긴다'는 뜻이다. 다시 말하면 '어려운 처지에 있는 사람끼리 서로 딱하게 여겨 동정한다'는 말이다. 나는 고생하거나 외로운 사람을 보면 나와 처지가 같다고 여기며 속으로 '나와 동병상련이구나'라는 말을 중얼거리는 버릇이 있었다.

우리 반은 다른 반보다 영어성적이 늘 월등했다. 담임 선생님이 영어를 담당하다 보니 아이들도 다른 과목보다 더 열심히 할 수밖에 없었다. 선생님은 영어 교과서를 암기할 것을 강요했는데, 이 때문에 우리 반 아이들은 괴로워했다. 선생님은 종례를 하고 나서 영어를 암기한 아이들만 집으로 돌려보냈다. 나는 다른 아이들보다 더 걱정했다. 방과 후 수금을 하러 가야 했기 때문이다. 박달나무 몽둥이가 두려워서 몰래 도망갈 엄두도 나지 않았다.

그래서 어쩔 수 없이 영어책을 외워보기로 했는데, 잘되지 않았다. 별의별 노력을 다해도 소용이 없었다. 마음만 급했다. 그래서 수금을 하러 가지 못하고 박달나무로 손바닥을 맞은 적도 있었다. 박달나무로 엉덩이를 맞지 않는 것이 다행이었다. 담임은 조금이라도 외우면 손바닥을, 전혀 외우지 못하면 엉덩이를 구분해 때렸다. 선생님께 내 사정을 털어놓고 양해를 구해볼 생각도 했다. 그런데 내 자존심이 허락하지 않았다. 선생님이 알게 되면 다른 아이들도 알게 될지 모른다는 염려 때문이었다.

꾀를 내서 교과서의 영어 문장 밑에 영어 발음을 한글로 적어 놓고 그것을 암기해보기도 했는데 쉽게 까먹었다. 단어도 모르면서 영어 문장을 무조건 암기하는 것은 무리였다. 하는 수 없이 영어 단어부터 외우기 시작했다. 방과 후 수금을 하는 중에도 영어 단어장을 보면서 외웠다. 그런대로 외워졌다. 지금도 기억하는 것은 'interesting'이라는 단어다. 웬 단어가 그리 긴지 걸어가며 손짓하면서 크게 소리 내어 읽고 또 읽었다. 지나가던 사람들이 "저기 미친놈 지나간다"며 쳐다봤다. 알파벳을 하나씩 끊어서 긴 단어 하나를 외우고 나니 짧은 단어는 약간 더 쉽게 외워졌다.

어느 정도 단어를 암기하고 나서 영어 교과서를 외우기 시작했다. 이것도 처음에는 잘 안됐다. 그래서 종이에 써 가지고 다니면서 외웠다. 그랬더니 꽤 성과가 있어서 방과 후에 선생님에게 붙들리지 않고 빠져나올 수 있었다. 대부분의 아이들이 남아 있는 교실 문을 나서면서 늘 기분이 상쾌했다.

선생님의 박달나무 덕분에 나는 영어 과목에 대한 자신이 생겼다. 영어 과목의 성적은 날로 향상되어 갔다. 한마디로 무조건 암기하는 것이 장땡임을 알게 됐다. 선생님은 영어시험 후 성적이 좋은 아이들에게 볼펜 한 자루씩을 선물로 주시곤 했다. 어쩌다가 볼펜 한 자루를 받기도 했다. 볼펜을 받으면서 다른 아이들이 박수를 치는 모습을 보고 우쭐해하기도 했다. 특히 형준이 녀석에게….

그래서 더 잘해보려고 영섭이 형이 내게 준 영어 참고서《삼위일체》를 펴보기도 했지만 너무 어려워서 이내 포기해 버렸다. 나는 영섭이 형이 "이거《삼위일체》야" 하고 말했을 때 교회에서 말하는 성부, 성자, 성령의 '삼위일체'인 줄 알고, 왜 내게 성경책을 주는지 의아스럽게 여기면서 그 책의 첫 장마저 펼쳐보지도 않았다. 공부에는 그만큼 취미가 없었다.

선생님한테서 볼펜을 선물받은 날 나는 집에서 부모님께 자랑했다. 우리 반에서 영어를 잘하는 아이들에게만 주는 선물인데, 볼펜을 받은 아이는 단 세 명뿐이라고 뻥튀기도 했다. 영어가 외국 말이라는 것밖에 모르는 부모님은 매우 좋아했다. 옆에 있던 철이도 "형아가 미국 말을 잘한다"고 덩달아 좋아했다.

동시상영과 〈명기열전〉

여름방학이 시작됐다. 오랜만에 맛보는 해방감이 내 마음을 들뜨게 했다. 나와 성국이 형은 시장에 가서 엉덩이가 딱 달라붙는 청바지와 핑크색의 티셔츠를 하나씩 샀다. 그 옷을 입고 극장에 가기 위해서였다. 성국이 형은 사복을 입은 나를 보더니 "너는 사복을 입어도 학생처럼 보여" 하며 웃었다. 나는 성국이 형의 말에 약간 켕겼다. 사복을 입은 성국이 형은 학생이 아니라 직업 소년처럼 보였다.

오늘은 성국이 형과 함께 영화관에 가기로 한 날이었다. 동네 근처 극장에 갔다가는 선생님들에게 걸릴지도 몰랐다. 방학식을 하던 날 선생님들이 방학 동안에 단속하기 위해 극장을 돌아볼 것이라는 말을 들었기 때문이다. 그래서 학교에서 아주 멀리 떨어진 종로까지 진출하기로 했다.

종로 5가에 있는 한일극장은 걸릴 염려가 거의 없는 안전지대였다. 한일극장 앞에 가서 영화 일정표를 봤더니 기대하던 야한 영화가 아니었다. 성국 형의 얼굴도 실망하는 기색이었다.

"형, 이런 극장은 야한 영화 안 할 거야. 여기는 너무 시내 중심가야. 사람들이 뜸하게 지나다니는 변두리 동네에 있는 극장에서 야한 영화를 한단 말이야. 우리 다른 동네로 가자. 응?"

내 말에 성국 형은 선뜻 동의하며 고개를 끄덕였다. 나는 청량리에 가면 야한 영화를 주로 상영하는 대왕극장이 있다고 말했다. 우리는 대왕극장에 가기로 하고 청량리를 향해 발걸음을 옮겼다. 종로 5가에서 동대문을 거쳐 신설동으로 접어들었다.

신설동은 내게 추억이 있는 동네다. 작년 봄에 J신문을 돌리러 이곳에 왔었다. 신설동을 지나가는데 명다방 누나가 기억났다.

'지금 누나는 무엇을 하고 있을까.'

신설동에서 제기동을 지나니 경동시장이 나왔다. 걷는 데는 도사였기 때문에 1시간도 걸리지 않아 청량리역 근처에 도착했다.

청량리역 근처에는 대왕극장과 오스카극장이 있었다. 나는 작년에 이 두 극장에 야한 영화를 보러 몇 번 온 적이 있었다. 작년 11월에 대왕극장이 있는 건물인 대왕코너에 큰불에 났기 때문에 대왕극장은 문이 닫혀 있었다. 불이 난 때는 1974년 11월 3일 일요일 한밤중이었다. 호텔에서 잠을 자던 사람들이 창문 밖으로 뛰어내리고 소방차가 무지 많이 출동했다. 어떤 여자는 속옷만 입은 채 구조됐다.

일요일 새벽에 보급소에 나갔는데 신문 1면에 큰 글자로 '대왕코너 화재'라고 쓰여 있었다. 사람들이 많이 죽었다는 것이었다. 나는 신문을 돌리고 보급소로 돌아와서 다른 형들과 대왕코너로 불구경을 갔었다. 소장과 총무가 불구경을 가려고 나서는 걸 욕을 하면서 말렸지만 철이 없던 우리들은 택시를 타고 빠르게 갔다. 세상에 불구경만큼 재미있는 게 어디 있으랴 싶었다.

화재 현장 근처에 도착하니 순경들이며 경찰차, 소방차가 많이 있었다. 그런데 사람들이 불에 그을려서 그런지 이상한 냄새가 많이 났다. 불에 타서 죽은 사람들이 불쌍하다는 생각이 들었다. 동주 형은 나하고 생각이 달랐는지 "호텔 방에서 바람피우다 팬티만 입고 죽은 년들은 잘 죽었어" 하고 말했다. 내게는 이해하기 어려운 말이었다.

그날 대왕극장 문이 닫혀 있어서 성국이 형과 나는 오스카극장으로 갔다. 다행히 마지막으로 상영하는 표를 살 수 있었다. 우리가 종로를 거쳐 청량리까지 오느라 시간이 많이 걸려서 마지막 프로를 겨우 볼 수 있었다. 저녁밥도 거른 채 형과 나는 영화 감상을 시작했다. 중학교에 온 이후 처음으로 와보는 극장이라 감개무량했다.

우리는 침을 꼴깍거리면서 정신없이 영화에 몰입했다. 어른들도 우리와 마찬가지로 영화에 몰두하고 있었다. 아저씨들이 왜 야한 영화를 좋아하는지 나는 어렴풋이 알고 있었다. 마지막 프로를 보고 나오는 관객들은 항상 무언가 허전함을 남긴 채 극장을 떠나는 것 같았다. 그건 나도 마찬가지였지만 그게 무엇인지 확실히 짚어낼 수는 없었다.

"형, 배 안 고파? 뭐 좀 먹고 가자."

우리는 청량리역 앞에서 먹을 것을 파는 리어카들이 몰려 있는 곳으로 걸음을 옮겼다. 로터리 근처에 이르렀는데, 한 아줌마가 성국이 형을 잡았다. 주위에는 많은 아줌마들이 길을 가는 아저씨들, 아니 남자들에게 다가가 말을 건네고 있었다.

"총각, 이리 와 봐. 돈 있어?"

"왜요?"

성국이 형이 퉁명스럽게 말했고, 나는 아줌마들이 돈을 뺏어 갈지도 모른다는 생각에 속으로 긴장했다.

"돈 없어요! 우리는 어린 학생이란 말이에요!"

순간 성국이 형이 화난 목소리로 소리를 질렀다. 아줌마는 무안했는지 몸을 돌려 다른 아저씨에게로 다가갔다.

"형, 형, 저 아줌마 좀 이상해, 그치?"

평소에도 입을 벌리고 다니는 성국 형은 입을 더 크게 벌리고 웃었다. 성국 형은 그 아줌마들이 바람잡이라고 말했다. 역전 근처에는 몸을 파는 누나들이 있는데 아저씨들을 꾀어 그곳으로 데려간다는 것이었다. 성국 형은 전에도 이곳을 지나다가 오늘처럼 옷소매를 잡혔었다고 했다. 자기 덩치가 커서 나이 든 어른으로 여기고 그런 것 같다고 했다.

나는 성국 형의 말이 무슨 말인지 약간은 이해할 수 있었다. 전에 보급소에 있는 고등학생 형들이 하는 말을 들었기 때문이다.

성국 형은 나하고 단짝이었다. 여름방학 내내 집에도 잘 들어가지 않고 보급소에서 지내면서 극장을 누비고 다녔다. 또 만화가게에 가서 성인만화를 원 없이 봤다. 우리 둘이 함께 가지고 있는 비밀을 다른 형들은 아무도 몰랐다. 나는 성국이 형이 찢어 준 가슴이 큰 미국 여자 사진을 책 속에 끼워가지고 다니다가 가끔씩 생각나면 몰래 꺼내보곤 했다.

그런데 방학 때는 그 사진을 끼워가지고 다닐 책이 마땅치 않았다. 그래서 삼중당문고에서 나온 문고판 소설책 한 권을 사서 그 사이에 접어 넣고 다녔다. 보급소에서 그 책을 살짝 펴서 여자 사진을 보기도 하고, 수금하러 다니다가 골목에 멈춰 서서 들여다보기도 했다.

8월 중순이라 정말 무덥던 어느 날이었다. 오전에 수금하기 위해 구역의 독자 집에 갔다. 벨을 눌렀더니 들어오라는 소리가 들리며 문이 찡 하고 열렸다. 집 안으로 들어가 현관 앞에 가서 잠시 기다리고 있는데 젊은 아줌마가 나왔다. 아줌마는 얇은 옷을 입고 있었는데, 브래지어를 하지 않고 있어서 젖꼭지가 훤히 비쳤고, 삼각팬티도 비쳤다. 나를 의식하지 않고 있는 것이 고마웠지만 내 얼굴은 홍당무가 되었고, 눈을 어디에 둬야 할지 모를 정도로 당황했다. 그래도 그것은 약과였다. 어떤 아줌마는 팬티도 입지 않고 치마만 두르고 있었다. 아줌마가 앉아서 일을 하고 있었기 때문에 그것을 알 수 있었다. 수금을 마치고 보급소로 돌아가는데 눈에 아른거려 미칠 지경이었다.

그해 여름은 정말 견디기 힘든 계절이었다. 여름은 나를 자꾸 유혹하고 있었다. 어느 날 수금을 마치고 보급소로 돌아와 쉬다가 화장실에 잠깐 갔다 왔더니 내 소설책을 영섭이 형이 펴보고 있었다.

나는 순간 드디어 들켰구나 하고 체념해 버렸다. 학교에서 선생님에게 들키지 않은 것이 차라리 다행이라 여겨졌다. 나는 가렵지도 않은 머리를 긁적이며 영섭이 형 앞에 섰다. 영섭이 형이 나를 크게 나무랄 줄 알았다. 그런데 영섭이 형은 씩 웃으면서 "이것 압수!" 하면서 내가 아끼는 미국 여자 사진을 빼 갔다. 그러고는 라이터로 불을 붙이더니 태우는 것이었다.

나는 얼굴이 벌겋게 되어 아무 말도 하지 못했다. 눈이 마주쳐도 영섭이 형은 그저 웃기만 했다. 영섭이 형의 눈길이 괜히 부담되어 나는 살며시 보급소를 빠져나왔다. 여자 사진이야 성국이 형한테서 또 구하면 된다고 생각하니 아깝다는 생각은 들지 않았다.

마침내 여름방학이 끝나고 개학했다. 지겨운 학교생활이 또 시작됐다. 어영부영하는 사이에 두어 달이 훌쩍 지나갔다. 울긋불긋하거나 누리끼리한 나뭇잎들은 벌써 가을이 왔다고 알리고 있었다.

가을 어느 날이었다.

형준은 '문학의 밤'에 함께 갈 친구들을 모으는 중이었다. 문학의 밤에 가면 예쁜 여학생들을 쉽게 사귈 수 있다고 떠벌리고 다녔다.

"야, 너 문학의 밤 알지? 교회에서 하는 거 말이야. 같이 갈래?"

내게도 권하는 것을 보니 친구들 모으기가 쉽지 않았던 모양이었다. 좀처럼 내게는 호의를 베푼 적이 없던 놈이기 때문이었다. 나는 고개를 좌우로 흔들며 단호하게 거절했다. 평소에 나를 대하는 놈의 폼이 꼴 같지 않았기 때문이다.

"야, 예쁜 여자애들도 많아. 내가 소개시켜줄게. 함께 가자."

"야, 그 여자애들을 네 마음대로 할 수 있니? 모두 네 거야?"

나는 눈을 가늘게 뜨고 입가에 모멸감을 곁들인 미소를 띠어올렸다.

"네 친구가 부탁했지? 남자애들 몇 명 데려와 자리 채워 달라고. 나는 싫으니까 너나 실컷 들러리 서고 계집애들하고 시시덕거리면서 비위나 맞추지 그래?"

나는 좀 더 노골적으로 비꼬았다. 그러나 능글능글한 형준은 쉽게 물러서지 않았다. 그의 머릿속은 온통 문학의 밤과 여학생으로 꽉 들어차 있었다. 평소 나를 대하는 녀석의 태도에 좀 약이 올라 있었지만 녀석이 몹시 친한 척을 해대며 하도 졸라대는 바람에 나도 약간은 누그러졌다. 사실 나도 문학의 밤에 호기심이 없지 않았다. 그래서 제자리로 돌아가던 형준을 불렀다.

"형준아, 그런데 문학의 밤에서는 뭐 하냐?"

내 한마디에 녀석의 얼굴에는 단번에 생기가 돌았다.

"작년에 가봤는데 근사하더라. 교회 건물이 으리으리해. 또 남자애들과 여자애들이 함께 피아노와 바이올린 반주에 맞춰 시 낭송하는데 아주 폼 나더라. 배경 음악도 죽이더라고. 또 중간중간에 독창과 합창이 있어. 진짜는 행사가 다 끝난 후에 따로 모일 때야. 거기서 예쁜 여자애들하고 노는 게 얼마나 재미있는데. 같이 갈래?"

녀석의 말은 특별히 신통치 않은 흔히 듣던 이야기였다. 그래서 살짝 올라오던 내 호기심도 도로 수그러들었다. 나는 관심이 없다는 듯 연신 하품을 해대며 또 거절을 했다. 얼마 전 녀석이 내게 까분 것에 대한 복수였다. 형준은 마치 내가 자기의 제안을 받아들이는 줄 알고 좋아하다가 내가 거절하자 실망하는 빛이 역력했다. 형준이 녀석은 지난

학기에 내 장래 직업을 돈 많이 버는 신문사 보급소장에서 언론인으로 바꿔놓은 장본인이다. 물론, 나는 그렇게 오래전의 일을 기억했다가 복수할 만큼 치밀하거나 치사한 놈이 아니다.

며칠 전 형준은 내게 자기 집에 놀러 가자고 했다. 형준이네 집으로 가기 위해 교문을 나서던 중 어떤 놈을 만났다. 형준은 그놈을 보더니 반가워 아예 죽는 시늉을 했다. 나는 조금 떨어진 곳에서 형준이가 빨리 이야기를 끝내고 돌아오기를 기다렸다. 하지만 나는 안중에도 없는 듯 두 놈의 이야기는 끝없이 이어졌다. 나는 화가 났다. 빨리 말을 끝내고 올 것이지 계집애도 아닌 것들이 길가에서 왜 그리 길게 수다를 떨면서 나를 내내 기다리게 하는지, 생각 같아서는 혼자 가고 싶었다. 족히 20분은 흘렀을 때 형준은 저 멀리 떨어져 서 있던 내게 돌아왔다.

"야, 이 새끼야. 너 이럴 수가 있어? 너무 오래 기다리게 했잖아."

그러나 형준은 내 말을 들은 척도 하지 않고 자기가 만난 놈 자랑을 늘어놓았다. 문식이네는 양복점을 하는 부자다. 문식이는 초등학교 때부터 친한 친구다. 문식은 공부도 잘한다는 것 따위였다. 형준은 나보다 훨씬 공부를 잘했고 또 공부 잘하는 친구를 많이 알고 있었다. 그러다 보니 툭하면 내게 공부 잘하는 제 친구 이야기를 꺼내곤 했다. 그날도 또 공부 잘하는 자신의 친구를 만났고 오랫동안 수다를 떨었다. 쓸데없이 긴 시간을 기다리느라고 화가 잔뜩 나 있던 참인데 내가 알지도 못하는 놈의 자랑까지 보태는 것이 나를 더 화나게 했다.

"나도 언젠가 그 새끼처럼 잘할 수 있어."

나는 홧김에 나를 무시하지 말라는 듯 볼멘소리를 지껄였다. 그러나 그것은 억지였다. 헛된 소망이고 과도한 욕심이었다. 어이없다는 표정으로 나를 바라보던 형준의 입가에 이내 비웃음이 번졌다.

"네 주제를 알아라, 주제를."

녀석은 거만한 표정으로 눈을 가늘게 떠 보였다.

"너는 도대체 뭐 하는 새끼니?"

그러나 화를 내는 내 목소리는 떨리고 있었다.

"안 되는 건 안 되는 거야, 이 바보야!"

녀석도 자신의 말이 지나쳤다고 생각했는지 노려보는 내 눈길을 슬며시 외면했다. 나는 화가 울컥 치밀어 형준이가 한마디만 더 지껄이면 주먹으로 날려 버리려고 속으로 벼르고 있었다.

"그래, 이 새끼야. 나는 바보다, 바보. 그럼 너는 뭐냐? 매일 잘난 척만 하는 주제에."

그때 심정으로는 옆에 기댈 수 있는 누구라도 있었으면 당장 울음이 터질 것만 같았다. 이토록 처참히 무시당할 수 있을까 싶었다. 철들고 나서 처음 들어보는 형준의 '바보'라는 말에 참을 수 없는 분노가 치밀어 올랐다. 제까짓 게 뭔데 꼴 같지 않게 의젓한 척하며 타이르려 드는지 형준을 그 자리에서 당장 짓밟아버리고 싶었다.

'그래, 두고 보자. 두고 보자고.'

나는 어떡하든 수단과 방법을 가리지 않고 문식을 이겨 형준의 코를 납작하게 해주고, 상처를 입은 내 자존심을 지키고 싶었다. 나는 그날 형준과 말다툼을 하고 그의 집으로 향하던 발걸음을 돌리고 말았다. 형준이의 바보라는 말이 뾰족한 가시처럼 가슴 깊이 박혀 버렸다. 그래서 문학의 밤에 관심 있는 척하며 나는 형준에게 보기 좋게 앙갚음을 한 것이었다.

자꾸만 깊은 물속으로 침몰해가는 내 마음을 위로해주는, 누구에게도 들키지 않는, 또 누구도 뭐라고 탓할 수 없는, 나보고 까졌다고 말할 수 없는 그 무엇이 신문 속에 있었다. 나는 매일 새벽 보급소에서 신문을 배부받자마자 복도로 나갔다. 연재소설을 읽기 위해서였다. 바로 옆에서 열심히 신문에 광고지를 끼우던 형들은 가장 바쁜 시간에 일하지 않고 신문을 읽고 있는 나를 보고 의아하게 생각했다.

"야, 인마. 광고지 안 끼우고 뭐 해?"

"볼 것이 있어서요."

〈명기열전〉을 본다고 말하면 나이도 어린 게 발랑 까졌다고 할까 봐 끝까지 말하지 않았다. 소설가 정비석이 연재하고 있던 〈명기열전〉은 조선시대에 유명했던 기생들의 이야기를 다루고 있었다. 어떤 때는 아주 뜨겁게, 어떤 때는 아주 은밀하게…. 당시 C신문에 연재되던 다른 기사들을 읽기도 했지만 대부분 건성이었다. 다만, 이 소설만은 한 번도 빠트리지 않고 읽었다.

황진이는 재색을 겸비한 기생이었다. 그런데 심보는 못된 여자였다. 내로라하는 사내들을 쓰러뜨리기 위해 무척이나 애를 쓰고 노골적인 음모를 꾸몄다. 원래 황진이는 양반집 여식이었다. 그런데 어떤 청년이 처녀 황진이를 흠모하다가 상사병으로 죽었다. 황진이는 충격을 받았다. 그래서 엄격한 신분과 예절의 굴레에서 벗어나 자신을 좋아하는 남자를 위해 거리낌 없이 살고자 기생이 됐다.

황진이가 살던 시대에 개성에는 유명한 사람이 둘 있었다. 학자 화담 서경덕과 스님 만석선사가 그들이었다. 황진이는 두 사람이 자신의 유혹에 넘어오는가를 시험해보기로 했다. 먼저 황진이는 서경덕을 찾아가서 제자로 삼아줄 것을 청했다. 그래서 제자가 된 다음 유혹해보려고 했지만 서경덕은 끄떡도 하지 않았다. 황진이는 서경덕을 무너뜨리는 것을 포기할 수밖에 없었다.

이번에는 만석선사를 찾아가서 제자가 됐다. 황진이는 만석선사를 유혹했지만 만석선사도 쉽게 넘어가지 않았다. 하지만 황진이는 교활했다. 비 오는 날이었다. 얇은 속치마만 걸친 채 비를 맞으며 만석선사가 도를 닦고 있는 방 안으로 들어갔다. 비에 젖은 속치마를 뚫고 황진이의 나체가 훤히 비쳤다. 만석선사는 황진이를 반갑게 맞이했다.

방 아랫목에 황진이를 누이고 만석선사는 면벽을 한 채 목탁을 치면서 염불을 읊었다. 황진이는 잠결인 척하면서 덮고 있는 이불을 차냈다. 그러자 아름다운 여자의 몸이 촛불 아래 드러났다. 만석선사는 목탁을 치다가 딱 한번 고개를 돌렸다. 이게 실수였다. 면벽한 채 목탁을 치고 있던 만석선사의 머릿속을 제자가 아닌 아름다운 여체가 비집고 들어오기 시작했다. 고르던 목탁소리가 빨라졌다. 이제 만석석사는 황진이 스승이 아니었다. 한 남정네와 한 여인네가 있을 뿐이었다. 만석선사는 '황진이는 제자다. 아니다. 이제는 여자다' 하면서 갈등으로 치달았다. 그러다가 '에라, 모르겠다. 될 대로 돼라' 하고 목탁을 방바닥에 집어던지고 말았다.

그렇게 만석선사는 계율을 깨고 파계승이 됐다. 후회와 정신적 갈등으로 방황의 날을 보냈지만 이미 때는 늦었다. 사춘기였던 나는 〈명기열전〉에 낯 뜨거운 장면이 나올 때마다 고추가 빳빳해지는 것을 느꼈다. 약간은 죄책감도 들었으나 그렇다고 흥미가 있던 그 소설을 안 볼 수도 없었다. 나는 가슴을 졸이면서 매일매일 연재되는 〈명기열전〉을 기다렸다.

내가 보기에 황진이는 좀 문제가 있는 여자였다. 황진이보다 차라리 기생 홍랑이 내게는 더 나아 보였다. 홍랑은 황진이보다 지조가 있었다. 홍랑은 한 남자를 좋아하게 됐다. 과거급제 후 관리가 된 사람이었다. 이 남자는 함경북도 경성으로 부임해서 홍랑과 사랑에 빠졌다. 그러다가 임기가 다해 그들은 헤어졌다.

한양으로 돌아온 남자는 홍랑을 잊지 못해 병으로 눕게 됐다. 이 소식을 들은 홍랑은 일주일을 걸어 한양에 도착했다. 그런데 두 사람의 이야기가 왕의 귀에 들어가 남자는 파직을 당했다. 이때는 국상기간이었기 때문이다. 그 후 복직된 남자는 한직을 떠돌다가 객사하고 말았다. 남자가 죽은 뒤 홍랑은 스스로 얼굴에 상처를 내어 뭇 사내들의 시선을 따돌리고 이 사람의 무덤 곁에서 살다가 죽었다. 대강 이런 내용이었다.

홍랑이 쓴 시조도 있었다. 시조에는 사랑하는 임을 잊지 못하는 그녀의 마음을 담뿍 담고 있었다. 나는 홍랑이 좋았기 때문에 이 시조를 아예 암송해 버렸다.

묏버들 가려 꺾어 보내노라, 님의 손에

자시는 창 밖에 심어 두고 보소서

밤비에 새잎 나거든 날인가도 여기소서

그러는 한편, 매주 나오는 주간지를 보면서도 내 호기심을 충족시켰다. 주간지 표지에는 예쁜 영화배우들의 얼굴이 주로 나왔다. 내용도 사춘기 소년의 호기심을 자극하는 것들 일색이었다. 그 예민했던 사춘기 시절에 나는 그렇게 〈명기열전〉을 기다리면서 하루하루를 보냈고, 주간지를 기다리면서 일주일을 보내곤 했다.

넝마주이와의 혈투

신문 대금을 받으러 독자 집 벨을 누르면 가끔씩 여학생들이 나오곤 했다. 같은 학교에 다니는 여학생이 나오면 반갑기보다는 창피한 마음이 앞섰다. 그리고 그런 여학생이 어쩌다 예쁘고 상냥하기라도 하면 고개를 들고 똑바로 쳐다보지도 못할 지경이었다.

나는 자주 우울했다. 중학생이 되어서는 말수도 많이 줄어들었다. 무턱대고 어디론가 도망가고 싶기도 해서 며칠 전 일요일에는 성북역에 가서 경춘선 완행열차를 타고 청평까지 혼자 다녀왔다. 기차 안에서는 젊은 형들과 누나들이 다정하게 소곤거리기도 했고, 무슨 재미있는 이야기를 하는지 손을 맞잡고 웃기도 했다. 열차 난간에 매달려 가는 승객들도 많을 만큼 열차는 초만원이었다. 젊은 누나와 형들은 열차 바닥에 앉아서 박수를 치면서 노래를 불렀다. 나만 빼놓고 사람들은 모두 즐겁게 살고 있는 듯 보였다.

그날은 해가 저물어도 집으로 돌아가기 싫었다. 내가 모르는 곳, 그래서 나를 알아볼 사람이 아무도 없는 곳으로 훌쩍 떠나버리고 싶었다.

그렇게 혼자 청평을 헤매다가 저녁 늦게야 집으로 돌아왔다. 그래 봤지만 기분은 조금도 나아지지 않았다.

오늘도 이상하게 또 누군가가 절실하게 그리웠다. 어찌할 수 없는 외로움과 정체 모를 그리움으로 인해 의기소침해졌다. 수금을 끝내고 오랜만에 국산품 애용을 하려고 동방주택에서 외진 길을 따라 공주릉 앞에 있는 국산품 애용 장소로 향하고 있었다. 평소 사람들이 자주 다니지 않는 외진 길이었다.

그때 갑자기 옆으로 누가 스치면서 지나갔다. 고개를 돌려 봤더니 그 사람도 고개를 돌려 나를 쳐다보고 있었다. 그 사람과 나는 눈이 마주쳤다. 모자를 깊숙이 눌러쓴 그 사람은 나보다 덩치가 약간 컸고 나이도 조금 더 들어 보였다. 등에는 커다란 통을 메고 손에는 큰 집게를 들고 있었다.

"야, 너 이리 와 봐. 왜 쳐다보고 그래. 이 새끼야!"

'넝마주이'였다. 사람들은 넝마주이를 양아치라고도 했다. 주택가를 돌아다니면서 큰 집게로 재활용이 가능한 쓰레기들을 주워 어깨에 멘 통에 모아서 고물상에 넘기는 사람들이었다. 나이를 먹은 아저씨도 더러 있었지만 내가 오늘 맞부딪힌 사람과 같이 나보다 약간 나이를 더 먹은 사람들이 많았다. 나는 겁을 먹고 망설였다.

"형은 왜 쳐다봐요? 서로 마찬가지잖아요."

"어라, 이 새끼 봐라. 이리 와보란 말이야. 이 새끼야!"

나는 망설이면서 그에게 다가갔다.

"가진 돈 다 내놔."

마치 코브라의 무시무시한 춤에 넋이 나가 그 무서운 주둥이로 다가가는 원숭이처럼 넝마주이에게 다가가던 나는 순간 퍼뜩 정신을 차렸다. 두려움보다는 걱정이 앞섰다. 그날따라 월말이라 수금을 많이 했는데 그 돈이 전부 호주머니에 있기 때문이다. '이 새끼는 내가 신문 배달이라는 것을 알았나 보다' 하는 생각이 들었다.

빨리 상황판단을 해야 했다. '뒤를 돌아 뛸까' 하는 생각과 '아니야, 이 새끼하고 한판 붙어볼까' 하는 생각이 순간적으로 교차했다. 덩치도 별로 크지 않고 나이도 그리 많이 먹지 않은 놈이라 한판 붙으면 승산이 있는 싸움이라고 생각했다.

"빨리 안 내놓고 뭐 해!"

나를 압박하려는 듯 눈을 부라리고 짝다리를 짚은 채 한쪽 다리를 흔들면서 공갈을 쳤다. 나는 짝다리를 짚은 채 다리를 떠는 새끼들을 정말 싫어했다. 전에 동철이 자식도 그 짓을 하다가 내게 깨진 적이 있었다. 그래서 앞뒤 안 가리고 지껄였다.

"돈 없어요. 가진 것이 있어도 못 주고요."

내 말이 떨어지기가 무섭게 그는 나를 향해 달려오면서 한 발을 내질렀다. 미리 대비하고 있던 나는 옆으로 살짝 피했다.

"어, 피해? 이 새끼 너 죽었어."

이번에는 넝마 통에서 각목을 하나 꺼내더니 당장이라도 나를 후려칠 기세로 치켜들었다. 순간 나는 큰 실수를 하고 있다는 생각이 들었다. 처음에 째려본다고 시비를 걸 때 잘못했다고 사과하며 재빨리 자리를 피했더라면 그놈도 엉겁결에 고이 보내줬을지도 모르는데 왜 대들어서 일을 크게 벌였는지…. 넝마주이가 또 한 번 각목을 휘둘렀지만 이번에도 나는 용케 몸을 재빨리 옆으로 날리며 피했다. 넝마주이는 화가 더 나는 모양이었다.

그가 다시 각목을 휘둘렀고 나는 또 피했다. 그러는 와중에 호주머니에 들어 있던 영수증 철이 떨어졌다. 돌멩이를 집어 들고 맞설까 생각해봤지만 그럴 시간적 여유가 없었다. 넝마주이는 각목을 집어 던지더니 호주머니에서 잭나이프를 빼 들었다. 그 순간 '튀자'는 생각이 들었으나, 동시에 내가 많이 봤던 영화 장면이 떠올랐다. 도망치는 나를 향해 던진 칼이 내 등에 꽂히면 나는 죽을지도 모른다는 생각이 들었다. 이미 그 상황에서 무사히 물러날 방도가 없었다. 그래서 정면대결을 하기로 마음을 다잡았다.

넝마주이는 오른손으로 잭나이프를 들고 나를 겨눈 채 옆으로 슬슬 돌면서 "이 새끼, 돈 가진 거 전부 안 놓을래?" 하면서 다시 나를 위협했다. 나는 십팔기 도장에서 배운 대로 두 다리를 구부리고 양 팔을 움직이면서 공격과 방어 자세를 동시에 취했다. 내가 대응 자세로 나오자 넝마주이는 더욱더 흥분한 것 같았다. 나를 내리 찍으려는 듯 잭나이프를 고쳐 잡았다. 넝마주이는 성질이 아주 급한 사람이었다. 나를 행해 잭나이프를 내리 찌르는 순간 나는 몸을 숙이며 재빨리 오른쪽으로 비켰다. 넝마주이가 내 왼쪽으로 '휙' 하고 지나갔다. 나는 이때를 놓치지 않고 왼손으로 넝마주이의 뒷목을 내리쳤다. 제풀에 밀린 넝마주이는 그대로 몇 발짝 앞으로 나가다가 땅에 꼬꾸라졌다.

왼쪽 귀 아래 목에서 무엇인가 흘러내렸다. 손으로 문질렀더니 붉은 피가 묻어났다. 별거 아닌 것 같았다. 그러나 더 이상 여기서 지체했다간 정말 큰일이 날 것 같았다. 나도 모르게, 진짜 순식간에 일이 크게 벌어진 것이다. 넝마주이들이 이를 알고 몰려온다면 나는 꼼짝없이 죽을지도 모른다는 생각이 들었다.

나는 땅바닥에 떨어져 있는 영수증 철을 재빨리 주워 들고 달아나기 시작했다. 앞만 보고 부지런히 뛰었다. 내가 왔던 동방주택 좁은 골목을 통과해서 큰길가로 나왔다. 목 아래로 피가 계속 흘러내려 가슴팍을 적시고 있었다. 겁이 덜컥 났다. 병원을 갈까 하다가 생각을 바꿔 나를 아끼는 형들이 몰려 있는 보급소를 향해 뛰었다.

보급소 사무실로 허겁지겁 뛰어 들어갔다. 숨이 턱까지 차서 헉헉거리고 있었다.

"칠복아, 너 왜 그래? 어, 피가 많이 흐르고 있어. 야! 이것 좀 봐. 안 되겠다. 빨리 병원에 데리고 가야 돼."

보급소에 있는 형들이 내 주위로 몰려들었다. 피가 많이 흐르고 있다는 동주 형의 말에 내 가슴은 후들거리기 시작했다. 동주 형과 영섭이 형, 성국이 형이 나를 데리고 병원으로 갔다. 병원 의사는 내 귀 밑 목 부분을 세 바늘이나 꿰맸다.

"학생, 무슨 일 있었니? 이것은 칼자국인데 아주 예리한 칼에 찔린 거야. 아주 위험했어. 조금만 더 깊이 들어갔어도 목 혈관이 뚫려 생명이 위태로울 뻔했어. 그나마 병원에 빨리 온 것이 다행이야."

내 눈에서는 막 눈물이 왈칵 쏟아져 내리려 했다. 5학년 때 무슨 일이 있어도 절대 울지 않겠다고 다짐했던 기억을 되살리며 나는 눈물을 참으려고 어금니를 꼭 물었지만 죽었을지도 모른다는 의사의 말에 꾹꾹 눌러온 눈물이 눈꺼풀을 비집고 나왔다. 옆에 있던 성국이 형은 안절부절 못하고 있었다. 나는 성국이 형을 알고 있다. 덩치는 어른만큼 컸으나 겁이 많고 마음이 약했다.

"칠복아, 무슨 일이야. 응?"

내 등을 다독거리고 있는 동주 형이었다.

"수금한 돈을 넝마주이가 뺏으려고 해서 한판 붙었어요. 이렇게까지 될 줄은 몰랐어요."

나도 모르게 울음 섞인 소리로 말했다. 뜨거운 눈물이 마구 흘러내리고 있었다.

"칠복아, 많이 아프지. 그치?"

성국이 형의 눈에도 눈물이 고이더니 이내 소리 내어 울기 시작했다.

"개새끼들, 내가 죽여 버리겠어. 우리 학교 깡패들 총동원해서 양아치 새끼들 싹 쓸어버리겠어!"

동주 형은 자기가 다니는 학교에서 주먹이 제일 강했다. 아니 그 일대 공고에서 알아주는 주먹꾼이었다.

"형, 안 돼. 그럼 우리가 더 위험해져. 상대는 넝마주이 양아치들이란 말이야. 그냥 모르는 척하고 넘어가야 해!"

언제나 신중하고 영리한 영섭이 형이었다. 동주 형 말이 내게는 시원시원하게 들렸지만 영섭이 형의 말이 맞는 말이었다. 넝마주이 양아치들이 떼거리로 몰려오면 우리 보급소는 단번에 작살날 것이었다.

"칠복이, 너 웃기는 놈이다. 왜 대들어? 피하지."

영섭이 형에게 나는 항상 웃기는 놈이었다.

내가 넝마주이와 한판 붙었을 때 나는 십팔기 유단자였다. 태권도장을 그만두고 아무런 운동도 배우지 않다가 작년 J신문 보급소에서 일할 때 용케 십팔기 도장을 하나 찾아냈다. 나는 도장에 찾아가 등록하려고 했지만, 관장은 내가 어리다는 이유로 받아주지 않았다. 나는 거의 매일 보급소에서 퇴근하면 열려 있는 십팔기 도장 입구에 서서 구경을 했다. 그러기를 여러 날, 여느 날과 마찬가지고 구경하고 있는데 인상이 험악한 관장이 웃는 낯으로 나를 도장 안으로 불러들였다.

"십팔기를 그리 배우고 싶니?"

나는 그렇다고 했고, 관장은 몇 마디 묻더니 등록을 허락했다. 관장 말에 따르면 내가 매일 와서 구경하는 정성이 마음에 들었다는 것이었다. 이래서 나는 십팔기를 배우게 됐다. 넝마주이와 한판 붙었을 때 나는 '봉술 돌리기'와 '칼 쓰기'를 이미 익히고 있었다. 그래서 양아치를 내 적수로 보고 대적했던 것이다.

B공고에 다니던 동주 형은 항상 딱 달라붙는 청바지와 진달래 색깔의 남방을 입고 다녔다. 동주 형은 돈을 벌어 자기와 여동생의 학비를 대

고 있었다. 공고를 마치면 바로 직장생활을 시작한다고 해서 그런지 하는 행동이 꼭 어른스러웠다.

낚시를 좋아하던 동주 형은 지난 여름방학 때 나를 낚시터에 데리고 갔다. 보급소의 형들 몇 명이 분담하여 먹을거리를 준비하기로 해서 나는 몸만 따라오라고 했다. 낚시가 뭔지도 모르고 대나무로 물고기 잡는 정도로만 알고 있었다. 우리는 경춘선 열차를 타고 대성리로 향했다. 낚시터에 같이 갔지만 동주 형만 고기를 낚고 다른 형들은 여자 이야기나 하다가 텐트 안에 들어가 담배를 피우고 나왔다. 옛일이 떠올랐다. 나도 영범이를 만나서 어울려 다닐 때는 가끔 담배를 피웠다. 신문 배달을 하게 되면서 영범이와 붙어 있는 시간이 줄어들다 보니 이제는 담배를 피우지 않았지만 말이다.

낚시를 하는 동주 형 옆으로 다가가서 앉았다. 동주 형은 내게 "너는 무엇 위해 사니?"라고 물었다. 돈을 많이 벌기 위해서 산다고 했더니 자기도 그렇다고 했다. 나는 동주 형과 생각이 같은 것이 너무 좋았다. '내가 인생의 방향을 올바로 잡았구나'라는 생각도 들었다. 그날 동주 형은 인생이 어쩌고저쩌고하며 어린 나를 상대로 계속해서 알아듣기 어려운 말을 했다. 사회에 나갈 날이 멀지 않아서 머릿속이 복잡한 것 같았다.

동주 형은 고등학교 2학년이기 때문에 내년이면 취직한다고 했다. 그런데 동주 형은 잠꾸러기였다. 우리 집에서 그리 멀지 않은 곳에 살고 있어서 나는 새벽에 보급소 사무실로 갈 때마다 들러 깨워 같이 갔다. 새벽 4시가 조금 넘은 시간에 집 앞에 가서 "동주 형!" 하고 여러 번 불러야 일어나곤 했다. "알았어"라는 대답 소리가 들리고도 한참 더 꾸무럭대다가 나왔다.

어느 날이었다. 형을 여러 번 불러도 대답이 없었다. 계속 부르고 있었더니 옆집 아저씨가 창문을 열고 버럭 소리를 질렀다.

"야, 인마. 잠 좀 자자."

내가 새벽마다 소리를 질러대는 바람에 그 아저씨는 잠에서 깨 제대로 잠을 못 잤다는 것이었다. 몹시 미안했다. 그 후로 나는 동주 형을 부르러 가지 않아도 됐다. 동주 형이 보급소에서 생활한다고 그 집을 나왔기 때문이다. 내게는 참 잘된 일이었다.

나도 가끔 새벽에 나오는 게 귀찮고 짜증이 날 때는 보급소에서 잠을 자곤 했다. 보급소에는 방이 하나 밖에 없었으나 사무실에 책상이 여러 개 있었다. 그래서 자리를 먼저 차지하지 못하면 책상 위에서 잠을 자야 했다. 그러나 책상 위에서 잠을 자는 것은 위험했다. 보급소에서 잠을 자는 형이 많아서 책상 하나에서 두 명이 잠을 잤다. 나도 자다가 바닥으로 떨어진 적이 있었다. 몹시 아팠다.

어떤 때는 잠을 자기 전에 옥상에 모두 올라가 라면을 먹고, 기타 반주에 맞춰 노래를 불렀다. 그런 날 하늘에 달마저 떠 있으면 분위기는 더 좋았다. 비록 신문 배달을 하고 있지만 낭만을 찾는 형들이었다. 동주 형은 기타를 정말 잘 쳤다. 생긴 것도 영화배우처럼 잘생겼다. 동주 형이 기타만 잡았다 하면 즐겨 부르던 노래가 있다.

해도 잠도 밤하늘엔 많은 별들이

소곤대는 너와 나를 흉보는가 봐

설레며 말 못하는 나의 마음을

용기 없는 못난이라 흉보는가 봐

라라라 라라 라라라라 라라라

미소 짓는 그 입술이 하도 예뻐서

입 맞추고 싶지만은

자신이 없어

할까 말까 망설이는

나는 못난이

나는 가사 내용을 정확히 이해하지 못하면서도 형들이 하는 노래를 따라 불렀다. 이 노래 가사 중에는 내 마음을 찌르는 구절도 있었다. 나는 신문 돌리는 자신을 창피하게 여기고 남들이 알면 어쩌나 염려하는 못난이였다. 왜 나를 남녀공학 중학교에 배정했는지 하나님과 부처님을 원망했다. 사춘기라서 그런지 남자아이들보다 여자아이들을 더 많이 의식하고 있었다.

영섭이 형은 옥상에 잠시 있다가 사무실로 내려갔다. 중학교 3학년이었다. D상고에 진학하기 위해 열심히 공부를 하는 중이었다. 눈이 오던 작년 크리스마스이브에 나는 영섭이 형의 앨범을 몰래 보다가 충돌 일보 직전까지 갔었다. 며칠 후 영섭이 형은 내게 "칠복아, 너 만두 좋아하지?" 하면서 만두를 사주겠다고 했다. 나는 형을 따라 만두가게로 갔다.

영섭이 형은 나에게 찐빵과 만두를 주문시켜 주고는, 볼이 미어지게 먹어대는 나에게 좀 천천히 꼭꼭 씹어 먹으라는 둥, 물을 마셔가며 먹으라는 둥 잔소리를 했다. 형의 전에 없던 그 잔소리가 별로 듣기 싫지 않았다. 영섭이 형은 부드러운 눈빛으로 나를 편안하게 해주고 있었다. 그래서 나는 앨범 속 사진 중 형하고 같이 사진을 찍은 초등학생이 형 동생이냐고 물어봤다. 형은 그렇다고 하면서 자기 이야기를 들려줬다.

영섭이 형 역시 어려운 집안에서 태어났다. 어머니는 동생을 낳다가 죽었고 아버지는 새엄마를 얻었다. 집이 너무나 가난해서 영섭이 형은 중학생이 되자마자 독립했다. 그래서 보급소 사무실에서 생활하면서 학교에 다니고 있었다.

대강 요약한 영섭이 형의 세상살이다. 그 말을 들으면서 나는 영섭이 형이 걷잡을 수 없이 좋아졌다. 그는 꾸밈없이 소탈하게 웃는 것이 매력이었다. 영섭이 형은 진정으로 '의지의 한국인'이었다. 다른 형들과는 조금 달랐다. 다른 형들은 공부보다 멋을 내고 노는 데 관심이 더 많았다.

보급소의 신문 배달부 중에서 공부도 제일 잘했고 책도 많이 읽었다. 손에는 항상 책이 있었다. 그래서 영섭이 형은 아는 것도 많고 정말 유식했다. 형은 정직했고 나와 달리 창피한 것을 모르는 대범한 성격이었기 때문에 더 좋았다. 나는 거짓말도 많이 했고 중학교에 가서는 부끄럼을 너무 많이 탔기 때문이다.

내가 중학교에 들어가자 영섭이 형은 내게 자신이 보던 책을 한 권줬다. 성경이 아닌 영어 참고서 《삼위일체》였다. 나는 공부에 별로 관심이 없었기 때문에 책을 거들떠보지도 않았다. 나중에 책이 어떠냐고 묻길래 "내 수준에는 너무 어려워요"라고 얼버무렸다. 그랬더니 며칠 후 다른 책을 하나 주는 것이었다. 표지를 보니 새로 산 책 같았다. 《성문기초영문법》이라는 책이었다. 이 책은 일단 크기가 작고 얇아서 좋았다. 하지만 이 책도 마찬가지로 거들떠보지도 않았다. 나중에 내가 나이를 좀 더 먹고 나서야 좋은 책이라는 사실을 알게 됐다.

내가 영섭이 형에게 줄 수 있는 거라고는 없었다. 아무리 찾아봐도 무엇을 줘야 할지 적당한 물건이 떠오르지가 않았다. 고민하다가 우리 집에 겨울을 나기 위해 땅에 묻어둔 김장독에 생각이 미치자 나는 '그래, 바로 그거다!'라는 생각을 퍼뜩 떠올렸다. 영섭이 형은 보급소 사무실에서 자취를 하기 때문에 반찬거리가 늘 궁했다. 그래서 김장김치를 가져다주면 좋아할 것이라는 판단이 들었다.

어머니에게 영섭이 형에 관한 이야기를 하고 김장김치를 싸다가 영섭이 형에게 여러 번 전해줬다. 어머니에게 미안해서 말 안 하고 몰래 퍼다 준 적도 있었다. 영섭이 형은 자신이 받은 도움에 꼭 보답하는 사람이었다. 어린 내가 의지력이 없어 보였던지 내게 좋은 말을 많이 해줬다. 영섭이 형은 내게 선생님이었다.

내 또래 아이들보다 조숙했던 나를 보고 영섭이 형은 사춘기를 잘 넘겨야 된다는 말을 자주 했다. 못된 아이들과 어울리지 말라는 충고도 자주 했다. 인생은 자기 발로 걷는 것이지 결코 남이 대신 살아주지 않는다는 말도 했다. 혼자 힘으로 서야 한다, 배움을 멈추지 말아라, 절대로 포기하지 말아라, 큰 꿈을 품어라 등 알 듯 모를 듯한 말도 많이 했다.

그리고 옛 성현들의 좋은 글귀를 모아놓은 명언집을 내게 선물했다. 마음이 나약해지고 흔들릴 때는 명언집에 들어 있는 글귀를 읽으면서 마음을 강하게 다지라는 말도 덧붙였다. 나는 참다운 스승을 만났던 것이다. 나보다 두 학년 위였지만 이렇게 의젓하고 어른스러운 영섭이 형을 더욱더 따르게 됐다.

〈조홍시가〉 사건

교실마다 합창대회 연습이 한창이었다. 각 반 담임 선생님들은 방과 후 학생들을 붙잡아두고 연습에 열을 올리고 있었다. 합창대회에서 3등 안에 들면 거기에 따른 상금도 있고, 반 자랑거리가 생겨서 그런지 아이들보다 담임 선생님들이 들떠 앞장을 섰다. 그런데 교실마다 풍금이 없었기 때문에 연습이 제대로 될 리가 없었다.

우리 담임도 우리를 붙잡아 놓고 직접 연습을 시켰다. 선생님은 자기가 다니는 교회에서 성가대에 속해 있기 때문에 노래에 대해서는 자신이 있다고 말했다. 하지만 우리 반 아이들 중 선생님이 노래를 잘한다고 여기는 아이는 단 한 명도 없었다. 사실 선생님은 음치 중에도 보기 드문 음치였다. 연습을 시키다가 아이들이 너무 웃어대는 바람에 선생님마저도 쑥스러워할 지경이었다. 그래서 선생님은 비상수단을 강구했다. 3학년 누나 중에서 우리 반을 지도할 사람을 뽑아올 테니 걱정 말고 연습을 계속하자며 달랬다.

다음 날 방과 후 선생님이 한 누나를 데리고 교실로 들어 왔다. 시끌시끌하던 교실이 갑자기 조용해졌다. 선생님을 따라 들어온 누나 때문이었다. 한눈에 봐도 얼굴이 매우 예쁜 누나였는데 몹시 수줍어하고 있었다. 2년이나 어린 후배들 앞인데도 숙인 얼굴이 발갛게 달아올라 있었다. 많은 남자들 앞이어서 그런 것 같았다.

그런데 어디서 누나 얼굴을 본 적이 있다는 느낌이 들었다. 처음에는 잘 기억이 나지 않았다. 얼굴을 뜯어보면서 곰곰이 생각해봤더니 보급소 옆 D음악학원에 다니는 누나였다. 성국이 형이 그렇게 좋아하는 그 여자였다. 얼굴을 자세히 훔쳐보니 성국이 형이 좋아할 만했다. 아니 남학생들이라면 누구나 좋아할 만한 스타일이었다. 성국이 형은 키가 크고 덩치가 컸다. 그런데 누나는 키가 작고, 얼굴도 작고, 덩치도 작아 성국이 형과 정반대의 스타일이었다.

'저 여자 때문에 성국이 형이 D학원 원장에게 그렇게 혼이 났구나.'

나는 성국이 형의 아픔과 슬픔을 뚜렷이 기억하고 있었다. 성국이 형은 우리 교실에 온 누나가 음악학원에 연습을 하러 올 시간이나 연습이 끝날 시간이면 보급소 난간에 나가서 기다리는 것이 유일한 즐거움이었다. D학원 원장과 아들에게 알랑거리며 비위를 맞춘 것도 다 누나 때문이었다.

홀로 짝사랑을 키우던 성국이 형은 도저히 참을 수 없었던 모양이었다. 그래서 마음을 굳게 먹고 용기를 내서 누나에게 고백하기로 작정했다. 누나가 학원에서 피아노 연습을 마치고 돌아갈 때를 기다렸다가 쫓아가기로 마음먹었던 것이다.

"안녕하세요, 제 얼굴 기억하죠?" 하면서 접근을 했단다. 그러면서 들고 있는 가방이 무거울 것 같아 들어다 주겠다고 했다. 그 말이 떨어지기가 무섭게 누나는 눈으로 째려보더니 "따라오지 마세요! 창피해요!" 하면서 빠른 걸음으로 줄달음을 쳤다고 한다.

성격이 집요한 면이 있는 성국이 형은 부지런히 누나를 쫓아갔다. 그 누나는 한참을 가더니 지나가는 사람들에게 "저 좀 도와주세요. 쟤가 저를 괴롭히려고 해요!" 라며 고래고래 소리를 질러댔다고 했다. 성국이 형은 졸지에 치한이 되었고, 지나가던 아저씨들한테 "인마, 너 왜여학생 괴롭혀! 대가리에 피도 안 마른 녀석이. 나쁜 놈 같으니라구"라고 꾸중을 들었다. 그 말을 듣는 순간 눈앞에 눈물이 핑 돌았다고 말했다. 순진한 성국이 형은 자기가 좋아했던 누나에게 호의를 베풀며 알고 지내려고 했을 뿐인데, 자기 마음을 몰라주는 누나가 너무나 야속했단다. 성국이 형은 크게 실망하여 아픈 가슴을 하고 발길을 돌려 보급소로 돌아갔다고 했다.

성국이 형은 정말 불쌍한 형이다. 보급소에서 먹고 자면서 학교에 다녔다. 성국이 형 아버지는 바람이 나서 아기까지 낳은 젊은 여자와 살림을 차린 이후 집에 돌아오지 않았다고 했다. 그래서 자기는 아버지를 저주한다고 말했다. 성국이 형은 누나와 어머니하고 함께 살았다. 형이 초등학교 4학년 때 어머니께서 돌아가시는 바람에 형은 큰집에, 누나는 이모네 집에 맡겨졌다. 그렇게 오누이는 생이별을 했다.

그 후 큰집에서 함께 살던 할아버지가 돌아가신 후로 큰아버지와 큰어머니의 구박이 심해졌고 육성회비도 내주지 않았다고 했다. 형은 사촌 형들이 입던 옷을 물려받아 입었다. 사촌들이 형에게 한결같이 차갑게 대하고 따돌려서 너무나 많이 울었다. 그래서 보급소까지 굴러 오게 됐다고 했다.

오늘 우리 반의 합창 연습을 시키기 위해 교실로 들어온 누나의 어머니가 D음악학원 원장에 일러바쳤는지, 원장이 형을 부르더니 인상을 팍팍 쓰면서 입에 거품을 물고 형의 머리통을 쥐어박으면서 혼을 냈다고 했다.

"야, 이 자식아, 너 같은 놈이 어떻게 그 여학생을 넘보니? 이 멍청한 놈아. 너는 집도 절도 없는 신문 배달이잖아. 그 여학생은 부잣집 딸이야. 그 집은 교수 집안이야. 엄마 아빠가 모두 교수란 말이야. 앞으로 우리 학원에 절대 얼씬도 하지 마. 한 번 더 그러면 보급소장에게 말해서 너를 아주 쫓아내라고 할 거야. 알겠어!"

성국이 형도 나처럼 어른들을 싫어했다. 어른들은 우리의 마음을 몰라도 너무나 몰랐다. 이 일이 있은 후로 성국이 형의 얼굴은 항상 슬퍼 보였다. 늘 헤벌리고 다니는 입도 그 슬픔을 감추지 못했다. 내가 말을 걸어도 옛날처럼 신이 나지 않는지 시무룩한 표정으로 묻는 말에만 간단히 대답했다.

성국이 형에게 큰 상처를 준 그 누나가 우리 반을 지도하기 시작했다. 아이들의 눈은 누나 얼굴에만 쏠려 있고, 합창 연습에는 도통 관심을 보이지 않았다. 하지만 나는 그 누나 얼굴 따위엔 관심이 없었다. 얼굴만 반반하게 생겼지 마음씨는 뱀과 같은 여자일지도 모른다고 생각하고 있었다. 성국이 형의 눈에 눈물을 흘리게 만든 여자는 내게 더 이상 누나가 아니었다. 내가 성국이 형 대신 복수를 해주면 좋을 텐데 마땅한 방법이 떠오르지 않았다.

 그나저나 내게는 남들과 다른 걱정거리가 있었다. 방과 후 합창 연습이 아니라 수금을 하러 가야 했기 때문이다. 남 사정도 모르면서 저돌적으로 밀어붙이는 담임이 야속했다. 그러나 궁하면 통한다더니 좋은 생각이 떠올랐다. 합창 연습이 시작되기 전 화장실에 가는 척하고 교실 문을 나섰다. 보급소까지 빨리 달려가서 영수증 철을 가지고 나왔다. 그리고 수금을 하러 구역으로 가지 않고 또 달려서 교실로 되돌아왔다. 이것도 며칠은 통할 수 있었지만 계속 담임의 눈을 속일 수는 없었다.

 "이칠복, 너 어디 갔다 와?"
 "화장실이요."
 "인마, 화장실에 가서 그리 오래 있어?"
 담임은 눈에 불을 켜면서 나를 노려봤고 아이들은 킬킬거렸다. 담임은 내일부터 바지에다 똥을 싸는 한이 있더라도 화장실에 가지도 말라고 못 박았다. 신문 수금을 빼먹는 것도 하루 이틀이지 합창 연습을 한다고 계속 그럴 수는 없는 일이었다. 보급소 총무에게 합창 연습이 있어 나올 수 없다고 해도 믿지 않을 것이다. 거짓말로 속이는 때가 많았기 때문에 총무들은 신문 배달부의 말을 잘 믿지 않았다. 그렇다고 해서 담임에게 부탁하기도 싫었다.

 궁리에 궁리를 거듭했지만 뾰족한 묘안이 떠오르지 않았다. 담임이 화장실에 가지 말라고 말한 다음 날은 어쩔 수 없이 교실을 지켰다. 그

다음 날도 어떻게 할까 고민하고 또 고민했다. 교실을 지킬 것인가, 아니면 수금을 위해 빠져나갈 것인가. 한창 합창 연습에 열 올리는 누나를 쳐다보다가 충동적으로 결심했다.

'성국 형을 생각해서라도 누나 아니 저 계집애의 가르침을 받아서는 안 된다. 그래, 저 계집애를 끔찍이 아끼는 담임의 말을 거부하자!'

걸려서 깨지면 그만이었다. 박달나무가 두렵긴 했지만 손바닥을 몇 번 맞아 보니 참을 만했었다. 용기가 솟아났다. 다음 날은 마지막 수업이 끝나자마자 어수선한 틈을 타 가방을 교실에 놓아둔 채 살짝 몸만 빼냈다. 성국이 형에 대한 의리가 망설이던 내 결심을 재촉했던 것이다.

보급소에 갔더니 성국이 형이 라면을 끓여 먹고 있었다. 성국이 형은 라면을 무진장 좋아했다. 밥을 해먹는 것이 귀찮아서라고 했지만 라면 먹는 모습을 보면 밥보다 라면을 훨씬 더 좋아한다는 사실을 알 수 있었다. 나는 라면에 질려서 싫어했지만 성국이 형은 라면에 그야말로 걸신이 들린 사람처럼 언제나 맛있게 먹었다. 형에게 그 계집아이 말을 하려다가 꾹 참았다. 성국이 형이 라면을 다 먹기를 기다렸다.

"형, 수금 같이 나가자. 형 구역 먼저 돌고 내 구역 돌자."

형은 고개를 끄덕거렸다. 성국이 형 구역을 돌면서 수금을 삥땅하는 방법과 비밀 독자 관리 비법을 전수해줬다. 삥땅을 치려면 600원짜리 독자를 550원짜리 독자로 둔갑시켜 보고하면 그만이었다. 월급제로 일하는 경우에는 좋은 방법이었다. 그러나 능력제로 일할 때는 아무런 소용이 없다. 비밀 독자를 관리하는 것이 가장 확실한 방법이었다.

그때 나는 비밀 독자를 여섯 집이나 관리하고 있었다. 제일 안전한 집은 우리 가족이 세 들어 사는 주인집이었다. 주인집 아저씨에게 나는 선심을 써서 월 구독료 500원에 넣어 줬다. 이 집은 들킬 염려가 없는 안전지대였다. 또 나머지 다섯 집도 세심하게 따져서 정했다. 대부분 세입자 집이었다. 주인집은 총무들이 확장을 나갈 때 들킬 염려가 있었다. 하지만 대문이 아닌 별도의 쪽문을 통해서 출입하는 세입자들은 비교적 안전했다. 주인집이 정상적인 독자라면 총무들은 거의 대부분 세입자 집까지 확장하려 들지 않았기 때문이다.

그중에서 여러 가구가 세 들어 사는 경우는 거의 무풍지대였다. 정상적인 독자 집이 둘만 되어도 거기에서는 이미 독자 집을 충분히 확보했다고 여겼기 때문에 다른 가구를 비밀 독자로 관리하는 것은 식은 죽 먹기요, 누워서 떡 먹기였다. 나는 한 달에 비밀 수입 3,500원을 챙길 수 있었다. 조금 켕겨서 들키면 어떻게 하나 마음을 졸였지만 다들 그런 짓을 하기 때문에 큰 걱정은 안 했다.

"너 끝내준다. 그렇게 많이 관리해?"

내 말을 들은 성국이 형이 침을 흘렸다.

"형, 총무에게 들켜도 내가 말했다고 하지 마. 알았지?"

나는 형의 다짐을 받았지만 괜히 알려줬다는 생각이 들었다. 형은 겁이 많아서 총무가 협박하면 다 불어버릴지도 모르기 때문이었다. 예전에 성국이 형이 어설프게 하다가 들켜서 뺨따귀를 맞을 때도 일러주지 않은 비법이었지만, 실연을 당해 침울해 있는 그를 조금이라도 달래주기 위해 자발적으로 아주 자세하게 설명해줬다.

우리가 두 구역을 다 돌고 보급소로 돌아왔지만 학교에서 몰래 도망

쳐온 일이 내내 가슴 한편에 남아 있었다. 보급소에서 저녁때까지 보내다가 무거운 마음으로 문을 나섰다.

　이튿날 아침 신문을 돌리고 학교에 갔더니 평소와 같이 교문에는 선도부 형들과 누나들이 지키고 서 있었다. 거수경례를 하고 들어갔다.

　"야! 너 이리 와 봐."

　인상이 하도 무섭게 생겨놔서 그냥 상냥하게 불러도 충분히 겁먹게 생긴 형이 뭐가 그리 못마땅한지 똥을 잔뜩 씹은 표정을 하며 나를 불렀다.

　"너, 가방 어디 있어?"

　"교실에 있는데요."

　어제 가방을 교실에 두고 갔기 때문에 나는 가방 없이 학교에 가고 있었던 것이었다. 선도부 형은 고개를 갸우뚱했다. 나는 선도부 형이 괜한 트집을 잡을까 봐 재빨리 머리를 굴렸다. 선도부가 교문에 서기 전 아침 일찍 가방을 교실에 가져다두고 집에 가서 밥을 먹고 오는 것이라고 둘러댔더니 이상하다는 표정을 지었다. 우리 반은 일찍 오는 순서대로 마음에 드는 자리에 앉기 때문에 그런 것이라고 또 둘러댔다. 그러고 나서야 선도부 형은 나를 들여보냈다. 하여간 나는 임기응변에는 이골이 난 놈이었다.

　담임은 내가 땡땡이친 사실을 눈치 채지 못하고 있었다. 억세게 운도 좋은 놈이었다. 수업이 끝나고 또 합창 연습이 있었다. 어제와 마찬가지로 가방을 교실에 둔 채 몸만 빠져나왔다. 그랬는데 다음 날 학교에 갔더니 반장이 내게 다가왔다.

"야, 이칠복. 너 담임이 오래."

"… 왜?"

"합창 연습 안 하고 여러 번 도망갔잖아."

꼬리가 길면 잡힌다더니 내가 그 꼴이었다. 이 말은 담임이 잘 쓰는 말이다. 가슴이 두근거리고 있었지만 나는 땡땡이를 치기로 했을 때 결심한 게 있었기 때문에 마음을 독하게 먹었다. 쌍 바윗골 양쪽의 엉덩이를 두 손으로 한 번 비벼서 만져줬다. 엉덩이가 내 몸뚱이를 대표해서 고생할지도 모른다는 생각이 들어서였다.

교무실에 갔더니 나를 보는 담임의 얼굴이 굳어 있었다.

"야, 이칠복. 너 뭐 하는 놈이야, 응? 왜 너만 합창 연습 안 하고 도망가고 그래?"

나는 고개를 푹 숙인 채 처벌만 기다리고 있었다.

"이 아이는 국산품 애용하던 아이 아닌가요?"

내가 아줌마로 착각했던 검은 뿔테 안경의 여선생님이었다. 하필이면 그날따라 불운이 겹쳤던 것이다. 어지간해서 이런 일이 없었는데 요새는 재수 없는 날이 잦았다. 담임의 기억에서 잊혔을지도 모를 '국산품 애용 사건'을 들먹이는 여선생님이 미웠다. 담임의 눈치를 슬쩍 봤더니 어색한 표정을 한 채 검은 뿔테 여선생님을 쳐다보고 있었다.

"무릎 꿇고 손들고 있어! 이 자식아!"

담임은 커다란 주먹으로 내 머리통을 한 대 쥐어박았다. 아마 모르기는 몰라도 혹이 난 것 같았다. 선생님들이 왔다 갔다 하는 교무실에

80

서 벌을 받아보기는 중학교에 와서 처음이었다. 대부분의 선생님들은 바쁘게 수업 준비를 하고 있었다. 교감 선생님이 일어섰다. 모든 선생님들의 시선이 교감 선생님의 입으로 집중됐다. 주된 내용은 3일 앞으로 다가온 합창대회를 독려하는 말이었다. 괜히 미안한 마음이 들어 담임 얼굴을 슬며시 올려봤다. 그랬더니 담임은 발로 나를 툭 치는 것이었다. 괜히 쳐다봐서 한 대 더 맞았다.

교감 선생님의 말이 끝나자 선생님들은 조회 들어갈 준비를 서둘렀다. 나는 담임이 어떤 처벌을 할까를 놓고 내내 머리를 굴리고 있었다.

"야, 너 이칠복 아니야?"

그때 갑자기 나를 알아보는 목소리가 들렸다. 고개를 들었더니 학생과장 선생님이었다.

"박 선생, 이칠복이가 무슨 잘못을 했나요?"

"글쎄, 이 자식이 방과 후에 합창 연습 안 하고 도망갔지 뭡니까?"

"아, 그래요…. 박 선생, 잠깐 나 좀 봅시다."

학생과장 선생님은 담임을 한쪽으로 불러 한참 동안 무언가 이야기를 나눴다. 그러고 나서 내 쪽으로 돌아오는 담임의 굳었던 얼굴은 많이 누그러져 있었다. 학생과장 선생님은 내게 손을 들어 보이고는 교무실을 나갔다.

"야, 이칠복. 말을 했어야지. 말을 안 하면 내가 어떻게 네 사정을 아니? 이놈아! 그런 사정이 있었구나."

담임의 말이 떨어지는 순간 내 눈에서는 그동안 그렇게도 애써 참아 왔던 눈물이 주르륵 흘러내렸다. 나는 학생과장 선생님이 담임에게 무슨 말을 했는지 안다.

학생과장 선생님은 내 구역의 독자였다. 지난 4월 수금을 하러 나갔었다. 벨을 눌렀더니 대문이 열리며 들어오라고 했다. 그런데 매일 교문 앞에서 몽둥이를 가지고 서 있는 사람이 마루에 앉아 있었다. 학생과장 선생님이었다. 호랑이 같다는 학생과장 선생님을 만나니 기가 팍 꺾였다. 선생님은 자기네 학교 학생인 나를 보고 무척 반갑게 맞이하더니 웃으면서 신문 대금을 선뜻 내줬다.

"이칠복, 힘들지 않아?"

내 명찰을 보더니 친근감을 표시했다.

"여보, 여기 먹을 것 좀 가지고 와요. 우리 학교 학생이 여기 신문을 넣네."

나는 얼어붙은 입술을 침을 발라 녹이며 다소곳이 말했다.

"힘들지는 않아요. 초등학교 때부터 해왔기 때문에 이미 적응이 된걸요."

"그렇구나, 참 장하다. 공부는 잘하니?"

"…"

그사이 사모님은 과일을 가지고 나왔다. 사모님은 비가 오나 눈이 오나 신문을 빠뜨리지 않고 넣어줘서 고맙다는 말을 했다. 나는 마땅히 해야 할 일을 했을 뿐이라고 말했다. 또 그게 내게 주어진 임무라고도 했다.

"그놈 기특하구나" 하고 학생과장 선생님은 머리를 쓰다듬어줬다. 자주 감지 않아서 기름기가 줄줄 흐르는 머리를 말이다. 나는 학생과장 선생님과 마주 앉아 있기가 영 거북하고 부담스러워 바쁘다는 핑계를 대고 선생님 집에서 도망치듯 나왔다.

그 후 학생과장 선생님은 선도부들과 교문에 서 있다가 내가 거수경례를 하고 들어가면 꼭 손을 들어 인사를 받아줬다. 원래 그 선생님은 아이들이 인사해도 잘 받아주지 않는 성격이었다. 언젠가 교문에서 나를 붙잡은 선도부 형이 머리가 길다며 이름을 적으려고 했을 때도 학생과장 선생님은 "야, 이칠복. 이리 보내" 하고 지시했다. 그러고는 "바쁘더라도 머리는 깎아야지. 오늘 방과 후에 꼭 깎도록 해라" 하면서 구출해준 적도 있었다.

교문을 들어갈 때 나를 불러서 내 교모의 모표가 비뚤어졌다며 바로 잡아준 적도 있었다. 지난 추석 때 신문 대금을 받으러 갔을 때는 내게 만년필을 선물했었다. 담임의 박달나무 세례로부터 나를 구해준 학생과장 선생님이 고마웠다. 절체절명의 위기 순간에 슬픈 천사가 된 숙이가 도와준 것인지도 모른다는 생각도 들었다. 내가 운이 없는 놈이라고 체념을 할라치면 이상하게도 뜻하지 않은 도움을 받고서 위기에서 벗어나는 경우가 많았기 때문이다.

담임 선생님과 나는 교실로 향했다.

"이칠복, 왜 말 하지 않았니? 말했으면 방과 후에 그냥 보내줬을 텐데."

"내가 신문 배달이라는 것을 비밀로 하고 싶었어요. 다른 아이들이 아는 게 창피했어요. 또 내가 신문 배달하는 것을 알면 나는 가난한 아이고, 가난한 아이들은 나쁜 짓을 많이 한다고 생각할 것 같았어요."

"아! 그놈 참… 알았다, 알았어. 그런데 합창대회가 있기 전날은 꼭 연습해야 돼. 인마, 노래 가사는 외우고 있어야 입이라도 벙긋할 것 아니야!"

선생님은 속으로 답답한 놈으로 여기기는 했지만 내 처지를 이해하는 것 같았다. 교실에 들어가니 시끄럽게 까불던 놈들이 갑자기 조용해졌다. 내가 담임에게 깨지고 돌아오기를 기대했던 반장 녀석은 담임과 내 얼굴을 번갈아봤다. 아침 조회를 마친 담임이 나가자 반장 녀석이 내게 왔다.

"이칠복, 너 박달나무 맛을 보니 어떠냐?"

녀석이 나를 떠보는 것 같아 나는 침묵한 채 대꾸를 하지 않았다.

방과 후 가방을 들고 떳떳하게 교실 문을 걸어 나가려 할 때였다. 반장 녀석이 나를 불러 세웠다.

"네게는 말할 수 없는 사정이 있어. 담임에게 말했는데 그냥 가도 된 대. 믿지 못하겠으면 확인해봐."

나는 입을 삐죽대면서 반장 녀석에게 말했다. 자기보다 더 힘이 센 담임을 끌어들였으니 반장 녀석도 어쩔 수 없는 모양이었다. 한마디로 닭 쫓던 개 지붕 쳐다보는 꼴이 됐다. 이 말도 담임 선생님이 잘 쓰는 말이다. 담임은 수업 시간에 고사성어와 속담을 많이 사용했기 때문에 우리 반 아이들은 국어 시간에 배우지 못하는 그것들을 영어 시간에 배우고 있었다.

1975년 가을 어느 날 국어 수업 시간이었다. 우리 반을 가르치던 국어 선생님은 여선생이었다. 성격이 따뜻한 미혼의 여선생이라 아이들에게 인기가 좋았다. 여선생님은 무언가를 열심히 가르치고 있었다. 나는 학습 내용에는 흥미가 없어 공책에다가 내가 흠모하던 같은 학교 여학생 미숙에게 막상 보내지도 못할 연애편지를 끄적거리고 있었다. 그런 내 귀에 여선생의 질문 소리가 들렸다. 아마 교과 내용과 관련된 문제인 것 같았다.

　"부모님께 효성이 지극했던 조선시대 중기 사람인데, 그가 쓴 시조가 매우 유명하다. 부모님께서 살아 계실 때 잘하라는 내용을 담고 있다. 누구 아는 사람 말해보아라."

　아무도 대답하는 사람이 없었다. 평소 국어 시간에 설치던 형준이도 그 답을 모르는 것인지 주위를 두리번거렸다. 아는 놈이 한 놈도 없자 형준은 안도하는 것 같았다.

　'내가 말해볼까?'

　나는 여선생이 묻고 있는 사람과 그 시조를 알고 있었다. 내 누이동생들이 어려서 우리 곁을 떠났기 때문에 나는 부모님께 잘하려고 마음먹은 때도 있었다. 그래서 보급소에 있는 어떤 책을 보다가 그 시조를 발견하고 지은이와 시조를 외워 두었다.

　여선생은 다시 질문했지만 대답하는 놈은 아무도 없었다. 나는 그 순간 손을 들지 않은 채 "노계 박인로의 〈조홍시가〉요" 하고 말했다. 그것도 아주 작은 소리로…. 손을 들고 말할 자신이 없었기 때문이다. 손을 들고 말했다가 틀리면 어쩌나 하는 두려움이 앞섰다고 해야 옳다.

만약에 틀리면 공부도 못 하는 놈이 주제넘게 나섰다고 개망신만 당할 것 같았기 때문이다.

반 아이들은 동시에 입을 크게 벌린 채 "와아!" 하고 감격의 괴성을 질렀다. 내가 대답한 것이 신기하다는 반응이었다. 자식들은 굼벵이도 구르는 재주가 있다는 것을 모르고 있었다.

"누구야? 누구?"

여선생은 토끼 눈을 뜨고 놀라는 표정을 짓더니 대답한 사람을 찾고 있었다. 나는 얼굴이 빨개져서 고개를 숙였다.

"이칠복이요, 이칠복" 하고 내 주위에 앉았던 아이들이 합창했다. 녀석들은 합창대회 연습을 한다고 발성 연습을 많이 한 터라 목소리도 베이스와 테너 소리가 적당하게 섞여 있었다. 나는 속으로 기분이 좋았다. 하지만 여선생은 뜻밖의 반응을 보였다.

"아니겠지. 명훈이겠지."

이명훈은 내 뒷자리에 앉아 있는 놈이었다. 명훈이는 우리 반에서 늘 1, 2등을 다투는 아이였다. 사실 여선생은 우리 반에 이칠복이라고 불리는 아이가 있는 것조차 모르고 있었다. 나는 그 순간 막 서운해지려 하고 있었다.

'내가 아무리 공부를 못하기로서니 그럴 수가 있단 말인가? 분명히 내가 말했는데.'

나는 고개를 푹 떨군 채 넋 빠진 사람처럼 우두커니 앉아 있었다. 아이들은 시시덕거렸고, 여선생의 진도는 계속 나갔다.

수업은 끝났고, 선생님은 교실 문을 나갔고, 내 마음속에는 우울함과 서운함만이 남았다.

'나'라는 존재는 우리 반에 없었다. 방과 후 수금을 하는데도 머릿속에서 여선생에 대한 야속함과 명훈에 대한 얄미움과 부러움이 떠나지 않았다.

이 사건이 있은 후 며칠 뒤 어느 날, 방과 후 수금을 마치고 보급소로 돌아가고 있는데 길에서 명훈이와 어떤 아줌마가 같이 오고 있었다. 명훈이가 그 여자와 닮은 것으로 보아 어머니인 것 같았다. 나는 습관대로 영수증 철을 재빨리 교복 바지 주머니에 구겨 넣었다. 같은 반이면서도 명훈과 말을 한 번도 나눠본 적이 없었다. 우리는 그만큼 멀고도 먼 사이였다. 그런데 그날 명훈이는 나를 몹시 반가워하는 것이었다. 한마디로 '놀랄 노'자였다. 평소 수업 시간에 잘난 척만 하던 잘나고 잘난 놈이 나를 보고 아는 척을 하다니.

"칠복아, 어디 가니? 엄마, 쟤 우리 반 아이야."

명훈은 자기 엄마에게 나를 소개하며 웃었다. 가까이서 보니 명훈은 자기 엄마를 많이 닮았다. 짙은 눈썹이며 쌍꺼풀이 진 눈, 그리고 오똑한 코가 엄마를 쏙 빼다 박았다. 완전히 한 틀에서 구어 낸 붕어빵이요, 그 엄마에 그 아들이었다. 사람들은 나를 보고 어머니를 많이 닮았다고 말하곤 했는데 명훈에 비하면 새 발의 피였다.

명훈은 희고 귀티가 나는 얼굴을 하고 있었다. 그 어머니는 한눈에 봐도 굉장한 미인이었다. 잘난 그 녀석이 나를 보고 아는 척해서 그렇다는 말이 아니다.

"그래? 애, 우리 명훈이라고 사이좋게 지내라."

명훈 어머니는 내게 부드럽게 말했다. 명훈은 그 옆에서 나에게 따스한 눈길을 보내고 있었다.

"예, 안녕히 가세요."

"칠복아, 내일 학교에서 보자."

나는 멍하니 서서 멀어져 가는 명훈과 그 어머니의 뒷모습을 바라보고 있었다. 무슨 일로 아들과 어머니가 어디를 가고 있는지는 모르지만 정말 다정한 모습이었다. 둘이서 도란도란 이야기를 나누며 걸어가는 모습이….

사실 명훈이라는 애가 공부를 잘하고, 꾸미고 다니는 모습도 부잣집 아들로 보였지만 그에 대해 별다른 적개심이나 미움 같은 것은 없었다. 한 반이었어도 그만큼 나하고 부딪힐 기회가 없는 관계였기 때문이다. 나는 거기서 우연히 그를 만난 것이 신통하다는 생각이 들었다. 학교에서 온종일 같은 공간에 있으면서도 서로 눈길 한 번 주지 않던 명훈이와 나였는데 그날만큼은 이상하게 친밀감이 들었다.

훗날 명훈은 내게 다음과 같은 말을 했다.

국어 시간에 자신이 "노계 박인로의 〈조홍시가〉요"라고 대답하지도 않았는데, 여선생이 "명훈이겠지"라고 한 것에 대해 내게 정말 미안했었다고 했다. 사람 사이의 관계란 참으로 알 수 없는 일이었다. 이것이 인연이 될 줄이야.

반중 조홍감이 고와도 보이나다

유재 아니라도 품엄즉 하다마는

품어가 반기리 없으니 그를 설워하노라

　〈조홍시가〉는 부모님을 그리워하는 심정을 그리고 있다. 이 시조는 대강 '쟁반 가운데 일찍 익은 감이 정말 곱게 보이는구나. 유자(柚子)가 아니라면 소매에 숨겨가고 싶기도 하지만, 품어가서 드릴 때 반길 사람이 없는 것이 서럽구나' 이런 뜻이다.

　〈조홍시가〉는 내게 여선생에 대한 서운함과 야속함, 그리고 미움을 남겨줬다. 그러나 내게 소중한 친구를 하나 얻게 되는 기회를 줬다. 〈조홍시가〉는 나와 두우쟁이의 연결고리였다. 갈등과 방황의 수렁에서 나를 건져내기 위해 때맞춰 나타난 명훈은 귀하디귀한 물고기 두우쟁이 같았다.

두우쟁이의 죽음

잠결에 전화벨이 계속 울리는 소리가 들렸다. 나는 전화를 받기가 귀찮아 일어나지 않고 아내가 전화를 대신 받아주기를 기대하고 있었다. 하지만 아내 생각도 나와 마찬가지였던 모양인지 자리에서 꿈쩍도 하지 않고 있었다.

"여보, 전화 좀 받으세요."

"당신이 좀 받으면 안 돼?"

"당신이 전화기에서 더 가까이 있잖아요."

아내 말이 맞았다. 자리에서 일어나 손만 뻗으면 되는 거리였다. 나는 눈을 비비면서 "어떤 놈이 이 시간에 전화질이야" 하면서 수화기를 들었다. 시간을 보니 새벽 3시가 되고 있었다.

"헬로우."

"나야, 나 형준이야."

"야, 인마, 너 지금 몇 시인데 전화를 하니? 여기는 지금 한밤중이란 말이야!"

"야, 인마, 내가 미국 시간을 어떻게 알아…. 지금 명훈이를 묻고 오는 길이란 말이야."

나는 아직 비몽사몽 상태에 있었기 때문에 내 귀를 믿을 수가 없었다.

"뭐라고? 다시 말해봐."

"명훈이 묻고 오는 길이라고."

나는 형준의 말뜻을 얼른 이해하지 못했다.

"그게, 무슨 말이냐? 묻고 오다니?"

"야, 이 병신 새끼야, 명훈이가 죽어서 묻고 오는 길이란 말이야."

아닌 밤중에 홍두깨였다. 그 순간은 40년이나 내 머리에 붙어 있는 두 귀를 도저히 믿을 수 없었다. 나이 마흔밖에 안되는 놈이 죽어서 묻고 오다니.

"알았어, 여기 방이거든. 내가 거실로 나가서 다시 전화할게. 전화 끊고 들어가."

수화를 내려놓으면서도 형준이 자식이 장난으로 그러는 것이라고 여겨졌다. 내가 미국으로 출국할 때 녀석에게 전화하지 않고 왔다고 삐쳐서 나를 놀라게 하려는 짓이라고 생각도 했다. 그만큼 도저히 믿을 수 없는 이야기였다. 거실로 나가 한국의 형준이에게 전화를 걸었다.

"야, 너 농담이지? 그 젊은 놈이 갑자기 왜 죽냐?"

"이 병신 새끼야, 지난 토요일에 죽었단 말이야!"

형준의 울음 섞인 목소리로 보아 사실인 것 같았다.

"왜 죽었대? 응?"

형준은 계속 훌쩍거리느라 말을 잇지 못하고 있었다.

"빨리 말해봐! 어서 빨리!"

내 마음은 급해지기 시작했다. 순간 명훈의 웃는 얼굴이 떠올랐다.

"지난 토요일 밤 화장실에 볼일 보러 들어갔다가 나오지 않아 지 아내가 화장실 문을 열었더니 피를 토하고 쓰러져 있었대."

나는 사망 이유를 물었고 형준은 울면서 설명하고 있었다. 말을 하다가 징징거리고 또 말을 하다가 징징거려서 알아듣기가 어려웠다. 나는 아무 말도 하지 못하고 듣기만 했다.

"중학교 동기들이 그러더라. 명훈이는 동창들을 만나면 '칠복이는 고생을 참 많이 하면서 컸는데, 칠복이가 꼭 성공해야 하는데'라는 말을 습관처럼 했대."

형준의 전화를 받고 있던 나는 바닥에 그만 주저앉고 말았다. 억장이 무너져 내렸다. 굵고 뜨거운 눈물방울이 내 뺨을 타고 주르르 흘러내리고 있었다.

"어떻게 이런 일이 있을 수 있어! 응? 어떻게 이런 일이 있을 수 있느냐 말이야! 왜 병원에 가지 않았어? 몸이 힘들면 병원에 가서 확인을 해봤어야 할 것 아니야."

나도 모르게 한숨이 나왔다. 형준과 나는 아무 말도 나누지 못하고 울기만 했다. 한참을 그러고 있다가 다시 연락하기로 하고 수화기를 내려놓았다.

"어떻게 이런 일이 일어났단 말인가!"

탄식 소리가 저절로 나왔다.

나는 두우쟁이 명훈의 죽음 앞에서 한 발 물러나 침착함을 유지할 수 없는 그런 관계였다. 나는 명훈의 죽음 한가운데에 내던져져 있었다.

　유년 시절을 지나 소년 시절을 거치면서 나는 열등감으로 똘똘 뭉쳐 있었다. 지긋지긋한 가난을 창피한 것으로 여겼고, 그 가난을 인정하고 받아들이기를 거부했다. 또 가난과 열등감으로 인해 자존심만 유독 강한 놈이 되어가고 있었다. 자존심이 강했던 나는 나이 30이 넘어서야 인생의 목표를 세우고 수년 동안 앞만 보고 달려왔다. 열등감을 극복하고 싶었다. 또 삶에 대한 자신감을 갖고 싶었다. 열등감을 숨긴 채 허풍만 떨고 있는 자신의 모습이 초라하게 보이기 시작했던 것이다.

　우둔한 나는 천신만고千辛萬苦 끝에 하늘의 도움으로 36세의 나이에 사법고시에 합격할 수 있었다. 합격 후 연수원을 수료하고 남들이 가지 않은 정부 산하기관에 취업했다. 원래 내가 입사한 회사는 유학을 지원하기로 구두 약속을 했었지만 여러 사정으로 인해 그 약속은 지켜지지 않았다. 나는 어린 시절의 경험을 통해 체득한 '하늘이 무너져도 솟아날 구멍이 있다'는 속담을 신조로 살아왔다. 이 신조는 나로 하여금 회사의 경제적 지원 없이 미국행을 결심하게 만들었다.

　결혼 후 아내 2,000만 원, 나 2,000만 원 은행 대출을 받아 주상복합 건물에서 신혼살림을 시작했다. 그 후 아버지와 어머니, 출가하지 않은 동생들과 함께 사느라 경제적으로 마이너스인 생활을 했다. 동생들의 출가와 나의 계속되는 공부로 우리 부부가 버는 대부분의 돈이 들어가 미처 유학 경비를 준비할 수 없는 상황이었다. 내가 무모한 출국을 감행할 수 있었던 것은 '어린 시절부터 세상에 대한 두려움으로 떨었지만 나는 항상 운이 좋았던 놈'이라는 믿음이 있었기 때문이다. 한편으로는 '사람 사는 세상에서 어디에 던져진들 설마 죽기야 하겠는가' 하는 오기도 발동했기 때문이다.

2002년 봄, 나는 경제적 능력이 없는 아버지와 어머니를 역시 경제적 능력이 부족했던 철이에게 맡기고 미국행 비행기에 올랐다. 건강이 나쁜 아버지와 어머니를 누군가가, 아니 하늘이 지켜주기를 간절히 기도하면서…. 할아버지와 떨어지지 않으려는 다섯 살 딸아이가 울어댔지만 나는 딸의 엉덩이를 후려 갈겼다.

내가 명훈의 죽음을 알리는 형준의 전화를 받았던 때는 내가 한창 달려가던 시기였다. 1997년 7월 신혼여행을 다녀온 후 명훈이 부부는 내가 사는 집에 찾아왔다. 그 후로 명훈의 죽음을 전해 들었을 때까지 연락 한 번 못하고 살아왔다. 너무나 무심했던 나였다.

형준의 전화를 받은 나는 소파에 우두커니 앉아 있었다. 머리가 멍할 뿐이었다. 아침까지 뜬눈으로 밤을 지새웠다. 아내는 푸석푸석한 내 얼굴을 보더니 한국에 무슨 일이 있느냐고 물었다. 나는 친한 친구 명훈이가 죽었다고 짤막하게 말했다.

아내는 내게 아침을 권했다. 산 사람은 살아야 하니 밥을 먹어야 한다고 하면서. 밥을 몇 순갈 뜨다가 밥상으로 눈물이 흘러내려 먹기를 포기했다. 그렇게 친한 친구가 죽었는데 밥이 넘어가는 놈이 비정상이었다.

딸아이가 아침식사를 마치기를 기다렸다. 딸아이를 유치원에 데려가면서도 슬픈 마음을 억누를 수가 없었다. 운전하면서 가는 도중에 자꾸 눈물이 흘러내려 앞이 잘 보이지 않았다. 차를 길가에 세웠다. 가슴이 터질 것 같았다. 핸들에 머리를 짓찧으며 마구마구 소리를 지르고도 싶었다. 영문을 모르는 딸아이는 유치원에 늦는다고 짜증을 부렸다.

다시 유치원으로 향해 차를 모는 내 머릿속에 명훈과 함께했던 많은 시간들과 그 많은 것들이 차창 밖의 풍경처럼 스치며 지나갔다. 그가 죽었다는 것이 도저히 믿겨지지 않았다. 어디선가 갑자기 웃으면서 나타날 것 같다는 생각이 자꾸 들었다. 어렵게 딸아이를 유치원에 떨어뜨리고 집으로 돌아왔다.

"여보, 명훈 씨 부모님께 전화라도 드리지 그래요."

"…"

나도 그것을 고민하고 있었다.

명훈이 부모님께 위로 전화를 드려야 하나 말아야 하나. 어찌해야 하나.

한참 고민한 후 나는 한국의 명훈 부모님에게 전화하는 것을 포기했다. 나를 친아들처럼 생각하고 있는 명훈 부모님의 슬픔이 더 커질 것 같아서였다.

아무 일도 손에 잡히지 않았다. 명훈을 생각만 하면 여지없이 눈물이 흘러내렸다. 끊었던 담배를 다시 입에 물었다. 담배는 이럴 때 피우라고 있는 것 같았다. 그 뒤로 한 달이 넘도록 너무나 힘들어 학교에도 나가지 못했다.

명훈이가 세상을 영원히 떠났다는 것이 계속 믿겨지지 않았다. 낮과 밤이 뒤바뀐 생활이 계속됐다. 잠자리에 누워 명훈이 생각을 하면 미리 고여 있다가 밀려나오는 듯싶은 미적지근한 눈물이 왈칵 솟아올라왔다. 명훈과 함께했던 어린 시절들이 뿌연 혼돈 속에서 부유하다가 아득하게 멀어졌다가 다시 돌아오곤 했다.

'그래, 내가 네 몫까지 살아주마' 하고 마음속으로 거듭 각오를 다지면서도 내 볼을 타고 계속 흘러내리는 뜨거운 눈물은 어쩔 수가 없었다. 다짐하면 다짐할수록 명훈이 아내와 어린 두 아들이 걱정되어 콧등이 시려왔다.

어린 시절 명훈의 꿈은 과학자가 되는 것이었다. 그는 서라벌고등학교를 거쳐 서울대학교에 들어갔다. 졸업 후 KAIST에서 박사학위를 받고 H연구소에 들어가 연구원으로 일했다. 어린 시절부터 자신의 목표를 확고하게 세우고 한 치의 오차도 없이 달려갔다. 명훈은 어린 시절 방황의 늪에 빠져 헤매고 있던 내게 때맞추어 나타났다.

그때 나는 몹시 외로움을 탔고, 인생살이에 힘겨워했고, 사람이 몹시도 그리웠고, 누군가로부터 위안을 받고 싶던 때였다. 나는 유년 시절의 어둡고 막막한 통로를 지나면서 나에게 따뜻하게 대해 줄 누군가를 애타게 기다렸다. 신문을 돌리고부터는 고달픈 세상살이가 싫어지기 시작했다. 나를 포함한 모든 사람에 대한 미움과 증오, 학교에 대한 싫증과 짜증으로 거의 쓰러져가고 있었다.

이때 명훈이가 나타났고 나는 변하기 시작했다. 농사에 있어 중요한 절기인 4월 곡우 때 나타난다는 두우쟁이는 내게 있어서 명훈을 두고 한 말 같았다. 때를 맞추어 내게 나타났던 두우쟁이는 내게 물보라를 치고는 어디론가 사라져갔다. 두우쟁이의 죽음으로 내겐 또 하나의 외로움이 오한처럼 엄습하고 있었다.

2003년 여름에 귀국하고 회사에 복직했다. 미국에 있을 때는 생활비를 한국에서 조달받고 있어서 아껴 써야 했다. 몇 달 동안을 두 끼만 먹고 버티기도 했다. 내 건강은 매우 나빠졌다.

귀국하기 전 명훈이 부모님께 바로 전화를 드리고 바로 명훈이 무덤으로 달려가려고 작정했었다. 막상 전화를 하려고 하니 주저되고, 용기가 나지 않았다. 명훈이가 세상을 떠난 지 1년이 다가오는데, 전화를 하면 잊혀져 가고 있던 아픈 기억이 되살아나 부모님을 괴롭힐까 봐서였다.

전화를 하려고 수화기를 들었다가 내려놓고 들었다가 내려놓고 하기를 반복했다. 귀국한 지 3개월이 지나서야 굳게 마음을 먹고 수화기를 집어 들었지만 우선 북받치며 올라오는 울음부터 삼켜야 했다.

명훈 아버지가 전화를 받았다.

"아버님, 저 칠복입니다."

"그래, 오랜만이구나. 언제 귀국했니?"

"예, 얼마 되지 않았습니다. 명훈이 소식은 미국에서 들었습니다."

"… 그래, 그렇게 되었구나. 아… 후…."

명훈 아버지는 더 이상 말을 잇지 못했다.

"아버님, 죄송합니다. 진작 전화를 드렸어야 하는데…. 너무 힘들었습니다. 제가 전화를 드리는 것이 오히려 아버님과 어머님께 명훈이 생각만 더 나게 할까 봐 오랫동안 망설였습니다. 또 제가 명훈 아내와 아이들을 위해 무슨 일을 해야…."

수화기를 통해 들려오는 명훈 아버지의 흐느끼는 소리에 나도 감정이 격해져서 말을 더 이상 잇지 못했다. 그동안 그렇게 흘리고도 눈물이 아직도 남아 있는지 내 눈에서는 또 눈물방울이 흘러내리고 있었다. 명훈 아버지와 나는 수화기를 든 채 한동안 말없이 울기만 했다. 더 오래 통화를 하다가는 상처만 더 크게 만들 것 같았다. 아버지가 계속 울먹이고 있었기 때문이다. 명훈의 동생 명구의 전화번호를 물어보고 수화기를 내려놓았다.

"명구니? 나 칠복이 형이야. 어떻게 지내고 있어?"

"형, 오랜만이군요."

"미안하구나, 너무 힘들었어…. 아버님과 통화하기가 힘들어서 네게 전화했어."

"…."

"네 형수와 아이들은 잘 지내고 있니?"

"… 예."

"내가 좀 만나고 싶은데 어떨지 모르겠구나."

"… 형, 아직 너무 일러요. 형수가 형을 보면… 형수가 형을 보면…."

"… 그래, 내가 나중에 다시 전화하마."

명구하고도 더 이상 통화하기가 어려웠다.

명훈 아내에게 '나'라는 존재는 과연 무엇일까? 과연 명훈 아내는 나를 어떻게 생각하고 있을까?

명훈 아내는 정숙하고 꾸밈이 없는 여자였다. 또 정이 많았다. 나는 명훈 아내에게 항상 미안한 마음을 품고 있었다. 내가 "그때는 정말 미안했습니다" 하고 말했을 때, 명훈 아내는 웃으면서 말했다.

"다 그런 거지요, 뭐. 다 지난 일인 걸요. 칠복 씨가 저를 개인적으로 나쁘게 봐서 그랬겠어요. 저는 칠복 씨를 욕한 적이 없어요. 또 어머니를 욕한 적도 없고요. 마음 쓰지 마셔요."

명훈은 KAIST 석사과정 때부터 지금의 아내와 연애를 했다. 그런데 명훈 어머니는 그들의 연애를 반대했다. 명훈이 결혼을 하겠다고 말하자 어머니는 충격을 받아 쓰러져서 병원에 입원하는 일까지 벌어졌다.

어느 날 명훈 어머니는 내게 전화를 걸어 부탁했다.

"명훈이와 그 여자를 떨어지게 해라, 칠복아. 명훈이가 나 죽는 꼴 보려고 저러는구나. 부탁하마. 너는 내 마음 알지?"

그래서 나는 그 여자를 만나 명훈 어머니의 뜻을 전했다. 두 사람을 떼어놓으려고 그녀의 가슴에 대못을 박았다. 아무리 명훈 어머니의 부탁이라고는 하지만 나는 그 여자에게 돌이킬 수 없는 실수를 했다. 이것이 내 마음속에 큰 응어리로 남아 있었다. 하지만 내가 미안한 표정을 지을 때마다 명훈이 부부는 그냥 웃어넘기곤 했다.

우여곡절을 겪은 뒤 그들은 결혼했다. 결혼 후 명훈은 유학을 포기하고 KAIST에서 박사과정을 밟았다. 아들의 고집을 꺾지 못하고 마지 못해 그들의 결혼을 승낙한 아버지와 어머니는 며느리를 달가워하지 않았다. 결혼한 후에도 시어머니와 며느리의 사이는 차고도 머나먼 사이였다. 떡두꺼비 같은 아들 둘이 생길 때까지….

　명훈에게 나라는 존재는 무엇이었는가? 또 내게 명훈의 존재는 무엇인가?

　나는 명훈이 죽은 지 3년째가 되는 지금까지 명훈 부모는 물론 명훈 아내와 자식들을 만나지 못하고 있다. 명훈에게 진 빚을 어떤 식으로든 갚아야 한다는 생각이 내 머릿속을 떠나지 않고 있기 때문이다.

　올해가 가기 전에 꼭 명훈 부모님을 찾아뵐 것이다. 내 아내와 내 자식들, 그리고 명훈 아내와 그 자식들 모두를 데리고 명훈 무덤에 가서 나와 명훈의 깊었던 우정을 말해주리라.

나는 네가 제일 좋아

중학교 1학년 때 한 반이었지만 나는 내 자신을 명훈이 같은 아이와 사귈 수 없는 존재로 여기고 있었다. 공부를 잘하는 아이와 그저 그런 나, 부잣집 아들과 찢어지게 가난한 나, 잘생긴 놈과 보통 이하로 생긴 놈이 사이좋게 지낸다는 것은 누가 봐도 좀 이상하다고 생각했다. 그래서 그와 나는 전혀 어울릴 수 없는 관계로 규정하고 있었다.

가난에 대한 열등감에 포로가 된 나는 중학생이 된 이후에는 모래 속에 몸을 숨긴 채 눈과 코만 놓고 적의 동태를 감시하는 모래무지가 되어 있었다. 우울한 날이 점점 많아졌고, 누가 나를 건들기만 하면 한 방 날려주고 싶은 감정이 넘치고 있었다.

우리 반에서 내 출석번호는 46번이고, 명훈은 47번이었다. 그러다 보니 교실에서 앉는 자리도 근처였다. 체육 시간에는 출석번호 순으로 줄을 서야 했기 때문에 내가 명훈이 앞 번호이고 보니 마주칠 기회가 자주 있었다. 그러나 우리는 누가 먼저라고 할 것도 없이 단 한 번도 말을 건네 본 적이 없었다.

국어 선생의 머릿속에 나의 존재는 희미했고 명훈의 존재가 명확하게 박혀 있었던 것도 무리가 아니었다. 명훈이는 공부를 잘하고 내가 공부를 못한다는 사실 이외에도 명훈의 잘생긴 외모와 구겨지지 않은 표정으로 인해 명훈의 앞자리에 앉아 있던 내 모습이 한결 더 왜소하게 보였는지도 모를 일이었다.

11월 말이라 날씨가 추워지고 있었다. 체육을 마친 어느 날이었다. 나는 여느 날과 마찬가지로 호주머니에 두 손을 집어넣은 채 고개를 푹 숙여 땅을 보면서 교실로 걸음을 옮기고 있었다. 마치 땅에 떨어진 동전이나 찾는 놈처럼 말이다.

반 아이들은 삼삼오오 모여 조잘대면서 방학 계획에 들떠 있었다. 곧 있을 겨울방학에 대한 기대가 나오는 다른 것 같았다. 나는 겨울이 싫었다. 신문 배달을 하기 전에는 썰매를 타거나 눈싸움을 할 수 있는 겨울이 좋았지만, 5학년 겨울방학 때 신문을 돌리면서 고생한 일이 있고부터 내게 겨울은 악몽의 계절이 됐다. 그해 겨울은 석유파동의 여파로 인해 더 추웠었다.

'올겨울은 또 얼마나 추울까? 지독한 추위가 새벽부터 나를 또 얼마나 떨게 할 것인가?'

아직도 발에는 동상의 흔적이 남아 있어 겨울만 되면 간지럽고 아팠다.

"칠복아, 같이 가자."

뒤를 돌아봤더니 명훈이가 나를 향해 뛰어오고 있었다. 내 곁에 다가와서 내 등을 살짝 쳤다. 〈조홍시가〉 사건이 있은 후로 명훈은 가끔 내게 말을 걸어왔다. 모범생인 명훈이 내게 베푸는 호의가 싫지 않아 내게 말을 걸어올 때면 나는 언제나 성의 있게 들어줬다. 그러나 나는 그가 묻는 말에 늘 대답만 했지 내가 먼저 묻는 경우는 통 없었다.

"칠복아, 왜 너는 항상 혼자 다니니? 아이들하고 같이 어울리고 그래."

"…."

아무 대구도 하지 않았다. 그때 형준이가 달려오더니 명훈이 옆에 서서 시시덕거렸다. 형준은 가끔 나하고는 어울렸지만 명훈이 하고는 잘 어울리지 않았다. 이상하게 명훈과 형준 사이에도 간격이 있었다. 형준은 내게 차츰 다가오는 명훈을 통해 그 간격을 메워나가려 하는 것 같았다.

명훈은 내게 말을 걸었고, 옆에는 형준이도 같이 있었다. 걸으면서 이야기를 나누던 중 '좋은 친구를 사귀라'는 영섭이 형의 말이 기억났다. 영범과 우동, 춘길과 헤어진 이후로 나는 친구가 한 명도 없이 늘 혼자였다. 보급소 형들만이 내 주위를 둘러싸고 있었다. 나를 막내라고 많이 귀여워해줬지만 형들은 어디까지나 형이지 친구는 아니었다. 형들과 나 사이에도 극복할 수 없는 거리가 있었다.

'내게 명훈이가 필요할지도 몰라. 아니 나는 명훈이가 필요해.'

이렇게 속으로 다짐하자 말을 꺼낼 용기가 생겼다.

"명훈아, 너는 공부를 무진장 잘하는데 무슨 비법이라도 있는 것이니?"

나는 명훈의 눈치를 살피면서 처음으로 조심스럽게 질문을 던졌다.

공부를 잘하는 놈에게 무슨 말을 먼저 걸어야 할지를 몰라 명훈의 환심을 사기 위해 무심결에 내뱉은 말이었다.

"열심히 하면 돼. 비법이라기보다는 방법이지 뭐. 왜?"

"저 새끼 공부 잘하고 싶어서 그래. 그렇지, 칠복아? 저번에 네가 문식이 따라잡을 것이라고 그랬잖아. 너 아직도 정신 못 차렸구나. 너는 나보다도 공부를 못하잖아. 주제를 알아야 된단 말이야."

형준의 말에 부아가 치밀었다.

"내가 도와줄까?"

막 형준이에게 한 방을 날리려는데 명훈의 침착한 목소리가 나를 제지시켰다.

나는 속으로 이 말을 은근히 기다리고 있었지만 '네 주제에, 무슨 공부니?' 하는 태도를 보이면 어쩌지 하는 염려가 앞서고 있었다. 나는 고개를 끄덕였고, 우리는 교실로 걸어 들어갔다. 그렇게 명훈은 내게 한 걸음씩 다가왔다. 친구에 대한 갈증으로 늘 목말라했던 나는 그렇게 말하는 그가 눈물이 날 만큼 고마웠다.

며칠이 지나고 나는 초대를 받아 명훈네 집에 놀러 갔다. 명훈이네는 가게를 하고 있었다. 요즘으로 치면 작은 규모의 슈퍼마켓이라고 할 수 있는 정도였다. 학교에서 그리 멀지 않은 곳에 있는 빨간 기와집이었다. 내가 신문을 돌리고 있는 동네의 집들보다 좋아 보이지 않는 집이었다.

"엄마, 칠복이 왔어요."

명훈 어머니도 나를 반가워했다.

"아버지, 제 친구 칠복이에요."

나는 신문 배달을 하면서 인사성 밝은 아이로 탈바꿈되어 있어서 허리를 깊이 숙이며 "안녕하세요" 하고 정중하게 인사했다.

나는 명훈 아버지를 처음 봤다. 명훈 아버지를 첫눈에 보니 선량하고 천성이 좋은 분이란 느낌이 들었다. 신문을 오래 돌리면서 눈치 보는 것에 도가 통했던 나는 첫인상을 보고 사람의 됨됨이를 판단하는 습관이 있었다. 마루에 걸린 액자에는 아버지, 어머니, 명훈, 남동생, 여동생, 화목한 다섯 식구의 얼굴이 환하게 웃고 있었다. 방은 세 개였다. 어디를 가더라도 두리번거리면서 이것저것을 파악하는 버릇이 있었다. 이것도 신문을 돌리면서부터 생긴 버릇이었다.

독자 집을 방문해서 독자들과 이야기를 나누려면 독자 집의 상황을 파악하고 있어야 유리했다. 보급소 총무에게 배운 것이다. 보급소 총무들은 대부분 비위가 좋았다. 어쩌다 독자 집에 수금하러 같이 가면 집의 위치가 좋다는 둥, 아이들이 영리하게 생겼다는 둥, 아이의 관상을 보니 크면 공부를 잘할 것이라는 둥 잘도 주절거렸다. 또 아이들을 안아주기도 했다. 독자 집 상황을 파악해야 그들과 친해지기 쉬웠다.

마루에서 노닥거리고 있는데 명훈 어머니는 사탕과 과자 따위의 먹을거리를 들고 다가왔다.

"칠복아, 우리 명훈이는 몸이 많이 약해. 명훈이와 사이좋게 지내도록 해. 칠복이는 키가 작아도 튼튼해 보이는구나. 칠복이 네가 우리 집에 처음 온 명훈이 친구란다."

나는 명훈과 사이좋게 지내라는 명훈 어머니의 말이 듣기 좋았다. 또 명훈이네 집에 처음 온 친구라는 말에 기분이 좋아졌다.

'나 같은 놈을 친구로 인정해주다니.'

그런데 명훈 어머니의 말을 듣고 보니 명훈이는 몸이 약한 것 같았다. 얼굴 생김새는 어머니를, 마른 체형은 아버지를 닮았다.

명훈은 나를 자기 공부방으로 안내했다. 나는 공부방이라는 말을 들어본 적은 있지만 중학생이 되고 누군가의 공부방에 들어가 보는 것은 이번이 처음이었다. 나는 우선 공부방이 있다는 것이 부러웠다. '공부를 잘하는 놈은 공부방이 따로 있구나'라는 생각부터 들었다.

"칠복아, 너희 아버지는 뭐 하시니?"

내가 가장 싫어하는 질문이다. 아버지 직업은 언제나 내가 가장 밝히기 싫어하는 부끄러운 부분이었다. 내 몰골을 보면 대강 짐작할 수 있을 텐데 이 녀석도 다른 놈하고 별반 차이가 없는가? 나는 사람들이 아버지 직업을 묻는 이유를 잘 알고 있다. 아버지가 없는 고아라고 하면 나를 불쌍히 여길 것이다. 이것은 신문팔이를 할 때 써 먹은 방법으로 재미를 톡톡히 봤었다.

또 아버지가 사장이라고 하면 돈 많은 사람의 아들이라고 여겨 내게 아양을 떨 것이다. 또 아버지가 공무원이나 군인 또는 경찰이라고 하면 힘깨나 쓰는 사람의 아들인 줄 알고 내게 굽실거릴 것이다. 그러나 리어카를 끌고 하루 종일 이곳저곳을 돌아다니는 행상의 아들이라고 하면 그 말을 듣는 순간 나를 무시하는 얼굴빛을 할 것이라는 사실을 나는 잘 안다. 그래서 누가 아버지 직업을 묻는 것을 제일 싫어했다.

"… 야채가게 하서. 배추, 양파, 마늘 같은 것 팔아."

나는 행상을 한다고 말할까 하다가 명훈이 아버지와 격을 맞추기 위해 가게를 한다고 둘러댔다. 아버지가 행상을 하면서 "열무 사려, 오이 사려, 고추 사려~" 한다고 밝히는 것이 부끄러웠기 때문이다. 명훈은 더 이상 묻지 않았다. 별 볼일 없는 직업을 가졌다고 생각했는지, 아니면 자기 아버지와 비슷하다고 생각해서 마음이 놓았는지, 둘 중 하나일 것이 분명했다.

훗날 알게 된 것이지만 명훈이도 자신의 부모님들이 가게를 하고 있는 것을 그리 자랑스럽게 여기지 않았다.

새벽이 되어 여느 날과 마찬가지로 보급소에 가서 신문을 배부받자마자 조선시대의 기생을 만나는 일부터 했다. 새벽잠이 많았던 나는 배부받은 신문을 세면서 졸 때도 있었다. 신문을 세어 보는 것은 독자 집 숫자와 맞는지를 미리 확인하기 위한 것이었다. 총무들은 보통 독자 수보다 2부 내지 3부를 더 줬다. 더 많이 주면 신문을 가져다가 비밀 독자를 관리할지도 모른다는 우려 때문이었다. 하지만 나는 몰래 신문을 빼내는 방법을 알고 있었다.

신문을 몰래 빼내려면 아주 부지런하거나 아주 게을러야 한다. 총무보다 보급소에 먼저 가 있다가 4시 이전에 신문을 나르는 차가 도착하면 형들과 함께 보급소로 신문을 옮긴 후 부족한 일손을 돕는 척하면서 직접 신문을 세는 것이었다. 한 번에 셀 때 5부씩 셌는데, 중간중간에 6부씩 슬쩍 몇 번 넘기면 그만이었다.

또 5시가 넘어 보급소에 출근하는 것도 한 방법이다. 그러면 총무들은 내가 들고 나갈 신문을 세어 놓은 후 방에서 자거나 다른 구역을 신문 배달과 함께 나가거나 해서 자리를 비우는 것이 보통이었다. 그럼 쉽게 해결할 수 있었다. 이것을 몰래 관리하는 독자 집에 넣었다. 신문을 펼쳐 들고 기생을 만나는 순간 잠이 확 달아나고 고추에 힘이 들어갔다. 조선시대의 기생은 긴 세월이 흐른 뒤에도 남자를 깨우는 힘이 있었다.

날씨가 추웠다. 한겨울이라면 옷을 두껍게 껴입어 견디기가 한결 나았겠지만, 아직 두꺼운 옷을 챙겨 입지 않는, 겨울이 되기 직전인 11월 말이나 12월 초의 날씨는 한겨울보다 더 견디기 어려웠다. 찬 공기가 뼈 속까지 스며드는 느낌이었다.

추위를 이기는 최고의 방법은 땀을 내는 것이었다. 속에서 열이 확 확 나게 뛰면서 신문을 돌리면 추위는 금방 사라졌다. 그러나 외등이 한 개도 없는 캄캄한 골목길을 지날 때 밀려오는 무서움과는 내내 친해지지 않았다. 매일 지나다니는 길이었지만 참 이상하게도 환하면 무섭지 않고 캄캄하면 여지없이 무서운 생각이 들며 나도 모르게 걸음이 빨라졌다.

방학을 며칠 앞둔 어느 날 방과 후 보급소로 향하고 있는데 뒤에서 명훈이가 부르더니 자기 집에 놀러 가자고 했다. 그날 나는 사실 수금 때문에 빠질 수가 없었다. 그래서 거짓말을 했다. 아침에 어머니가 시킨 심부름을 한 후에 명훈이네 집으로 가겠다고 둘러댔다.

몇 집만 들러서 수금하고 보급소에 입금한 후 명훈이네 집으로 갔다. 명훈의 공부방 책꽂이에는 책이 많이 있었다. 참고서뿐만 아니라 여러 종류의 책들로 책꽂이가 빼곡했다. 내가 전혀 갖고 있지 않은 것들이었다. 참고서도 전 과목에서 걸쳐 있었다. 어떤 과목은 여러 권이 있었다. 나는 속으로 생각했다. 공부를 잘하는 새끼들은 책을 많이 보는구나.

두리번거리며 책꽂이를 보는 중인데 명훈은 이전의 약속을 상기시키며 내게 자신이 없는 과목이 뭐냐고 물었다. 이상한 놈이었다. 모든 과목이 자신이 없는데 어떤 과목을 찍어서 말하라니 내 수준을 몰라도 한참 모르는 놈이었다. 내게는 그야말로 어리석은 질문 같았다. 조금이라도 자신이 있는 과목이 영어 하나인데, 이것도 담임 박달나무가 무서워서, 아니 박달나무가 무서운 것이 아니라 방과 후 수금을 하러 가야 하기 때문에 담임에게 붙들리지 않기 위해 내용도 의미도 모르면서 무조건 외웠을 뿐이다.

"칠복아, 반에서 너 몇 등 정도 하니?"

"… 내가 몇 등 하는지 정말 모르니?"

쪽팔리니까 묻지 말라는 표정으로 대꾸했더니 명훈은 웃었다. 웃는 것이 별로 기분이 좋지는 않았다. 나를 놀릴 놈이 아니라는 생각이 들어 말해줄까 생각했지만 자존심이 말하지 말라고 해서 그만뒀다.

"칠복아, 지금 공부를 못해도 앞으로 잘하면 되잖아. 안 그러니? 내가 너를 도와준다고 약속했잖아. 걱정 마. 도와줄게. 여기 아무도 없는데 말해봐. 내가 아무한테도 말하지 않을게. 야, 내가 너보다 친한 놈이 어디 있니? 나는 네가 제일 좋아."

명훈은 머뭇거리는 내게 용기를 줬다. 내 자존심은 명훈의 "네가 제일 좋아"라는 말에 여지없이 무너져 버렸다. 또 도와준다는 말을 너무 쉽게 믿었다. 그때 나는 도와준다는 말을 족집게처럼 시험문제를 콕콕 찍어주겠다는 의미로 알아들었다. 그래서 나는 자존심을 내세워 녀석의 질문을 자꾸 회피하다가 명훈을 놓칠지 모른다는 우려가 들어 내 석차를 정확히 말하지 않고 대강 말해줬다.

70명 중에서 중간 정도를 왔다 갔다 한다고. 또 창피하다는 생각이 들어 제일 등수가 좋을 때는 상위권에 든 적도 한 번 있었다고 말했다. 내가 말하는 상위권은 70명 중에서 27등을 가리키는 것이었다. 창피해서 얼굴이 화끈거리고 있는데, 명훈은 나를 무시하는 태도를 조금도 보이지 않았다.

"너 혹시《성문기초영문법》갖고 있니?"

내가 갖고 있다고 했더니 명훈은 의아스러운 듯한 표정을 지었다. '네 주제에 어떻게 그런 책을 갖고 있느냐'는 그런 표정이었다.

"보급소에 내가 좋아하는 영섭이 형이 있는데, 내게 선물해줬어."

나는 자랑스럽게 말했다. 아니, 나는 그만 실수를 하고 말았다. 보급소라는 말이 나도 모르는 사이 튀어나오고 만 것이었다.

"보급소? 그게 뭔데? 영섭이 형은 누군데?"

명훈은 내 얼굴을 뚫어지게 쳐다봤고 나는 고개를 돌렸다. 이왕 버린 몸이었다. 석차도 대강 말해줬는데 신문 배달이라는 사실도 말해주자는 생각이 들었다. 차라리 지금 당장 밝히는 것이 아직 서먹서먹하고 부담스러운 이놈한테서 벗어날 기회를 줄지도 모른다는 생각도 들었다.

나는 사실대로 말했고, 영섭이 형에 대해서도 말해줬다. 내 말을 조용히 경청하던 녀석은 진지한 얼굴로 나를 칭찬하는 것이었다. 나보고 부모님을 도와주는 효자라고 했다. 뜬금없이 효자가 한 명 탄생한 것이다. 효자라는 말은 처음 들어보는 말이었는데, 어쨌든 듣기 좋은 소리였다. 명훈이가 칭찬을 해주니 내 기가 살아났다. 사실, 신문 배달을 한다는 사실을 밝히면 명훈이가 나를 멀리하지나 않을까 하는 두려움 때문에 한사코 숨기려고만 했었다. 신문 배달에 대한 좋은 이미지보다는 '막돼먹은 아이'라는 이미지가 지배하고 있다는 것이 내 생각이었다.

12월 중순이 가고 있었다. 얼마 안 있으면 방학을 한다고 하니 수업이 제대로 될 리가 없었다. 그래도 시간을 꼭 채우는 선생님들의 정성은 대단했다. 3교시가 끝나면 한바탕 전쟁이 벌어졌다. 교실 한가운데 난로가 설치되어 있는데 난로 위에다 도시락을 먼저 올려놓아야 더운 밥을 먹을 수 있었기 때문이다. 동작이 느린 애들은 항상 미지근한 밥을 먹었고, 행동이 민첩한 형준이 새끼만 항상 더운밥을 처먹는 불공평한 일이 계속됐다.

나는 형준이가 어떤 놈인지를 잘 안다. 깍쟁이 같은 놈이다. 며칠 전 진도를 마친 도덕 선생님이 노래를 시켰을 때 형준이가 부른 노래는 녀석의 마음가짐을 적나라하게 표현하는 노래였다. 그런 노래를 도덕 시간에 부르다니 녀석은 도덕의 '도'자도 모르는 놈이었다.

찬밥은 네가 먹고 더운밥은 내가 먹고

111

설거지는 네가 하고 낮잠은 내가 자네

　　공부는 네가 하고 점수는 내가 받고

　　박수는 네가 치고 칭찬은 내가 받네

　이런 노래를 부르는 놈이 어떻게 내 친구가 되고 있는지 나는 괴로웠다. 1학년 겨울방학을 하는 날이었다. 형준은 또 한 번 한 마리의 늑대가 되어 "우으으으…" 하고 소리를 질렀고, 우리 반 아이들은 박수를 치면서 입이 찢어져라 웃었다. 교실 문을 나서는 담임 선생님도 뒤를 돌아보고는 웃었다. 좋으면 좋다, 나쁘면 나쁘다고 자신의 감정을 솔직히 표현하는 형준이의 자신감이 요즘 부럽다 못해 질투를 느끼고 있었다.

　기다리고 기다리던 겨울방학이 시작됐다. 나는 겨울이 싫었지만 방학은 좋았다. 하고 싶은 일이 있었기 때문이다. 이번 방학에도 학기 중에 가지 못했던 극장에 가서 성인영화를 보고 만화가게에서 성인만화를 마음껏 볼 수 있다는 생각을 하니 기분이 점점 좋아졌다.

　"칠복아, 칠복아, 같이 가."

　뒤를 돌아보니 명훈이가 다가오고 있었다. 형준이 녀석도 꼽사리를 끼기 위해 히죽거리면서 명훈이 뒤를 따라왔다.

　"칠복아, 우리 집에 가자."

　"…"

　나는 보급소에 가서 성국이 형과 방학계획을 세우려던 참이었기 때문에 망설여졌다.

"명훈아, 나도 너희 집에 가도 되니?"

"그래, 같이 가자."

명훈은 형준이도 자기네 집에 데리고 갈 모양이었다. 나 혼자인 줄 알았더니 이제는 형준이까지 데리고 가다니….

형준이 녀석도 명훈이네 집으로 간다기에 나는 갑자기 보급소로 향했던 마음을 돌려 버렸다. 명훈이가 나보다 형준이와 더 친해지는 꼴을 용납할 수 없었기 때문이다. 나와 형준이 명훈을 따라 교문을 나서고 있을 때였다.

"형준아, 방학 때 우리 집에 놀러 와."

내가 싫어하는 문식이 새끼였다. 지난번에도 이 새끼 때문에 형준과 나는 일촉즉발一觸卽發의 위기까지 갔었다. 이 말도 담임이 잘 쓰는 말인데, 조금만 닿아도 곧 폭발할 것 같은 위험한 상태를 말하는 것쯤은 나도 알고 있다.

형준이 자식은 명훈과 나보고 잠시 기다리라고 하더니 문식에게 다가가서 또 좋아 죽는 시늉을 했다. 시간이 조금 흘렀다. 추워 죽겠는데 두 새끼는 추운 줄도 모르고 수다를 떨고 있었다. 명훈의 얼굴을 보니 역시 기분이 점점 나빠지고 있는 모양이었다.

"칠복아, 가자."

형준이 새끼한테 한 번 데인 적 있던 내가 하고 싶을 말을 명훈이가 대신 해줬다. 옹골찼다. 사람을 기다리게 해놓고 떠들어대는 녀석의 버릇은 여전했다. 제 버릇 개주나! 명훈이가 내 대신 형준이 녀석을 한 방 시원스럽게 날려준 것이다. 공부를 잘하는 녀석들은 달라도 어디가

113

다르다는 생각이 들었다. 나에 비해 확실히 소신이 있었다.

"칠복아, 여러 과목 중에 영어와 수학이 제일 중요해. 그다음이 국어인데, 국어는 쉽게 할 수 있어. 영어와 수학은 시간이 걸리고 기초가 튼튼해야 하거든. 이번 겨울방학 동안 중요한 과목인 영어와 수학을 정복해야 돼."

명훈의 집으로 향하던 중 내게 명훈이 던진 말이었다. '정복이라!' 명훈은 어려운 말을 썼다. 하지만 나는 그 말의 의미를 알고 있다. 동아출판사에서 나온 참고서의 표지에 말을 타고 있는 나폴레옹의 그림이 그려져 있었는데, 〈완전정복 영어〉, 〈완전정복 수학〉, 〈완전정복 국어〉 등의 제목을 달고 있었기 때문이다.

"영어의 기초를 다지기 위해서는 《성문기초영문법》을 여러 번 보고 암기하면 돼. 여러 번 보면 저절로 외워지니까 걱정하지 않아도 돼. '독서백편의자현讀書百遍義自見'이라는 말이 있어. 책을 몇 번이고 되풀이해서 읽으면 그 뜻을 저절로 알게 된다는 뜻인데, 나는 이 말을 믿고 있어. 콘크리트 바닥도 빗방울이 계속 떨어지면 마침내 구멍이 난다고 하잖아? 공부도 마찬가지야, 반복이 중요해!"

공부를 많이 해서 유식한 놈들은 꼭 어려운 말들을 했다. 선생님들도 공부를 많이 해서 그런지 어려운 말을 했는데 명훈이도 마찬가지였다. 사실 명훈은 나 같은 학생보다는 선생님들과 더 가깝기 때문에 나와 어울릴 것이 아니라 선생님들과 어울려야 할 놈이었다. 나는 평소의 통통 부은 눈을 동그랗게 뜬 채 명훈의 얼굴을 쳐다볼 뿐이었다.

"그리고 수학이 제일 싫은 과목이라고 했는데 걱정하지 마. 내가 시키는 대로 하면 재미있게 할 수 있으니까. 우선 중학교 1학년 때 교과서를 다시 복습하도록 해."

내게 수학은 골치가 아프고 어려운 과목이었다. 나는 수학을 증오했다. 그래서 초등학교 4학년 때 내 별명은 1미터였다. 더욱이 그놈의 빨간색 팬티 때문에 수학이 더 싫어졌다.

방학기간 동안 나는 명훈이가 시키는 대로 따르기로 했다.《성문기초영문법》은 수금을 하러 갈 때도 옆구리에 끼고 다녔다. 한 집 수금하고 다른 집으로 이동할 때도 책을 펴보고 속으로 중얼거리면서 암기하려고 애썼다.

어느 날, 수금한 돈을 보급소에 입금한 후 책상에 앉아《성문기초영문법》을 보고 있었다.

"야, 칠복아. 너 공부하니?"

영섭이 형이었다. 나를 부르는 목소리에 따뜻함이 가득했다. 나는 보던 책의 앞표지를 보여줬다.

"전에 형이 준 책이에요."

영섭이 형은 내가 기특한 모양이었다. 자리에 앉으면 주간지나 뒤적이던 내가 책을 잡고 있어서 그런가 보다.

요새 영섭이 형의 얼굴은 온통 싱글벙글이었다. D상고에 합격했기 때문이다. 며칠 전 보급소에는 축하 잔치를 했다. 소장과 총무, 배달 소년들이 모두 모여 떡과 음료수를 나눠 먹으며 영섭이 형에게 박수를 쳐줬다. 공부를 좀 하는 배달 소년들을 편애하던 소장이 준비한 자리였다. 소장은 영섭이 형을 C신문 보급소가 낳은 인물이라고 치켜세웠다. 또 소장은 영섭이 형에게 열심히 노력해서 나중에 꼭 은행장이 되라는 말을 해줬다. 나는 그때 은행장이 은행에서 제일 높은 사람이라는 사실을 처음 알았다.

"그래, 그 책 아주 좋은 책이야. 열심히 해. 모르는 것이 있으면 내게 물어봐도 돼."

나는 선생님이 두 명이 되었다. 영섭이 형과 명훈.

"칠복아, 뭐 하니? 잠깐 이리 와 봐."

영섭이 형하고 이야기를 나누고 있는데 성국이 형이 끼어들었다. 내게 눈짓으로 사인을 했다. 밖으로 잠깐 나오라는 것이었다.

"왕성국, 너도 칠복이처럼 공부 좀 해라. 놀지만 말고."

영섭이 형이 핀잔을 줬지만 성국이 형은 입을 헤벌린 채 머리를 긁적거렸다.

"작심삼일作心三日이라고 하잖아요. 한번 결심한 것이 사흘을 가지 않는다는 말이잖아요. 결심이 굳지 못함을 가리키는 말인데, 이 말은 아마 칠복이나 나 같은 놈을 두고 한 말일 거예요. 두고 보세요. 아마 며칠 보다가 포기할걸요."

맞다, 성국이 형 말이 맞다. 나는 신문을 돌리는 것을 빼놓고는 항상 작심삼일이었다. 아니, 작심하루였다. 하루를 살기 위해 몸부림치는 하루살이였다.

나는 성국이 형을 따라 보급소 사무실을 나갔다. 형은 바지 주머니를 뒤졌다.

"칠복아, 이거 뭔 줄 알아? 극장 초대권 두 장인데 내가 구했거든. 동시상영을 하는데 하나는 무진장 야한 영화고, 다른 하나는 깡패들 나오는 홍콩 영화야. 내일모레 토요일 밤에 마지막 프로를 보러 가자. 사복으로 갈아입고 와, 알았지?"

"알았어, 그럼 수금하고 여기서 저녁 먹고 가면 되겠네."

성인영화가 또 나를 유혹했다. 야한 영화라면 환장을 하는 나는 가슴이 벌써부터 부풀어 오르고 있었다. 벌써 성인영화 보기에 입문한 지도 신문 배달을 한 기간과 같으니 3년째 되었건만 야한 영화를 향한 내 욕구는 지칠 줄 몰랐다.

성국이 형과 헤어져 명훈이네 집으로 향했다. 며칠 동안 가지 않았는데 오늘은 꼭 들르고 싶었다.

명훈은 중학교 2학년에 올라가면 배울 책을 미리 예습하고 있었다. 나는 기가 팍 죽었다. 명훈은 내게 《성문기초영문법》 앞부분에 나오는 것을 물었다.

"문장 형식 중 4형식이 어떻게 되지?"

"주어＋동사＋목적어로 구성되어 있잖아."

며칠 전에 본 기억이 나서 자신 있게 대답했다.

"그것은 3형식이고, 4형식 말이야."

나는 되게 쪽팔렸다. 괜히 큰 목소리로 말해가지고 망신도 크게 당했다.

"주어＋동사＋직접 목적어＋간접 목적어로 구성되어 있는 것 아니냐?"

"반은 맞았다. 간접 목적어가 직접 목적어보다 먼저 나와야 해."

"그런 게 그렇게 중요하니? 그것을 몰라도 시험만 잘 보면 되잖아. 나는 영어는 조금 하는데… 그런 것 모르고도 시험 잘 봤거든."

"기초가 튼튼해야 해. 그래야 그것을 토대로 더 어려운 것을 익힐 수 있어."

골이 아팠다. 그냥 단순하게 하면 될 텐데 왜 그리 복잡하게 하는지 모를 일이었다. 왜 남의 나라 말을 배워야 하는지도 잘 이해되지 않았다. 남의 나라 말을 알아 가지고 무엇을 어떻게 하려고 배우는지. 영어를 배운다고 돈을 많이 벌 수 있는 것도 아닌데 왜 중요하다고 난리들을 피우는지 정말 알다가도 모를 일이었다.

책을 들춰보지도 않고 명훈의 입에서는 영문법이 줄줄 나왔다. 나는 공부를 귀찮고 골치 아픈 일쯤으로 여기고 있었지만, 한편으로는 아는 것이 너무 많은 명훈이가 부러워 죽을 지경이었다. 무엇이든 잘하고 볼 일이라고 생각했다.

"1학년 수학 교과서 복습은 잘되니?"

"문제를 풀어도 답이 틀리는 경우가 너무 많아. 또 아예 문제를 풀 자신도 없고 그래."

나는 풀이 죽어 기어들어가는 목소리로 말했다. 수학이 문제였다. 수학책은 들고 다니면서 외울 수도 없는 노릇이었다. 우리 집은 단칸방을 쓰고 있었기 때문에 공부할 장소도 마땅치 않았다. 조그만 다락방이 있는 게 그나마 다행이었다. 다락방에 어질러져 있는 짐을 치우고 공부방으로 꾸몄다. 어머니는 내가 철이 들어서 공부를 열심히 하려나 보다고 좋아했다. 하여튼 어머니들이란 이상했다.

천장이 너무 낮아서 주로 엎드려 공부했다. 그러다 보니 책을 보다가 엎드린 채 잠들기 일쑤였다. 공부하기 위한 다락방인지 잠을 자기 위한 다락방인지 구별이 안 될 지경이었다. 다락방은 잠자기에는 안성맞춤이었다. 방에서 자면 굴러다니는 철이 녀석과 부딪혀 깨기도 했다. 철이는 자다가 이를 갈기도 하고, 또 베개를 끌어안고 자기도 하고, 오줌을 싸기도 하고, 자다가 일어나 앉아 있다가 내 배를 베고 눕기도 했다. 곤히 자고 있는 나를 깨운 철이를 한 대 쥐어박고 싶었지만 동생이라서 봐줬다. 명훈이 동생이라도 절대 봐주지 않았을 것이다. 잠을 자다가 깨면 다음 날 피곤했기 때문에 신경질이 났다. 다락방은 철이의 훼방을 막을 수 있었다.

문제를 풀다가 어려우면 참고서 답을 보곤 했다. 수학은 따분하고 재미없었다. 문제를 풀어나가는 데 시간도 너무 많이 걸렸다. 한마디로 수학은 나하고 철천지원수였다.

"칠복아, 모든 것은 마음먹기에 따라 달라지는 거야. 좋은 일만 생각하면 실제로 좋은 일이 생긴다고 하더라. 그러니 자신감을 갖고 좋은 생각만 하도록 해. 우선 문제를 여러 번 읽고 차분하게 풀어나가 봐. 공부가 잘 안되면 우리 집에 와서 나랑 같이 할래?"

명훈의 제안에 얼굴이 화끈거렸다.

"그럼 언제 올까?"

나는 명훈의 눈치를 보고 있었다. 명훈은 매일 저녁에 와도 된다고 했다. 나는 뛸 듯이 기뻤다. 당장은 내가 공부를 잘하게 되는 것보다 명훈이가 진정으로 내 친구가 되어 가고 있다는 것이 더 좋았다.

내가 명훈에게 줄 것이라고는 아무것도 없었다. 나도 명훈에게 무언가를 주고 싶었다. 머리를 굴린 끝에 나는 명훈에게 매일 새벽마다 신문을 공짜로 넣어주겠다고 했다. 명훈은 공짜로는 안 된다고 했지만, 나는 남는 신문이 몇 부씩 되기 때문에 공짜로 줄 수 있다고 했다. 초등학생인 명훈이 동생을 위해서 소년들이 보는 신문을 보급소 총무들 몰래 빼다가 넣어주기로 했다.

다음 날 저녁을 먹고 명훈이네 집으로 갔다. 명훈은 자기 공부방 한가운데에 커다란 자개상을 가져다가 내 책상을 만들어놨다. 수학 문제를 풀면서 명훈을 힐끔힐끔 쳐다보곤 했다. 명훈은 내가 쳐다보는 것을 전혀 못 느끼고 있는지 바위처럼 단단하게 앉아 있었다. 나도 그렇게 깊이 몰두해봤으면. 자꾸 딴생각을 하는 나와는 달리 그만큼 그는 공부에 아주 깊이깊이 몰두하고 있었다.

"네가 푼 것을 봐줄까?"

책상에 앉아 있던 명훈의 따뜻하고 착한 시선이 나를 굽어봤다. 그러고는 내 옆에 앉아 내가 푼 수학문제를 확인해줬다. 내가 틀린 문제를 하나하나 짚어가면서 왜 틀렸는지를 설명해줬다. 자세하게 설명하고 있었지만 얼른 이해가 되지 않았다. 이해했다는 대답대신 고개를 끄덕이는 경우가 많았다. 잠시라도 그와 눈길이 마주치려면 나는 애써 피했다.

속으로 부끄러웠다. 하지만 명훈은 아무 내색을 하지 않았다. 차분히 검사하고 어디가 왜 틀렸는지를 설명해주기만 했다. 짜증을 낼 만도 한데 너그럽게 웃는 모습이 내 마음을 조금씩 열고 있었다. 얼마나 깊은 애정의 표시란 말인가.

"비슷한 문제를 반복해서 풀어 봐. 그럼 자신이 생겨."

문제를 푸는 요령이 하루아침에 생기지는 않는다는 말도 곁들였다. 내가 명훈의 말을 듣고 있는 모습은 마치 선생님 앞에 선 착하디착한 초등학생 같았다. 그에게는 정말 다정함과 자상함이 넘치고 있었다. 자신이 봤던 참고서를 내게 줬다. 참고서에 있는 문제를 풀어 보라는 것이었다. 나는 시키는 대로 했다. 어쩌다가 가끔은 내가 풀 수 있는 문제도 나왔다.

"잘 풀리지 않으면 외워봐."

수학도 외울 필요가 있다는 말이었다. 나는 또 그가 시키는 대로 했다. 내가 어느 정도의 암기 능력이 있는 것을 알았던 명훈은 너무나 섬세했다.

우리 반에서 6등이야!

"칠복아, 내일 토요일이잖아. 오후에 공부하고, 저녁은 우리 집에서 같이 먹고, 밤에는 텔레비전을 보자. 토요일에 재미있는 프로가 많거든."

"그럴까?"

예상치 못한 두통거리가 생겼다. 토요일은 성국이 형과 극장에 같이 가기로 한 날이었기 때문이다. 나는 성국이 형과의 약속을 지킬 것이냐. 약속이 아니라 불쌍한 성국이 형과의 의리를 지킬 것이냐, 아니면 친구로 다가오고 있는 명훈의 제안을 받아들일 것이냐의 갈림길에 서 있었던 것이다.

명훈과 헤어져 집으로 향하고 있었지만 어떻게 해야 할지 계속 고민에 빠져 있었다. 집에 돌아와 다락방에 올라가 수학문제를 풀려고 교과서와 참고서 펼쳤지만 집중이 안되고 정신이 산만했다.

성국이 형과의 약속을 지켜야 한다. 성국이 형은 불쌍하잖아. 친구도 없고. 아니야, 성인영화는 지금까지 많이 봤잖아. 나중에 봐도 되고 나중에 보자고 해도 서운해하지 않을 거야. 그래, 명훈이가 나를 끔찍하게 여겨주니까 명훈과의 약속을 지켜야 해. 내게는 친구가 필요해. 내가 성인영화를 보러 다니는 것을 명훈이가 알면 나를 질 나쁜 놈으로 여기고 더 이상 사귀려고 하지 않을 거야.

나는 성국이 형과의 약속을 포기하고 명훈과의 약속을 지키기로 결심했다. 다음 날 새벽에 일어나 보급소로 출근해서 신문을 배부받고 있었다.

"야, 성국이 새끼 빨리 깨워. 저 녀석은 허구한 날 늦게 일어나."

성국이 형과 항상 단짝처럼 붙어 다니는 나를 보자 신문을 배부하다 말고 총무가 소리를 질렀다. 성국이 형은 보급소 옆에 있는 시장이 파할 때가 돼서야 잠자리에 들다 보니 자주 늦게 일어났다. 밤늦게 야식을 하는 것이 형의 버릇이었다.

복도로 나가서 〈명기열전〉을 본 후 신문에 광고지를 끼우고 있는데 성국이 형이 배부 받은 신문을 들고 나왔다. 복도 한쪽에 신문을 내려놓고 내가 있는 곳으로 왔다. 눈에는 눈곱이 붙어 있었다. 일어났으면 눈곱이나 좀 떼지.

"칠복아, 있다가 오후에 나와. 알았지? 어제 약속한 대로 하는 거야."

"…."

나는 이미 명훈과의 약속을 지키기로 결정했기 때문에 적당히 둘러댔다.

"형, 저… 있잖아. 나중에 가면 안 돼? 내가 다른 일이 생겨서 그래."

"야, 인마. 오늘 그 영화 끝나는 날이야. 영화보고 온 아이들이 그러

123

는데 무진장 야하대. 너 그런 거 좋아하잖아."

"알았어…."

성국이 형은 눈을 찡긋하고 자기 자리로 돌아갔다.

신문을 돌리다가 독자 집을 그냥 지나쳐 되돌아가서 넣었다. 누구하고의 약속을 지켜야 할지 정말 고민이었다. 줏대 없이 약속을 두 개나 해놓고 어찌해야 될지 몰랐다. 신문을 다 돌리고 와서 아침밥을 먹는데도 온통 그 생각뿐이었다.

'그래, 성국이 형과의 약속을 포기하자. 오늘 보급소 안 나가면 되지. 뭐, 자기가 나를 찾으러 올 거야? 어떻게 하겠어.'

철이 숙제를 봐주고 있다가 또 생각이 바뀌었다.

'성국이 형과의 약속, 아니 의리가 더 중요해. 성국이 형을 안 지 더 오래됐잖아. 명훈은 아직 친하다고 할 수도 없고.'

이것은 진심이었다. 야한 영화가 보고 싶어서 성국이 형 쪽으로 마음이 기울었던 게 절대 아니었다.

그래서 나는 오전을 집에서 보내고 오후가 되자 사복을 입고 보급소로 향했다. 보급소에 갔더니 형들이 모여서 떠들고 있었다. 우리는 미리 약속한 대로 성국이 형 구역과 내 구역을 함께 돌면서 수금을 했다. 입금을 한 후 조금 놀다가 미아리에 있는 극장으로 향했다.

성국이 형 말대로 영화는 정말 야했다. 지금까지 본 어느 영화보다도 더…. 밤 10시가 넘어 극장을 나섰다. 극장 뒷골목으로 접어들어 한참을 갔다. 길 양쪽 건물에 야한 옷을 입은 누나들이 나와서 "야, 놀다가" 하고 말했다. 나는 어리둥절했다. 성국이 형은 좀 아는 눈치였다.

"형, 여기서 뭐하고 놀아?"

"나도 잘 몰라. 말만 들었는데, 여기는 아저씨들이 많이 오는 곳이래."

성국이 형과 나는 두리번거리면서, 흘깃흘깃 누나들을 쳐다보면서 그 지역을 벗어나 보급소로 돌아왔다. 밤 11시가 넘었다. 보급소에서 자고 내일 신문을 돌리고 집에 가겠다고 어머니에게 말하고 나왔기 때문에 보급소에서 잠을 자기로 했다.

"너희들, 항상 같이 붙어 다니면서 나쁜 짓 하고 다니지? 지금 몇 시니?"

책을 보고 있던 영섭이 형이었다. 나는 고개를 숙이고 아무 말도 못했다.

"아니야, 형. 둘이 놀다가 왔어."

"칠복아, 너 성국이랑 어울려 다니지 마! 알았어? 그리고 성국이 너도 못된 놈들하고 휩쓸려 다니지 마. 우리가 신문 배달을 하지만 바르게 살아야 돼."

"형이 뭔데, 칠복이랑 나를 떼어 놓으려고 하는 거야!"

성국이 형 입에서는 웃음이 사라지고 헤벌리고 있던 입도 굳게 다물어졌다. 나 때문에 싸움이 날지도 모를 일이었다.

"이 새끼가 이제 대들어? 이 자식아, 너 빨리 방 선반 위에 숨겨둔 빨간책 안 갖다 버려!"

영섭이 형이 숨겨 놓은 책을 들먹이자 성국이 형 얼굴은 금세 벌겋게 달아올랐다.

"강영섭, 네가 형이면 형이지. 왜 참견이야! 이리 나와 봐. 누가 센지 한판 붙어보자고."

영섭이 형의 얼굴은 이미 구겨지고 있었다.

"이 새끼들, 지랄하고 있네. 야, 이 새끼들아. 너희 죽을래? 어디서 싸우고 지랄을 해. 너희끼리 서로 위해주고 아껴줘도 시원치 않을 판에. 다 이리 나와. 옥상으로 따라 올라와!"

방에 누워 있기에 자는 줄 알았던 동주 형이 벌떡 일어나더니 버럭 소리를 지르며 나섰다. 우리 세 명은 동주 형을 따라 옥상에 쪼르르 올라가 되지게 혼났다. 성국이 형은 주먹으로 머리통을 몇 대 맞았다. 영섭이 형에게 대들었다고….

잠을 자려고 책상 위에 누웠지만 잠이 오지 않았다.

똑같은 새벽이 왔고, 구역으로 달려갔고, 집으로 돌아왔다. 어젯밤 그 일이 있고 나서는 계속 마음이 무거웠다. 그나저나 명훈과의 약속을 깬 것이 걱정이었다. 나는 또 변명거리를 찾고 있었다.

아침밥을 먹고 수금하기 위해 보급소로 갔다. 형들이 많이 모여 있었다. 소장은 확장 교육을 시켰다. 총무가 예비 독자 역할을 하고, 배달들은 총무들을 상대로 실습을 했다. 시범을 보이는 형들은 몹시 쑥스러워하고 있었다.

"이 녀석들, 그렇게 하면 누가 신문을 구독하니? 제대로 해보란 말이야. 또 감동을 주란 말이야. 불쌍해 보이는 것도 한 방법이고…. 칠복이 나와서 해봐."

그래서 시범을 보이기 위해 나는 출입문을 열고 나갔다. 노크를 했더니 총무가 "누구세요?" 하자 나는 "C신문 배달 소년인데요, 신문 한 부 구독하시라고 찾아왔습니다"라며 연기했다. 여기저기서 웃음소리가 들렸다. 총무는 조용히 하라고 웃고 있던 형들에게 주의를 줬다.

"안 본다!"

"오늘이 1월 17일인데요. 구독해주시면 다음 달까지 공짜로 넣어 드릴게요."

"다른 신문 보고 있어."

"그럼 한 달에 두 번 주간지를 그냥 넣어 드릴게요. 지금 보시는 신문은 주간지를 공짜로 안 주잖아요. 제가 주간지를 드리는 것은 아저씨를 특별히 대접해 드리는 거예요. 아무나 공짜로 주지는 않아요."

"나중에 들러 봐라. 지금 보는 신문 끊게 되면 구독해줄게."

"지금 끊으셔도 되잖아요. 그동안 공짜로 보시는데요, 뭐."

"나중에 오라니까."

"아저씨, 나중에 오라고 하는 분들은 잘 구독해주지 않는 게 제 경험이거든요. 저는 고학을 하고 있어요. 집은 시골인데 누나하고 나하고 여기서 자취를 해요. 제가 벌어서 학비도 내야 하고, 돈 벌어서 시골에서 농사지으시는 부모님에게 붙여 드려야 하거든요. 저번에 제가 붙인 돈으로 송아지를 사서 기르고 있는데 그 송아지가 많이 커서 지금은 황소가 되었어요. 나중에 황소를 팔아서 고등학교 갈 때 등록금으로 쓸 거예요. 아저씨가 신문 한 부만 구독해주시면 제게는 큰 힘이 되거든요. 또 아저씨께서 도와주시면 제가 공부를 열심히 해서 훌륭한 사람이 될게요. 예?"

"칠복아, 그만해라. 잘했다. 동정을 사고 거짓말을 하려면 이 정도는 해야 돼. 알았나?"

나는 학교에서는 칭찬을 받은 적이 없었지만 보급소에서는 칭찬을 받을 때가 많았다. 오늘도 나는 시범을 보이고 칭찬을 들었다.

배달부들이 모두 구역으로 나갈 준비를 하고 있었다.

"칠복아, 잠깐 이리 와 봐."

"왜?"

"오늘 구역 같이 돌고 만화 보러 가자."

"나 오늘 집에 일찍 가야 해."

성국이 형의 얼굴은 실망하는 빛으로 가득했다.

"형, 나 어제 형한테 화났어. 형도 좋아하고 영섭이 형도 좋아하는데, 형이 영섭이 형 이름을 부르고 대들어서 놀랐어. 내가 형한테 대들고 형 이름 막 부르면 형은 좋겠어?"

"칠복아, 미안하다. 영섭이 형이 내 비밀을 말해서 그랬어. 창피하잖아. 또 우리 둘을 갈라놓으려고 했잖아. 너는 화 안 났니?"

나는 대꾸할 말을 찾았지만 얼른 생각이 나지 않았다. 나는 성국이 형이 좋았지만 영섭이 형이 더 좋았다. 영섭이 형처럼 나도 D상고에 가서 소장의 칭찬을 받고도 싶었다.

성국이 형의 제안을 거절하기 미안했지만 수금한 후 명훈의 집에 들러 볼 생각이었다. 입금한 뒤 명훈이 집으로 가는 내내 마음이 무거웠다. '명훈이 내게 화를 내면 무슨 말을 해야 할까?' 하는 생각하며 걸었다.

예상대로 명훈은 많이 서운해 하고 있었다. 아무 말도 하지 않고 약속을 지키지 않는 경우가 어디 있느냐고 하면서…. 나는 보급소에 일이 많아서 약속을 지키지 못했다고 거짓말을 했다. 하지만 명훈에게 미안했다. 또 명훈이가 이 일 때문에 나를 멀리하면 어쩌나 하는 걱정도 들기 시작했다.

추웠던 겨울이 끝나 가고 있었다. 올겨울은 전처럼 추위를 많이 느끼지 않았던 것 같다. 따뜻한 명훈이가 내 곁에 있었기 때문이다. 작년 겨울만 해도 극장과 만화가게를 누비고 다녔는데 올겨울은 극장보다 명훈이네 집을 더 많이 드나들었다. 겨울이 짧게 느껴졌다. 신문 배달로 나서고부터는 늘 지루하고 길게 느껴졌던 겨울이….

개학을 했다. 1학년을 마치고 2학년 반 배정을 받았다. 명훈과 나는 다른 반이 됐다. 같이 반이 되었더라면 좋았을 텐데, 딴에는 운명의 여신도 여자라고 질투를 느꼈던지 우리를 갈라놓았다. 형준이 녀석하고는 같은 반이 되지 않은 것이 시원하기도 하고 섭섭하기도 했다.

새 학년 새 학기가 시작되었기 때문에 어떤 성격의 선생님이 담임이 되고, 각 과목 선생님의 성격이 깐깐한지 물렁한지가 반 아이들에겐 초미의 관심사였다. 우리는 호랑이 선생님보다는 물렁한 선생을 선호했다. 따라서 학년 초 매 과목 첫 시간은 걱정 반 기대 반으로 긴장을 풀지 않고 기다리는 시간이었다.

담임은 국어를 가르치는 선생님으로 학년 주임이었다. 호랑이 중의 대왕 호랑이였다. 2학년이 되니 새로운 과목이 더 늘었다. 한문 과목도 있었다. 한문 시간에 담당 선생님이 교실로 들어왔다.

하마터면 나는 기절할 뻔했다. 아니 기절하지 않은 것이 천만다행이었다. 내가 신문을 넣고 있는 독자 집의 아줌마가 들어온 것이었다. 나는 순간 '앗!' 하고 소리를 지를 뻔했다.

한문 선생님과의 기구한 인연은 이렇다. 방과 후 수금을 하는데, 독자들 중에는 신문 대금을 말일 이전에 주는 집과 말일 경에 주는 집, 또 말일이 지난 후 여러 번 독촉을 해야 겨우 주면서도 자꾸 들볶으면 다른 신문을 보겠다고 협박하는 집으로 나눌 수 있었다. 그런데 말일이 지나고 다음 달 10일경이 돼서야 주는 집이 몇 집 있었는데, 이런 집들은 특별 관리 대상이었다. 이런 집들은 내 머릿속에 골치 아픈 존재로 자리 잡고 있었다.

한문 선생님네의 경우는 제 날짜보다 아주 많이 늦게 주는 집이었다. 매월 말일경에는 구독료를 내야 마땅한데 단 한 번도 때를 맞춰준 적이 없었다. 그래서 내게 미움을 받고 있는 집이었다. 신문 대금을 받으러 가면 일하는 할머니가 혼자 있다가 늘 나중에 오라고 했다. 할머니가 신문 대금을 미리 받아 놓았다가 주면 안 되느냐고 내가 화를 낸 적도 있었다. 짜증을 내면 할머니는 다른 신문을 보겠다고 나를 협박했다. 자기가 신문을 보는 것도 아니고, 또 자기가 신문 대금을 내는 것도 아니면서….

평일에 가서 신문 대금을 받기 어렵다고 여긴 나는 일요일 오전에 찾아갔다. 일요일 오전에는 집에 사람들이 있을 것이라고 판단했기 때문이다. 일요일에 가면 짧은 스포츠머리를 한 아저씨와 한문 시간에 들어온 아줌마가 집에 있었다. 그래서 겨우 신문 대금을 받을 수 있었는데, 나는 신문 대금을 받으면서도 떫다는 표정을 풀지 않았다.

그런데 아줌마는 항상 잔잔한 미소를 짓고 있었다. 신문 대금을 늦게 내는 주제에 웃고 있는 것이 되게 기분이 나빴다. 그래서 한번은 인상을 팍팍 쓰면서 따져 말한 적도 있었다.

"신문 대금을 제 날짜에 주시면 좋겠어요. 할머니에게 맡기시던가요. 이 집 한 집 때문에 일요일에도 나와야 하거든요."

그랬더니 아줌마는 입가의 미소를 싹 거두더니 내게 미안하다고 사과했다.

그 아줌마가 교실로 들어오는 순간 나는 불안, 초조, 긴장 속으로 빠져들었다.

내게 복수하려고 들면 어떻게 하나. 원수는 외나무다리에서 만난다더니 나와 한문 선생과의 관계가 그 꼴이었다.

'아줌마가 선생님인 줄 몰랐습니다. 죄송합니다'라고 사죄할 수도 없는 노릇이었다. 선생님이 말할 때 나는 눈을 마주치지 않으려고 고개를 숙이고 교과서만 응시했다. 그러나 선생님은 나를 알아보고 웃었다. 그 웃음이 나를 더 불안하게 만들었다. 마치 '너 잘 걸렸다. 전에 나에게 무안을 준 놈. 이놈아, 조금만 기다려라. 내가 멋지게 복수해주마'

하는 의미의 미소로 여겨졌다.

나는 이미 낙인찍힌 몸이라고 생각해 납작 엎드려 움직이지 않는 철저한 복지부동의 자세를 실천하기로 하고 몇 가지 방침을 세웠다. 첫째로 한문 숙제는 최선을 다해서 할 것, 둘째로 예습을 미리해서 질문을 해도 틀리지 말 것, 셋째로 시험도 잘 볼 것, 마지막으로 가급적이면 눈을 마주치지 말 것을 다짐했다.

그런데 다른 여선생들에 비해 한문 선생님은 기가 센 여장부였다. 수업 시간에 떠들다 걸리는 놈들을 뺨따귀로 다스렸다. 영어를 가르치는 여선생은 우리 반 아이들을 통제하지 못해 수업을 하다 울며 뛰쳐나간 적도 있었다. 그러나 한문 선생님은 장교의 아내다웠다. 내가 집에 갔을 때 봤던 스포츠머리 아저씨가 육군 장교라는 소문이 돌고 있었다. 선생님의 여자답지 않은 폭력성이 나에 대한 화풀이가 아닌지 초조해했고, 괜히 반 아이들에게 미안했다.

머지않아 나의 오해는 풀렸다. 나는 선생님의 귀여움을 받을 수 있었다. 한문 과목을 잘했기 때문이다. 질문을 하면 대답이 줄줄 나왔다. 뜻을 몰라도 읽을 수는 있었다. 한문을 잘 읽게 된 내력은 이렇다.

보급소에서 사용하는 신문 대금 영수증 철에는 한글로 독자 이름이 적혀 있지만, 독자 집 대문 앞에 붙어 있는 문패는 대개 한자로 되어 있었다. 신문을 돌리고부터 나는 영수증 철의 한글 이름과 문패의 한자 이름을 연결시키면서 자연스럽게 한자를 익혔다. 문패를 보면서 '저것은 무슨 자이구나' 하고 한자를 터득해 나갔다. 구역을 돌다가 눈에 들어오는 문패를 보면 '저것은 무슨 자, 또 저것은 무슨 자' 하고 속으로 아는 척하면서 뿌듯해했었다.

중학교 1학년에 올라온 지 얼마 되지 않아 총무와 함께 수금을 하러 나갔을 때였다. 내 독자 집은 아니었지만 구역에 있는 문패를 보고 나는 의아한 생각이 들었다. 어떤 집 문패가 '丁吉東'으로 되어 있었다. 뒤에 나와 있는 한자는 '길동'으로 읽을 수 있었다. 그런데 이상한 것은 '성'이 문제였다. 그래서 속으로 '왜 성을 영어의 T로 쓰고 이름은 한자로 썼을까?' 하고 생각해봤지만 의문이 풀리지 않았다. 그래서 총무에게 물어봤는데, 그 말을 듣자마자 총무는 배꼽을 잡고 두 발로 땅바닥을 동동 구르며 밀림의 왕 타잔에 등장하는 침팬지처럼 소리를 지르며 난리법석을 떨었다.

그리고 "야, 인마, 저건 영어의 T자가 아니라 '정'이라는 한자야!" 하면서 내 뒤통수를 냅다 갈겼다. 나는 한자 丁를 영어 T자로 봤던 것이었다. 그래서 丁이라는 한자가 '정'자임을 알게 됐다.

또 한번은 6학년 때 현재의 구역을 맡고 나서 얼마 안됐을 때였다. 수금을 하러 나가기 위해 보급소 걸상에 앉아 그날 들를 집들의 영수증을 접고 있었다. 그런데 어떤 독자 집 이름 난에 '이세ㄹ'이라고 적혀 있었다. 나는 이 독자의 이름을 보면서 의아했다. '성은 이 씨인데 왜 이름은 세'리을'일까?' 하고 궁금해졌다. 주위를 두리번거렸더니 영섭이 형이 책을 보고 있었다.

"형, 뭐 좀 하나 물어볼게요."

나는 영수증 철을 들고 가서 "왜 이 독자의 이름이 이세리을일까요? 이름이 너무 이상해요" 하고 물었다.

"야, 이 바보야! 너 한글도 못 읽는구나. 그것은 '리을'이 아니고, '근' 이라는 한글이야! 'ㄱ'에다가 '―'자를 더하고 받침으로 다시 'ㄴ'을 붙인 거란 말이야!"

설명을 듣는 순간 "맞아!" 하고 말이 흘러나왔지만 때는 이미 늦었다. 생각 좀 했더라면 '근'이라는 글자를 알아봤을 텐데, 아무 생각이 없는 놈이다 보니 아직 한글도 제대로 깨우치지 못한 무식한 놈이 되고 말았다. 6학년 크리스마스이브 때까지 영섭이 형은 나를 완전한 바보로 알고 있었다.

방과 후 명훈에게 한문 선생과 나와의 인연을 소개했더니 명훈은 하도 웃고 웃어서 눈가에 눈물까지 흘렸다.

명훈은 곧 첫 시험이 있을 것이니 철저하게 대비하라고 했다. 그리고 너무 크게 걱정하지 말고 자기가 시키는 대로 차분히 준비하면 좋은 성적을 거둘 수 있다며, 내가 너무 부담스러워 하지 않도록 세심하게 신경을 썼다. 신문 배달로 인해 공부할 '시간이 부족하니 시간을 아껴 써야 된다'는 말까지 했다.

새벽에 일어나 신문을 돌릴 때나 방과 후 수금할 때 영어 단어장이나 국어책에 나오는 한자를 메모해 가지고 다니면서 외웠다. 수금을 끝내고 독자 집 대문 앞 계단에 앉아서 암기하기도 했다. 새벽에 신문을 돌리면서 단어를 외우고 하다 보니 신문을 빼먹고 돌리는 일까지 생겼다. 하지만 나는 총무로부터 혼나는 것도 크게 신경 쓰지 않았다. 수금을 끝내고 집에 돌아가면 다락방에 올라가 학교에서 배운 것을 반복해서 복습했다. 그날 배운 것을 그날 소화하려고 애썼다. 이해가 되지 않는 부분은 표시했다가 명훈이 집에 가서 물어보고 해결했다.

공부에 슬슬 재미가 생기기 시작했다. 내겐 상당한 정도의 암기 능력이 있다는 것도 알게 됐다. 내가 신문 배달을 하는 집은 약 150집이었다. 독자들의 이름과 주소를 모두 외워야만 했다. 경우에 따라서는 전화번호도 외웠다. 이러한 것들이 내가 공부를 하는 데 밑받침이 되고 있었다.

내가 잘 못하는 수학과 과학, 기술, 음악 등은 명훈에게 물어서 해결해 나갔다. 명훈은 전혀 짜증을 내지 않고 열심히 설명해줬다. 명훈은 이해하기 어려운 내용도 쉽게 설명하는 재주가 있었다.

체육은 같은 또래 아이들보다는 잘했다. 새벽마다 신문을 들고 뛰어다니다 보니 그런 것 같았다. 특히 달리기는 누구에게도 뒤지지 않을 자신이 있었다.

2학년의 첫 시험은 중요 과목만 치르는 시험이었다. 국어, 영어, 수학 시험 날짜가 공고됐다. 명훈은 내게 '월말고사 지침'을 내려줬다. 나는 명훈이 적어준 지침에 따라 영어와 국어는 철저히 암기하며 시험에 대비했다. 수학은 반복해서 풀었다. 그래도 잘 이해가 되지 않은 부분은 문제풀이 과정을 통째로 외워버렸다. 수학을 외운다는 것은 참 어리석은 일이라고 생각했지만 명훈이도 그렇게 한다니 나도 따를 수밖에 없었다. 그런데 이해가 되지 않는 문제가 너무 많아 수학도 외워야 할 게 되게 많았다. 오로지 명훈에게 잘 보이기 위해, 아니 명훈을 실망시키지 않기 위해 공부한 거였다.

'공부해서 뭐하냐? 돈을 많이 버는 게 최고지!'라고 말하고 싶었지만 공부를 최고로 치는 명훈에게 내 생각을 말하면 나와 명훈의 관계는 바로 끝장난다고 생각되어 말하지 않았다. 지침을 내려주는 것이 고맙기도 했지만 아니꼽기도 했다. 하지만 명훈이만큼 공부를 잘할 필요는 없어도, 전교에서 주름잡고 있는 그와 반에서 중간 순위를 넘나드는 나의 간격은 어느 정도 극복해야 된다는 생각이 들었다. 그렇지 않으면 명훈이가 나를 영영 차 버릴지도 모른다는 두려움이 있었기 때문이다.

마침내 시험을 치렀다. 태어나서 지금까지 본 시험 중에 제일 잘 봤다는 느낌이 들었다. 답안지를 내는데 전에 느꼈던 감정하고는 약간 달랐기 때문이다. 지난해까지는 모르는 문제가 훨씬 많아서 눈을 감고 네 개의 답에다가 볼펜을 떨어뜨려 볼펜 심이 찍히는 번호를 기준으로 시계 방향을 따라서 '어느 것이 정답인지 알아 맞춰봅시다' 하고 속으로 중얼거린 후 '다'자로 끝나는 번호를 정답으로 골라 표시했다. 그러나 이번 시험은 그렇게 하지 않고 어느 정도 알면서 정답을 답안지에 옮긴 게 훨씬 더 많았다. 한 과목 한 과목 답안지를 제출할 때마다 명훈의 자상한 얼굴이 떠올랐다.

2학년이 되어 새로 정해진 짝은 정찬이었다. 정찬이도 시험을 잘 본 것 같았다. 1학년 때는 나보다 공부를 잘하던 녀석이었다.

"선생님에게 가서 성적을 미리 확인해보지 않을래?"

정찬이 제안했다. 성적에 대한 기대가 자못 큰 것 같았다. 나도 내심 확인하고 싶었다. 하지만 성적이 예상했던 것보다 나쁘면 선생님한테

'공부도 못하는 것들이 성적에만 관심이 있어 가지고'라고 핀잔이나 들으면 어쩌나 하는 고민도 들었다. 그렇지만 시험 결과가 매우 궁금하기는 마찬가지여서 정찬을 따라 선생님께 찾아가서 성적을 알아봤다.

선생님은 웃으면서 성적을 말해줬다. 정찬은 자신의 기대치에 미치지 못해 실망했다. 정찬의 실망스러운 표정에 나도 덩달아 걱정됐다. 그런데 선생님은 "이칠복, 성적이 많이 향상되었어. 우리 반에서 6등이야!"라고 말해줬다. 나는 내 귀를 의심하지 않을 수 없었다. 말도 안 되는 일이 일어났기 때문이다. 내 얼굴이 확확 달아올라 벌게지는 것이 느껴지고 가슴도 콩콩 뛰었다.

얼떨결에 선생님께 "고맙습니다"는 인사를 하고 교무실 문을 나왔다. 나는 아예 감격하고 말았다. 한 자리 숫자의 석차를 차지하기는 난생처음이었기 때문이다. 나는 당장 춤이라도 추고 싶은 기분이었다. 하지만 시무룩한 정찬이 옆에 있어서 춤을 출 수는 없었다. 나는 씩씩하고 탄력 넘치는 걸음으로 운동장을 가로질러 교실로 향했다. 좋은 일은 예고 없이 찾아오는 것 같았다. 정말 기뻤다.

내가 다니던 중학교는 학습을 장려하기 위해 반에서 1등부터 10등까지의 명단을 적어서 교실 칠판 옆의 게시판에 붙이는 방법을 사용하고 있었다. 게시판에 내 이름이 여섯 번째로 붙었다. 나는 아침에 교실 문을 들어올 때마다 떡 붙어 있는 내 이름 석자를 봤고, 자리에 앉아도 눈이 자꾸 거기로 갔다. 1학년 때 같은 반이었던 아이들은 내 석차를 곧이곧대로 인정하려 들지 않았다. 내가 커닝한 것이라는 놈도 있었다. 옛날 같으면 한 방 날려 줬겠지만 쿵푸를 배운 후로 나는 주먹을 아무 때나 휘두르는 것이 아니고, 자신을 보호하기 위해서만 써야 된다는 관장의 말 때문에 약간은 순한 인간이 되어 있었다.

수업 시간에 각 과목 선생님들이 들어오면 대개 그 명단부터 봤다. 이름을 부르고 얼굴을 일일이 확인하는 것이었다. 대부분의 선생님들은 내 이름을 불러 얼굴을 확인하고 의아해하는 표정을 지었다. "이칠복, 너도 좀 하는구나"라고 말을 하는 분도 있다. 그 말을 듣는 나는 또 얼굴이 벌게져 고개를 떨궜다.

이러한 기적은 내 뒤에 명훈이가 있었기에 일어난 것이었다. 명훈이가 내 친구라는 것이 너무나 좋았다. 나는 내 석차를 확인한 후 명훈이에게 달려갔다. 명훈이네 반 교실에 가서 명훈을 불러냈다.

"명훈아, 내가 우리 반에서 6등을 했대. 담임한테 지금 확인한 거야. 완전 기적이야. 기적!"

이때 명훈이가 좋아하면서 기뻐했던 그 표정이 내 뇌리에 완전히 박혀 있다.

"그래, 칠복아. 정말 잘했다! 내가 뭐라고 했어."

며칠 후 과학 선생님이 수업 시간에 칠판 옆에 붙어 있는 명단의 이름을 일일이 불러 세워서 얼굴을 확인했다.

"이… 칠… 복? 누구야? 내가 모르는 아이인데."

반 아이들은 모두 웃었다. 나는 반 아이들이 웃는 것을 충분히 이해할 수 있었다. 내 스스로도 이해가 안 되는 부분이 있었기 때문이다. 하지만 반 아이들 일부가 웃는 것은 이해할 수 있었지만, 웃어서는 안 되는 놈들이 웃는 것은 용서하기 어려웠다. 하지만 승리한 놈이 참아야지

한다는 생각이 들었다.

　과학 선생님은 1등부터 10등까지 10명을 조장으로 정하고, 한 조에 7명씩 나머지 아이들을 편성했다. 그러고 나서 각 조마다 한 가지씩 주제를 정해주며 조원들이 모여 함께 공부를 하고 조장은 그 결과를 발표하라는 것이었다. 나는 6조 조장이 되었지만 이만저만 걱정스러운 게 아니었다. 과학에는 실력이나 취미가 없었기 때문이다. 우리 조가 맡은 부분은 '일기예보'라고 할 수 있는 '일기도'에 관한 것이었다.

　나는 속으로 걱정이 앞섰다. 중학교에 와서 수업 시간에 질문을 한 적도 한 번도 없었는데 발표를 하라니 이건 보통 문제가 아니었다. 도대체 이 일을 어찌한단 말인가? 또 다음 시험에서 시험을 잘못 봐서 성적이 10등 밖으로 밀리면 진짜 망신 중에 이런 망신이 어디 있을 것인가? 과학 선생은 내게서 조장의 지위를 박탈하려 할 것이고, 평소 내 뜻에 동조하지 않는 조원들은 내게 반기를 들게 뻔하지 않은가? 나는 조장의 자리를 사퇴할지, 아니면 감당해야 할지의 문제를 놓고 갈등으로 빠져들었다.

　수금을 마친 후 명훈을 찾아가 그날 과학 시간에 있던 일을 낱낱이 말했다. 내가 정신적 공황상태에 빠져 있음을 명훈에게 자백하지 않을 수 없었다. 발표 날이 아직도 많이 남아 있음에도 불구하고 나는 긴장이 되어 벌써부터 떨고 있었다.

　"칠복아, 걱정하지 마. 내가 도와줄게."

　당시 인기가 있었던 MBC 방송의 김동완 통보관의 일기예보를 보면 도움이 될 것이라는 말까지 해줬다. 우리 집에는 텔레비전이 없었다.

나는 이 사실을 말하는 것이 창피했다. 그러나 발표를 잘하려면 텔레비전을 봐야 한다는 생각이 들었기 때문에 어쩔 수 없이 고백을 했다.

명훈네 집에서 김동완 통보관이 일기예보를 하는 장면을 봤다. 명훈은 내가 조장으로서 담당해야 하는 차트를 그리는 것도 도와줬다. 명훈은 두꺼운 도화지와 매직을 가져다 직접 쓰고 그리면서 아주 멋지게 만들어줬다. 또 자기 방 벽에 걸어놓고 내게 발표를 해보라고 시켰다. 쑥스러워했더니 연기한다고 생각하고 발표해보라고 했다. 명훈이가 준 막대기를 가지고 차트를 짚어가며 읽으면서 연습을 하고 또 했다. 보급소에서 확장 교육 실습을 시킨 것이 도움이 됐다.

멀기만 하게 생각되었던 발표 날이 다가왔다. 너무나 초조하고 긴장되어 차트를 들고 교탁 앞으로 나가다가 하마터면 넘어질 뻔했다. 어떤 자식이 가방을 책상 옆으로 삐죽 나오게 놓아 가지고.

칠판에 차트를 걸었더니 선생님은 아주 잘 만들었다고 칭찬했다. 발표를 시작했다. 차트에 쓰여 있는 글자를 읽어 나가는데 정신이 하나도 없었다. 선생님은 내가 '일기도'를 자꾸 '일끼도'라고 발음하고 있다고 지적하며 고쳐줬다. 아이들이 크게 웃어서 내 얼굴은 홍당무가 된 것 같았고 얼굴도 화끈거렸다. 선생님이 여러 번 지적했어도 발표를 마칠 때까지 계속 '일끼도'라고 발음했다.

캠프파이어

"형, 형, 나 10등 안에 들었어."

나는 영섭이 형에게 자랑했다. 늘 나를 위태롭게 바라보던 영섭이 형의 걱정을 잘 알고 있었기 때문이다. 나는 영섭이 형의 칭찬을 받고 싶었다.

"전교에서?"

"반에서."

"그래, 잘했다. 지난번에 영문법 책을 가지고 다니더니 공부를 열심히 했나 보구나."

공부를 잘하던 영섭이 형은 전교에서 노닐고 있었기 때문에 석차는 그리 중요치 않게 여기는 것 같았다. 하지만 영섭이 형이 나를 인정해 주고 칭찬해주니 기분이 좋아 좀 우쭐해졌다.

"형, 내가 열심히 한 게 아니고 친구가 생겼는데, 명훈이라는 아이야. 그 아이가 시키는 대로 했거든. 명훈이는 되게 착하고 순진해. 전에 형이 좋은 친구 만나야 된다고 했잖아. 근데 걔는 좋은 친구야."

"그래, 잘됐다. 네가 항상 걱정됐어. 나는 칠복이 네가 좋아. 너의 씩씩한 모습이 좋았어."

"형, 나도 형이 무진장 좋아. 형이 준 영문법 책 있잖아. 그 책이 되게 좋아. 영어 시간에 선생님이 말하는 거, 그 책에 다 나와 있더라고."

"칠복아, 성국이도 이제 3학년이 되더니 공부를 좀 하는 것 같더라. 공고에 진학하겠대. 나도 성국이 공부를 조금씩 도와주고 있어. 성국이는 머리가 좋아서 설명하면 금방 이해하고 그러더라. 성국이는 불쌍한 아이니까. 칠복이 네가 친형처럼 잘해야 돼. 알았지?"

"…."

영섭이 형의 눈에는 눈물이 고이고 있었다. 친형이 있다고 해도 영섭이 형같이 잘할 수는 없을 것이다. 친동생도 아닌 나와 성국이 형을 대하는 태도를 보면 따뜻한 아버지 같았다. 마음이 호수같이 맑고 바다같이 넓은 영섭이 형이었다.

"형, 그런데 걱정거리가 하나 있어. 다음 주에 학교에서 2박 3일 동안 연수원을 갈 계획인데, 연수원이 경기도 포천에 있거든. 거기 가서 캠프파이어도 하고 수영도 하고 풀도 뽑는 시간을 갖는대. 나도 꼭 가고 싶은데 어떻게 하지?"

"글쎄, 누가 신문을 대신 돌려줘야 될 텐데. 담당 총무가 집을 거의 알기는 할 텐데 대신 돌려주려고 할지 모르겠네. 총무에게 말해봐. 나도 거들어줄게."

나는 연수원에 몹시 가고 싶었다. 하지만 이틀씩이나 총무가 대신 신문을 돌려주려고 할지 고민이었다. 또 우울해지기 시작했다.

다음 날도 그다음 날 수업 시간에도 머릿속에는 어떤 핑계를 대고 보급소를 빠질까 하는 생각으로 꽉 차 있었다. 명훈이와 상의해봤지만 명훈도 영섭이 형의 대답처럼 '총무에게 말해보라'는 말뿐 별다른 방도를 생각해내지 못했다. 며칠간 아무리 머리를 굴려도 적당한 핑계를 찾을 수 없었던 나는 할 수 없이 총무에게 사정해보기로 했다. 수금한 돈을 입금시킨 후 담당 총무의 눈치를 봤다. 총무 기분이 나쁜 것 같으면 말을 하지 않으려고 했다. 그런데 담당 총무는 무슨 좋은 일이 있는지 콧노래를 흥얼거리고 있었다.

"총무님, 저 할 말이 있는데요."

"말해봐."

손가락에 침을 묻혀 가며 영수증 철을 넘기고 있던 총무의 얼굴이 그날따라 더 어려워 보였다.

"저… 다음 주 수요일부터 금요일까지 2박 3일로 학교에서 연수원에 교육을 가거든요. 우리 학교 2학년들이 전부 갈 거예요. 담임이 한 명도 빠지지 말고 전부 오라고 그랬어요. 또 저도 꼭 가고 싶은데…"

총무의 얼굴에서 웃음기가 싹 사라지더니 눈을 가늘게 뜨며 정색을 했다.

"야, 인마! 그럼 신문을 누가 돌리니? 나는 네 독자 집을 너보다 잘 몰라."

"그럼 내일 새벽에 저하고 같이 나가 신문을 돌리면서 독자 집 대문 옆에 표시를 해두면 총무님 혼자 돌려도 배달 사고 안 나잖아요."

"이 자식 봐라. 안 돼! 인마, 나는 내일 다른 구역을 따라가야 돼."

총무의 말하는 꼴을 보니 더 이상 부탁해봤자 소용이 없을 것 같았다. 옆에서 듣고 있던 영섭이 형도 고개를 좌우로 흔들었다.

나는 총무가 야속했다. 자기 밑의 직원을 이따위로 관리하고 있는 담당 총무는 동생도 없는 사람 같았다. 인정머리라고는 없는 차디찬 냉혈 인간이었다. 지난번의 박 총무는 인간성이 참 좋았는데 이 사람은 꼭 건달 같았다. 내 마음은 우울해졌다. 어쩔 수 없다는 생각이 들었다.

보급소를 나와 명훈이네 집으로 가서 명훈에게도 '총무는 인간성이 나쁜 놈이라서 내가 연수원에 가는 것을 허락하지 않았다'고 말해줬다. 나를 바라보는 명훈의 얼굴은 수심으로 가득 차 있었다. 하지만 명훈이 제 아무리 날고 기는 능력이 있어도 이 문제만큼은 어찌할 수가 없었다. 이것은 인간성이 악랄한 총무와 연수원 행을 갈망하는 나 두 사람만의 문제였기 때문이다. 연수원에 가지 않으려면 담임에게 미리 말해야 했다.

다음 날 방과 후 교무실로 향했다. 담임에게 있는 그대로 이실직고以實直告를 하기 위해서였다. 대왕 호랑이였던 담임은 싸움터에 임하여 물러서지 않는 장군 같았다.

"학교가 중요하지, 보급소가 중요하냐? 2학년 때 딱 한번 가는 것인데 어떻게 결석할 생각을 하니? 이놈아, 보급소에 다시 말해봐! 말하면 들어줄 거야. 학생 신분이 우선이지, 신문 돌리는 것이 우선이니?"

작년 담임 선생님이 생각났다. 작년의 담임이었으면 들어줬을 것이라는 생각이 들었다. 보급소에 이미 말했는데도 내 말을 들어주지 않는다고 말했지만 담임은 요지부동이었다. 다시 명훈과 상의해봤지만 명훈이도 묘안이 없는 듯했다. 나는 보급소에 가서 또 총무에게 말했지만 깍쟁이 총무는 연수원행을 포기하라고 강요했다.

"야, 네 담임 완전히 골통이다. 골통!"

총무는 자신을 잘 모르는 사람이었다. 내가 볼 때는 담임 선생님보다 총무가 훨씬 더 골통에 속했다. 누구의 말을 따라야 할지, 어떻게 해야 할지 고민에 고민을 거듭했지만 뾰족한 수가 떠오르지 않았다. 나는 어쩔 수 없이 총무 말에 따르기로 했다. 하지만 너무나도 연수원에 가고 싶었다. 같은 반 아이들하고도 친해질 수 있고, 또 명훈이하고 좋은 시간을 보낼 수 있는 기회라고 생각하니 눈물이 왈칵 쏟아지려고 했다.

'그래, 내 신세가 그렇지 뭐. 내겐 돈이 중요하다. 돈이나 벌어야지.'

나는 마음을 독하게 먹었다. 그까짓 연수원 안 가면 어때, 동급생이지만 나보다 생각이 한참 어린 녀석들 하고 어울려봤자 재미도 없고 얻을 것도 없다는 생각을 했다. 그렇게 억지로 합리화시키고 나니 기분이 약간 풀렸다.

내일 아이들은 학교에서 대절한 버스를 나눠 타고 연수원에 갈 것이다. 나는 여기 홀로 남아 신문을 돌리고 수금할 것이다. 그럼 남는 시간에는 무얼 하지. 다시 뼈저린 외로움이 몰려오고 있었다.

"에이, 씨이발. 될 대로 되라. 될 대로 돼. 총무 새끼, 나이도 많이 처먹지 않은 새끼가 성질은 지랄이야. 좀 도와주면 안 되나…"

욕지거리가 뱃속 깊은 곳에서 부글부글 끓어오르고 있었다. 반 아이들은 무엇이 그리 좋은지 서로 이야기를 나누면서 즐거워하고 있었지만, 나는 외톨이가 되어 그 사이에 끼어들지 못한 채 우두커니 앉아 있었다. 정찬이 녀석이 "너는 왜 그러니? 좋지 않니?" 하고 말을 걸었지만, 나는 배가 아프다면서 책상에 엎드려 잠을 자는 척했다. 점심을 잘 못 먹어서 배에 탈이 난 게 아니라 연수원에 가는 것으로 까불고 찧고 하는 녀석들을 보니 배가 아픈 것이었다. 녀석들은 부모를 잘 만난 것 같았다. 나는 '사촌이 땅을 사면 배가 아프다'는 말을 실감할 수 있었다.

종례 후 담임을 따라가면서 내일 연수원에 갈 수 없다는 말을 했더니 담임은 "그래? 네 마음대로 해!" 하고 얼굴을 찌푸렸다. 민망스러웠지만 이런 담임을 이해할 수 있다. 학생은 학교가 우선이라는 담임의 말도 이해할 수 있다. 내가 유일하게 존경하던 초등학교 5~6학년 담임이 결석하는 것을 아주 싫어했고, 죽어도 학교 와서 죽으라는 말까지 했었기 때문이다.

신경질이 나서 닥치는 대로 부숴 버리고 싶었다. 골이 나서 수금도 하러 가지 않기로 했다. 이럴 때는 집에 가서 잠이나 퍼질러 자는 게 장땡이라고 생각하고 집으로 가고 있었다. 길에 떨어져 있는 조그만 돌멩이를 힘껏 걷어찼다. 돌멩이가 길 위를 날아갔다. 집까지 가면서 계속 돌멩이에게 화풀이를 했다. 그랬더니 엄지발가락만 되게 아팠다.

이튿날, 새벽에 신문을 돌리러 가기 위해 일어났는데 잠을 잘못 자서 그런지 머리가 아팠다. 많이 자빠져 잤으면서.

보급소로 가면서 울화가 치밀어 도저히 참을 수 없었다. 속으로 계속 총무 욕을 해대다가 너무 화가 나는 바람에 나는 이미 내린 결정을 단번에 확 뒤집어 버렸다.

"총무 이 새끼에게 엿이나 먹이자! 자를 테면 자르라고 그래. 제까짓
게 나를 잘라!"

신문을 배부받고 복도로 나왔다. 조금 기다렸더니 성국이 형이 어슬
렁거리면서 신문 뭉치를 들고 나왔다.

"형, 형."

나지막한 소리로 성국이 형을 부르면서 내게 오라고 손짓을 했다.

"형, 나 내일하고 모래 신문 돌리러 안 나올 거야. 아무한테도 말 안
했거든. 내가 안 나오면 영섭이 형과 총무는 내가 연수원에 간 것을 알
거야. 내일 형에게 물어보면 연수원에 간다고 말했다고 전해줘, 알았
지?"

"총무가 안 된다고 했잖아. 너 그러다가 깨지면 어떻게 하려고 그
래?"

"한 번 죽지 두 번 죽어? 죽일 테면 죽이라고 그래. 총무가 나를 자
르면 다른 신문으로 옮기면 되지 뭐. 총무 그 새끼, 진짜 해도 너무 해.
안 그래, 형?"

"그건 네 말이 맞아."

성국이 형은 항상 내 말이 맞다고 했다. 이런 면은 영섭이 형보다 성
국이 형이 더 좋았다. 성국이 형은 앞으로의 터질 일이 걱정되는지 얼
굴 표정이 굳어지고 있었다.

부지런히 신문을 돌리고 집으로 가서 빨간 배낭에 연수원에서 갈아
입을 옷가지와 체육복, 담요 따위를 챙겼다.

"칠복아, 너 뭐 하니?"

"연수원에 갈 준비해요. 왜요?"

"안 간다고 하더니."

"마음이 바뀌었어요."

"신문은 어떻게 하고?"

"보급소에서 알아서 할 거예요."

바로 전날까지도 연수원에 안 간다고 했던 터라 어머니는 고래를 갸우뚱하고 있었다.

"엄마, 보급소에서 알기는 알고 있는데 만약 총무가 집에 찾아오면 토요일부터 보급소에 나간다고 하더라고 말하면 돼요."

나는 아침을 먹는 둥 마는 둥하고 배낭을 메고 명훈이네 집을 향해 달렸다. 기분이 상쾌했다.

급한 마음에 명훈이네 가게로 들어갔다.

"어라, 칠복이 아니야? 명훈아, 칠복이 왔다. 칠복이가 왔어."

명훈 어머니는 나를 보더니 무진장 반가워했다. 내가 연수원에 갈 수 없다고 명훈에게 들은 것 같았다. 나는 가게 문을 통해 마루로 올라 갔다. 명훈이가 방에서 짐을 싸다가 말고 뛰어나왔다.

"칠복아, 너 어떻게 왔어?"

"걸어서 왔지 뭐."

"장난하지 말고 신문은 누가 돌려주기로 했니?"

"아니, 총무 그 인간이 알아서 하겠지 뭐. 그냥 도망쳤어."

"너 혼나면 어떻게 하려고?"

"걱정하지 마. 혼나 본 적이 많아서 한 번 더 혼나도 상관없어. 때리면 맞으면 되지 뭐."

명훈은 황당하다는 표정을 짓고 있었다. 명훈은 이런 경험을 못했기 때문에 나를 이해하기 어려울 것이다. 공부를 잘하는 놈들은 공부 못하는 아이들의 심정을 모른다. 공부를 잘하는 놈들은 선생님의 귀여움을 받기 때문에 공부 못하는 아이들의 서러움을 잘 모른다. 아마 명훈도 마찬가지일 것이다. 나는 공부를 못했기 때문에 공부를 못하는 놈들의 마음을 이해할 수 있다. 또 신문을 돌리면서 여러 번 무시를 당해봤기 때문에 무시를 당할 때의 기분을 잘 안다. 그래서 나는 혼나는 것을 또래만큼 두렵지 않게 받아들일 수 있었다.

나는 명훈과 함께 배낭을 메고 학교로 출발했다. 학교에 가는 동안 명훈이는 내내 말이 없었다. 아마 내 걱정으로 머리가 복잡한 듯했다. 운동장에 이르니 아이들이 바글거리고 있었다. 교장 선생님의 자랑인 학교의 운동장이 코딱지만 했다. 아무리 학교 설립자라고 해도 그렇지 이런 운동장을 가진 학교를 자랑하다니. 반별로 나뉘어 줄을 서고 있었다. 명훈과 헤어져 우리 반을 찾아갔다.

"선생님… 저 왔는데요."

담임은 눈을 크게 뜨더니 놀라는 표정을 지었다.

"가서 줄 서. 반장에게 가서 왔다고 출석 체크하고."

참 무뚝뚝한 담임 선생님이었다. 어떻게 왔느냐고 한번이라도 물어봤으면 더 좋으련만. 포천까지 가는 길에 버스에 앉아서 우리는 노래도 부르고 음료수도 마셨다. 연수원에 도착해서 방 배정을 받고 짐을 풀었다. 짐을 푼 후 반별로 모여서 놀았다.

다음 날은 수영도 하고 노작 시간도 가졌다. 자유 시간에 명훈이네 반으로 가서 그를 만나기도 했다. 명훈이와 함께 연수원에 오니까 기분이 좋고 기운이 났다. 내가 짝사랑하는 여자아이를 찾기 위해 몹시도 두리번거렸다. 그러다가 그 여자아이가 지나가는 것을 보고 한 번 더 보려고 고개를 돌리고 또 돌리고 했다.

연수원에서의 마지막 날이었다. 밤에 캠프파이어를 하기 위해 선생님들이 준비를 했다. 모아놓은 장작에 휙휙 하며 불이 붙는 것이 보기 좋았다. 빙 둘러 서서 노래를 불렀다. 연가를.

비바람이 치던 바다
잔잔해져 오면
오늘 그대 오시려나
저 바다 건너서
그대만을 기다리리
내 사랑 영원히 기다리리
그대만을 기다리리
내 사랑 영원히 기다리리

나는 살짝 우리 반을 이탈해서 명훈이네 반으로 갔다. 명훈이 옆에 서서 손을 꼭 잡고 연가를 불렀다. 내가 손가락으로 간질거리면서 장난을 치자 명훈은 고개를 돌려 나를 쳐다보며 웃었다.

내일 아침이면 서울로 돌아간다. 서울을 떠나 포천으로 올 때는 홀가분하기도 했지만, 마음이 다시 무거워지기 시작했다. 돌아가서 총무가 지랄을 떨면 어떻게 하나 하는 걱정이 앞서고 있었다. 올 때는 깡다구를 부리고 도망쳤지만, 이제는 깡다구를 부릴 상황이 아니었다. 손이 발이 되도록 빌어야 할지도 모를 일이었다.

연수원에서 아침을 먹을 때나 서울로 향하는 버스 안에서나 온통 내일 새벽 일이 걱정이었다. 학교에 도착해서 명훈과 만났다. 명훈도 내 걱정을 많이 하고 있었다.

"명훈아, 피곤하니까 나 집으로 그냥 갈게."

"칠복아, 그러지 말고 우리 집에 가서 시원한 콜라 마시고 가."

"그러지 뭐."

명훈이네 집으로 가는 동안 나는 아무 말도 하지 않았다. 명훈도 내 얼굴을 슬쩍슬쩍 쳐다볼 뿐 아무 말도 하지 않았다.

다음 날 새벽 일어나 보급소로 가는 발걸음이 정말 무거웠다. 사무실 문은 활짝 열려 있었으나 꼭 도살장 문을 들어서는 소가 된 기분이었다.

"야, 이 새끼야! 너 아주 개새끼구나. 내 말이 말 같지 않았어!"

내가 들어서자마자 기다렸다는 듯이 총무는 쌍소리부터 질러댔다. 순간 보급소 안에는 정적이 흘렀다. 다른 형들도 감히 말리고 나서지 못하고 있었다.

"잘못했습니다…."

"내가 분명히 안 된다고 그랬지? 가지 말라고 그랬어, 안 그랬어? 이리 와, 이 새끼야!"

총무는 한 마리 사나운 늑대로 돌변해 나를 잡아먹으려는 것 같았다. 나는 한 발 더 다가갔다. 성질이 급했던 총무는 내가 걸음을 멈추자 내게 다가오더니 뺨을 한 대 갈겼다. 나는 본능적으로 피했다. 그 덕분에 정통으로 맞지 않고 총무의 손바닥이 얼굴 앞쪽을 스치면서 지나갔다. 그러자 총무는 더욱 열 받은 것 같았다. 그러나 나도 순간적으로 머리가 확 돌아버렸다.

"그래, 개새끼야. 네가 총무면 총무지. 왜 때리고 지랄이야. 아주 죽여 봐라. 죽여 봐!"

총무가 나를 한 대 더 때리면 나도 가만히 있지 않으려고 공격 자세를 취했다. 내 하는 꼴을 본 총무는 화가 머리 꼭대기를 뚫고 천장까지 뻗친 것 같았다.

"어? 이거 봐라. 너 죽으려고 환장했구나! 어디 덤벼 봐!"

그때 성국이 형이 총무에게 달려들어 총무 다리를 끌어안았다.

"총무님, 안 돼요. 요새 칠복이가 사춘기라서 저래요. 제 말도 잘 안 듣고 좀 이상해졌어요. 한 번 용서해주세요. 예?"

총무는 자기 다리를 잡은 성국이 형을 발로 냅다 차버렸다. 성국이 형이 "아얏!" 신음 소리를 지르면서 떨어졌다. 바로 그때 동주 형이 끼어들었다.

"이봐! 김 총무! 이거 너무한 것 아닙니까? 어린아이들에게 너무 심하잖아요. 말로 합시다. 말로."

동주 형은 나를 가로막으며, 총무의 손목을 움켜잡았다. 총무는 얼굴이 벌개져서 어찌할 줄 몰랐다. 덩치가 황소만 했던 동주 형이 떡 버티고 있으니 총무도 당황한 것이었다. 동주 형은 학교를 끓어서 그렇지 나이는 스무 살로 총무와 같았다. 이를 지켜보던 모든 배달부들이 동주 형 주위로 몰려들었다. 다들 동주 형의 불같은 성격을 익히 알고 있었기 때문이다. 동주 형은 나중에야 어찌 되든 우선 주먹부터 내지르고 보는 성격이었다. 일이 더 커지기 전에 당장 말리고 볼 일이었다.

"동주 형, 이러지 마요. 제발요, 제발…. 김 총무님도 진정하세요. 왜들 이러세요. 시간이 없으니 신문 배부하고 나중에 얘기하세요."

영섭이 형이었다. 역시 눈물을 흘리고 있었다. 나는 괴롭고 미칠 것만 같았다. 총무가 얄미웠지만 모든 것은 나로 인해 일어난 사단이었기 때문이다. 형들은 보급소에서 막내인 나를 아끼고 아꼈다. 그래서 이런 일이 벌어진 것이었다.

내가 얼마 전에 6등을 했다고 형들 앞에서 자랑했을 때 동주 형이 나서서 "칠복아, 정말 장하다. 우리는 네가 못된 짓만 하는 줄 알았어. 그런데 마음잡았구나. 요새 성인만화 별도 안 보지?" 하고 말했다. 나는 얼굴이 화끈거렸다. 그날 동주 형은 내가 무지 좋아하는 만두를 사 가지고 와서 사무실에서 나눠 먹었다.

잠시 후 동주 형은 나를 데리고 보급소 문을 나섰다. 우리는 옥상으로 올라갔다.

"세게 맞지는 않았지?"

웃으면서 내 어깨에 손을 올려놓았다. 형은 담배를 꺼내 물었다.

"칠복이가 연수원에 가고 싶기는 되게 가고 싶었나 보구나. 보급소

땡땡이를 다치고."

"그게 아니고, 학교에 친구가 하나 생겼어요. 잘생기고, 공부도 잘하고, 되게 착해요. 나는 그 반대잖아요. 그런데 그 아이는 나한테 잘해주거든요. 내 성적이 올라간 것도 그 아이가 도와줘서 그런 거예요. 하지만 그 애는 친한 친구가 별로 없어요. 내가 제일 친한 친구래요. 그래서 연수원에 가서 같이 있고 싶었어요."

"그랬구나. 칠복아, 공부 열심히 해서 영섭이처럼 돼야 해. 나는 중학교 때부터 싸움질만 하고 다녔어. 학교에서 정학이나 맞고… 모르겠다. 그만 내려가자. 신문 돌리러 나가야 되잖아."

옥상에서 내려왔더니 다른 형들은 신문을 돌리러 나가고 없었다. 내 신문을 배부해놓은 김 총무도 어디 갔는지 사무실에 없었다. 배부된 신문 위에는 XX 3'이라는 내 구역 명칭이 적힌 커다란 쪽지만 달랑 놓여 있었다.

내가 다녔던 중학교는 남녀공학이었다. 신문을 배달하는 새벽에는 아는 아이들을 만날 염려가 없었다. 하지만 방과 후 신문 대금을 받으러 다닐 때 같은 학교 다니는 아이들을 만나는 것이 그리 달갑지 않았다. 그런데 보급소에서는 꼭 교복을 입고 다니라고 했다. 교복은 고학생을 알리는 표시라는 것이었다. 그래야 독자들이 동정을 한다는 이유였다.

방과 후 보급소 사무실에 가방을 던져 놓고 수금하기 위해 영수증 철을 갖고 나왔다. 영수증 철은 크기가 작기 때문에 호주머니에 넣어 감추고 다녔다. 내 구역에는 내가 다니는 학교도 있었다. 그래서 학교 근처를 돌아다녀야 하는데 같은 학교 아이들, 아니 같은 반 아이들을 만나는 것이 늘 염려됐다.

독자 집 대문 앞에서 벨을 누르거나 대문을 두드리면 안에서 "누구세요" 하는 대답이 들려왔다. 그러면 나는 "신문 값 받으러 왔는데요"라고 소리를 질렀다. 이런 모습을 같은 학교 아이들이나 반 아이들에게 보이기가 싫었다. 여자아이들이 보는 것은 더욱더 싫었다. 계집아이들이 나를 우습게 볼까 봐서였다.

그러던 어느 날 일이 터지고 말았다. 어느 독자 집의 벨을 누르고 신문 대금을 받기 위해 기다리고 있는데 같은 반이었던 영근이와 기준이가 조잘거리며 오는 모습이 보였다. 순간 내 입에서는 "드디어 들켰구나" 하는 푸념이 나도 모르게 흘러나왔다.

녀석들은 내 속도 모르는 채 내가 서 있는 쪽으로 다가오고 있었다. 아주머니가 신문 대금을 내줬다. 그래서 나는 거스름돈을 내밀었다. 그런 내게 다가온 그들 중 하나가 "너 뭐 하니? 여기 너희 집이니?" 하는 것이었다. 그때 아줌마는 "너희들 친구인가 보구나. 이 학생은 우리 집에 신문을 넣는 학생이야" 하며 내가 해야 할 말을 대신 해주고 집 안으로 들어갔다.

나는 바삐 둘러댈 말을 찾았다.

"나는 신문을 돌리고 있어. 방과 후에는 수금을 하거든. 이것은 초등학교 때 내가 좋아하는 선생님 말씀을 따르기 위해서야."

영근과 기준은 알듯 모를 듯한 표정을 짓더니 가던 길을 걸어갔다.

어느 날 오후도 여느 때와 마찬가지로 수금을 하고 있었다. 길을 가고 있는데 맞은편에서 한 여학생이 걸어오고 있었다. 내가 짝사랑하던 그 여학생이었다. 두려움 반 기대 반으로 가슴이 울렁거렸다. 하지만 내가 늘 두려워했던 것, 내가 신문 배달부라는 것을 들키지 않을까 하는 염려가 앞섰다. 그래서 영수증을 재빨리 바지 호주머니에 구겨 넣었다. 마주치면서 길을 지나치자마자 그 여학생이 벨을 누르는 소리가 들렸다. 잠시 후 "누구세요" 하는 소리도 들려 나왔다.

"엄마, 나야."

짝사랑 소녀가 대답했다. 그 여학생의 집이었다. 그 집도 내가 신문을 넣고 있는 독자 집이었다. 그 집은 신문 대금을 늘 말일 전에 주는 좋은 독자 집이었다.

내가 그 여학생을 처음 보게 된 것은 1학년 2학기 개학이 된 지 얼마 지나지 않았을 때였다. 어느 날 오후 운동장에서 철봉을 하고 나서 땀을 씻기 위해 세면대로 가서 수도꼭지를 틀어놓고 세수를 했다. 막 고개를 들던 참인데 마침 지나가는 한 여학생이 눈에 들어왔다. 양 갈래로 땋은 윤기 있는 머리와 통통한 볼을 가진 이 소녀의 모습이 순간적으로 나를 확 사로잡아 버렸다. 특이한 것은 내가 좋아하는 여자 스타일이 대개 비슷하다는 사실이었다.

초등학교 1학년 때 담임이었던 여선생님, 나에게 상처만 남겨 놓고 떠난 주희 누나, 영화배우 문희, 그리고 이 여학생. 모두 어딘지 모르게 닮은 점이 있었다. 그날 나는 얼굴에 흐르는 물기를 닦아 내는 것도 잊은 채 넋을 잃고 그 여학생의 뒷모습을 바라봤다. 그녀가 화단에서 보이지 않을 때까지 내내….

그 뒤로 그 여학생과 우연히 마주치기를 간절히 바라며 쓸데없이 교정을 배회하기도 했다. 체육 시간에는 남녀 모두 같은 운동장에서 수업을 했는데 옆에서 수업하고 있는 여학생 중 혹시 그녀가 있나 해서 두리번거리기도 했다. 수업이 끝난 후 휴식 시간에도 복도에 나와 여학생들 교실이 있는 쪽을 바라보면서 혹시라도 그녀가 우연히 지나가지 않을까 기다렸다.

나는 그녀를 사랑한다고 생각하기 시작했고, 스스로 '외로운 놈'이라고 생각하면 생각할수록 그녀의 모습이 점점 더 내 머릿속을 지배했다. 수업 중에도 그 여학생을 생각하고, 밥을 먹다가도 생각하고, 신문을 돌리다가도 생각했다. '생각을 하지 말자'고 작심하면 더 생각이 났다. 환장할 일이었다. 왜 그리 시도 때도 없이 자꾸만 생각나는지 모를 일이었다.

형준에게 부탁해서 그녀가 속한 반과 이름을 알아냈다. 이름은 김미숙이었고 1학년 11반이었다.

"칠복아, 너 걔 찍었구나. 주제를 알아. 주제를."

형준이 자식은 내 마음을 꿰뚫어 봤지만 미숙을 좋아하는 것은 내가 아니고 나와 친한 친구라고 얼른 둘러댔다. 그러나 형준이 자식은 의심의 눈초리를 쉽사리 거두지 않았다.

'형준이 말이 맞아, 내 주제를 알자. 오르지 못할 나무는 쳐다보지도 말자. 미숙이는 나보다 공부도 잘한다잖아. 또 나를 좋아하다가도

내가 신문 배달부라는 것을 알면 그 즉시 싫어할 거야라는 게 내 생각
이었다.

나는 그녀에게 편지를 쓰고 싶었다. 그러나 답장이 필요 없는 편지
를, 답장이 올까 조마조마해하지 않아도 되는 편지를 말이다.

TO. 사랑하는 사람에게

안녕하세요.
저는 이칠복이라고 하는데 1학년 2반이에요.
교정을 거닐다가 우연히 미숙 씨를 봤는데 첫눈에 반했습니다.
미숙 씨는 저를 잘 모르겠지만 저는 미숙 씨를 잘 알아요.
자꾸 미숙 씨 생각이 나서 미치겠어요. 아무 일도 손에 안 잡혀요.
…

편지를 쓰다가 유치하다는 생각이 들어 찢어 버렸다. 그 순간은 너
무나 괴로운 나머지 찢어 버린 편지와 함께 내 마음속에서 그녀가 사라
지기를 바라기까지 했다.

지난해 12월 방학을 시작하기 전 함박눈이 내리던 어느 날이었다.
아이들은 운동장에 달려 나가 고개를 젖히고 혀를 내밀어 떨어지는 눈
송이를 맛있게 받아먹고 있었다. 나도 복도에 나가 우두커니 서서 운
동장에 내리는 눈을 바라봤다. 그녀 모습이 갑자기 떠올랐다. 뜬금없이

하늘에서 펑펑 내리는 함박눈 같은 기쁨이 내게도 와줬으면 하는 생각이 스쳐갔다.

나는 여학생 교실 쪽을 쳐다봤다. 여학생들도 모두 창문에 붙어서 눈 구경에 여념이 없었다. 그중에 그녀도 섞여 있을 법한데 구별해낼 수가 없었다. 이상하게 마음이 급해지고 점점 초조해졌다. 무턱대고 그녀를 기다리고 있는 나를 발견한 것이다. 갈망은 마침내 허기증으로 변하고, 허기증이 나로 하여금 아우성치고픈 충동을 일으켰다.

'용기를 내서 말을 걸어볼까' 하는 생각이 불현듯 일어났다. 하지만 자신이 없었다. 중학교에 와서는 여자에게 왜 이렇게 약해지고 있는지 모르겠다. 내가 신문 배달을 한다는 사실을 헤어날 수 없는 족쇄로 여기고 있었다. 남들이 '오죽하면 신문 배달을 하겠니'라고 생각하며 나를 업신여길지 모른다는 생각이 나를 더 고독하게 만들었다.

어린 눈에 신문 배달이라는 모습이 어떻게 비쳤기에 그랬는지 지금도 정확히 생각해낼 수는 없다. 하지만, 나는 매우 작아져서 고독이란 검은 거인 앞에서 측은하도록 심한 낯가림을 하며 두려워하고 있었다. 그럴 때는 내가 정말 싫고 미웠다. 가난한 아버지 원망도 했다. 왈칵왈칵 목구멍으로 치솟는 싫증을 모두 다 토해 내고 싶었다. 어떤 때는 싫은 게 나인지 나 이외의 남인지 아니면 이 세상 모든 것인지 알 수 없었다. 모든 것은 부숴버리고 종이 구기듯 다 구겨서 던져 버리고도 싶었다.

〈제망매가〉

명훈과 함께하는 시간이 늘어나다 보니 보급소에서 머무는 시간이 줄어들었다. 수금한 돈을 입금하면 앉아서 노닥거리지 않고 바로 보급소를 빠져나오는 날이 많았다. 당연히 보급소 형들 하고 보내는 시간도 줄었다. 그러던 어느 날부터 갑자기 영섭이 형이 보이지 않았다.

'왜 안 보일까?'

나는 몹시 궁금했다. 다음 날도 또 다음 날도 보이지 않았다. 수금한 돈을 입금시킨 후 나는 궁금해서 다른 형에게 왜 영섭이 형이 보이지 않느냐고 물어봤다. 영섭이 형이 D상고에 진학한 후 공부에 전념하기 위해서 신문 배달을 그만뒀다는 대답이 들렸다. 내가 아무리 자기보다 어리다고 해도 그만두기 전에 한 번쯤 말을 했어야 한다는 생각이 들었다. 많이 의지하고 있었는데 아무 말도 없이 가다니⋯ 한마디로 야속했다.

이제 보급소 사무실에서 내게 애정과 관심을 가진 사람은 성국이 형과 동주 형밖에 없었다. 동주 형과 나하고는 나이 차이가 너무 많이 났다. 내게 잘해줬지만 나를 완전 어린아이로 취급했다. 성국이 형이 영섭이 형의 빈자리를 대신해줄 수는 없었다. 다음 날도 그 다음 날도 영섭이 형에 대한 원망이 가시지 않았다. 영섭이 형의 빈자리는 가끔씩 가슴을 아리게 했다.

장마가 끝날 때도 됐는데, 웬 비가 그리 많이 내리는지 마치 하늘에 구멍이라도 뚫린 듯했다. 비가 많이 내리는 날이 나는 싫었다. 비를 기다리는 사람들도 있겠지만 나는 비가 오기를 기다려 본 적이 한 번도 없다. 비는 내 일을 방해할 뿐이었다.

방 안에 누워 있었다. 천장에서는 쥐새끼들이 찍찍거리면서 달리기 시합을 하는지, 싸움질을 하는지, 천장에 흘러들어온 빗물을 피하기 위해 한바탕 난리를 치는지, 온통 시끌벅적했다. 나는 쥐새끼들 소리가 듣기 싫어 자리에서 벌떡 일어섰다. 방 빗자루를 거꾸로 들고 찍찍거리는 소리가 나는 곳을 쿵쿵 찔렀다. 그래도 쥐새끼들은 놀라지 않고 계속 찍찍거리며 달음질을 쳐 댔다. 나는 화가 나서 철이 베개를 꺼내 천장을 행해 냅다 집어던졌다.

"칠복아! 그만두지 못해!"

어머니가 고함을 질렀다. 아까부터 내가 하는 짓을 보던 어머니는 더 이상 참을 수 없던 모양이다.

"왜요? 쥐새끼들 쫓아 버리려고 하는데. 듣기 싫지도 않은 감."

"천장이 찢어져서 쥐새끼들이 떨어지면 어떻게 하려고 그래?"

"잡아 버리면 되잖아요. 까짓 거 내가 있으니 걱정하지 말아요."

161

"안 돼, 방 안에 떨어지는 것은 안 된단 말이야."

나는 어머니의 성화에 포기하지 않을 수 없었다. 천장에는 지붕에서 빗물이 새며 생긴 것인지, 쥐새끼들의 오줌이 흐른 것인지, 철이가 오줌을 싼 것처럼 지도가 그려져 있었다. 그날은 장대비가 내려서 대야와 함지박, 바가지들을 가져다놓고 천장에서 새는 빗물을 받고 있었다.

어머니는 어른이면서도 쥐새끼를 무서워했다. 그걸 아는지 쥐새끼들은 어머니를 봐도 도망가지 않고 맞선 적이 있었다.

지난 봄 그날도 마침 비가 내려서 나는 빗소리를 자장가 삼아 잠이나 자려고 다락방에 올라가서 막 누운 참이었는데 "칠복아! 칠복아! 어서 나와 봐라!" 하면서 어머니가 소리를 질렀다. 그러거나 말거나 별일이야 있을라고 하면서 꿈적도 않고 누워 있는데 방으로 뛰어 들어온 어머니가 다락방 문을 확 열어 젖혔다.

"뭐 해! 엄마 말이 말 같지 않아?"

눈을 부라리며 인상을 쓰는 사태를 보아하니 내가 무슨 잘못이라도 저지른 것 같았다.

"왜 그래요? 나 숙제하는데."

늘 숙제를 한다고 핑계를 대면 꼼짝 못하기 때문에 숙제를 한 번 더 팔아봤다.

"부엌에 쥐가 있어! 쥐가 도망도 안 가."

어머니는 얼마나 급했던지 부엌 빗자루를 들고 방까지 달려들어 온 것이었다. 내게는 마구 소리를 질러대고 대단한 위세를 부리면서 쥐새끼에게 벌벌 떨며 피난 온 어머니가 한편으로는 우습기도 했다. 나는 어머니를 구출하기 위해 다락방에서 잽싸게 뛰어 내려왔다. 부엌에 갔더니 쥐새끼 두 마리가 아궁이 옆에서 불을 쬐며 놀고 있었다. 비가 내리니 녀석들도 불이 그리웠던 모양이다.

나는 어머니로부터 부엌 빗자루를 건네받아 쥐새끼 체포 작전에 나섰다. 어머니는 아들이 성공하기를 기원하면서 문지방에 서서 내려오지도 못하고 있었다. 처음에 나는 쇠로 된 부엌 쓰레받기를 왼손에 들고 오른손으로는 빗자루를 든 채 쥐새끼들을 한쪽으로 몬 다음 손에 든 무기로 꼼짝 못하게 눌러 생포하려고 했다. 그러나 한꺼번에 두 마리를 잡기가 어렵다는 판단이 들었다. 어느 한 놈이든 먼저 때려잡기로 했다.

쥐새끼들에게는 미안했지만 살이 토실토실한 한 마리를 점찍었다. 곡식과 음식을 얼마나 훔쳐 먹었는지 몸무게가 제법 나갈 것 같았다. 나는 피를 보기 싫었지만 어쩔 수 없이 마음을 독하게 먹었다. 내게 찍힌 그 쥐새끼를 겨냥해 빗자루를 내리쳤다. 정통으로 맞은 놈은 바르르 떨더니 입으로 피를 내며 죽어 버렸다. 나머지 한 마리도 바로 피를 흘리며 죽어 나자빠졌다. 내가 일을 쉽게 처리하는 것을 보던 어머니는 대견해했다.

장마가 막 시작된 어느 저녁 무렵 보급소를 나와 명훈이네 집으로 향했다. 외로움과 울적함이 몰려와서 그냥 집으로 갈 수 없었다. 새벽부터 내리는 비는 나를 더 슬프게 했다. 그날 낮에 있었던 일로 우울함이 지나쳐 모든 것을 다 때려 부수고 싶은 감정마저 일었다.

그날 국어 시간에 향가를 배웠다. 그중에 〈제망매가〉라는 향가가 있었다.

삶과 죽음의 길이
예 있음에 두려워
나는 가노란 말도
못다 이르고 갔는가?
어느 가을 이른 바람에
여기 저기 떨어지는 나무 잎처럼
한 가지에 나고서
가는 곳 모르겠구나
아아, 미타찰에서 만나 볼 나는
도를 닦으며 기다리겠노라

선생님으로부터 이 향가에 얽힌 사연을 들으면서 나는 슬퍼졌다. 죽은 숙이를 생각나게 만들었기 때문이다. 지은이의 처지가 나와 비슷하다는 생각이 들어 내용이 더욱 마음에 와닿았다. 나는 나쁜 계집애인 숙이를 기리면서 〈제망매가〉를 속으로 읊었다.

점심시간에 밥을 먹고 나서도 아이들과 놀고 싶은 생각이 없었다. 창문가에 우두커니 서서 우산을 쓴 채 친구와 이야기를 나누며 운동장을 거니는 계집아이들을 보니 죽은 숙이 생각이 더 간절해졌다. 만약 숙이가 살아 있었으면 올해 6학년이니 내년에 내가 다니는 학교에 올

수도 있었을 텐데 하는 생각이 들었다. 아버지가 또 미워졌다. 아버지가 돈을 못 벌어 숙이를 병원에 데려가지 못해서 죽었다는 어머니 말도 생각났다.

점심시간이 끝난 후 5교시 수업이 시작됐지만 멍하니 자리에 앉아 있을 뿐 선생님이 무슨 말을 하는지 하나도 머릿속에 들어오지 않았다. 아직 6교시가 남아 있는데 가방을 챙기기 시작했다. 반장 자리로 갔다.

"나 조퇴해야 될 것 같아. 외갓집에 가봐야 해. 어젯밤에 외할머니가 위독하다는 전보를 받았어. 집에 들렀다가 시골에 가야 해."

"정말이야?"

반장 녀석은 속고만 살아오는 놈 같은 반응을 보였다. 이것은 거짓말이 아니라 참말이다. 어젯밤 11시가 넘어서 전라남도 함평에서 전보가 왔었다. 그러나 녀석은 내가 평소 좋은 유대관계를 맺어 두었기 때문에 1학년 때 반장과 달리 내 말을 의심하지 않았다. 나는 반장과 함께 교무실의 담임에게 갔다. 반장은 제법 심각한 표정을 지으면서 담임에게 가서 잘 설명해줬고, 나는 조퇴할 수 있었다. 한 과목만 남아서 그런지 대왕 호랑이도 쉽게 승낙했다.

비가 내리면 늘 걱정되는 것이 있었다. 숙이의 아기 무덤과 순이의 아기 무덤이 비에 씻겨 내려가지 않을까 하는 걱정이었다. 사실 외할머니 핑계로 땡땡이를 치고 무덤에 가볼 생각이었다. 가방을 낀 채 파란 비닐우산을 받으면서 숙이의 무덤으로 먼저 향했다. 학교에서 가까워서 금방 도착했다. 그런데 숙이 무덤은 온데간데없고 그 자리에 2층 양옥집이 떡 버티고 서 있었다.

"야! 이럴 수가!"

사람들 몰래 대충 파묻어서 그런지 그냥 밀어 버리고 그 위에 집을 지은 모양이었다.

'숙아, 너 많이 아팠겠구나. 불도저가 밀었을 텐데.'

"아, 어떤 새끼들이 여기다 집을 지어가지고."

이제 나는 숙이와의 약속을 영영 지킬 수 없게 됐다. 나는 눈물을 삼켰다. 마음이 급해져서 순이 무덤으로 달려갔다. 비닐우산 살이 부러졌다. 우산을 개천으로 확 집어 던졌다. 교모를 벗어 가방에 구겨 넣었다. 교모는 젖으면 말리기가 힘들었기 때문이다.

순이 무덤에 갔더니 비가 내려서 중단됐지만 그 근처 밭과 산 일대는 온통 공사 중이었다. 그 근처에는 오래전 내가 동철이 녀석 이빨을 부러뜨리고 캐리와 함께 도망쳤다가 홍당무를 몰래 뽑아 먹었던 밭이 있었다. 그런데 그 밭도 사라졌고, 산기슭에 있던 순이 무덤의 위치를 찾을 수가 없었다. 전에 왔을 때는 양계장을 기준으로 삼아 내가 표시한 소나무가 있었는데 지금은 그 소나무도 그 양계장도 없어졌다. 다만 근처 공사 현장 아저씨들이 모여 있었다.

나는 땅바닥에 철퍼덕 주저앉아 버렸다. 눈물이 빗물과 섞여 흘러내렸다. 머리를 두 무릎 사이에 파묻고 한참을 있었다.

"어이, 학생 거기서 뭐 해? 왜 비를 맞고 그래?"

입은 옷을 보니 공사를 하는 아저씨인 것 같았다. 나는 자리에서 벌떡 일어났다. 그 아저씨의 말에 대꾸도 하지 않고 순이 무덤이 있는 곳을 떠나서 집을 향해 걸었다.

"엄마, 문 좀 열어."

창문에 대고 어머니를 불렀다.

"너 왜 비를 맞고 다녀? 물에 빠진 생쥐처럼. 빨리 들어와라."

그런데 어머니 눈을 보니 운 것 같았다.

"칠복아, 외할머니가 돌아가셨다. 엄마는 철이하고 은이 데리고 외갓집에 다녀올 테니까. 잘하고 있어야 해. 아버지 밥도 챙겨 드리고. 엄마는 지금 갔다가 오래 있다가 올 거야. 알았지?"

"싫어! 나도 따라갈래. 아버지 밉단 말이야! 할아버지 산소는 만들어주고 제사도 지내면서 왜 숙이와 순이 무덤은 만들어 주지도 않고 제사도 안 지내! 지금 숙이와 순이 아기 무덤에 갔다 오는데, 무덤이 없어졌단 말이야!"

퉁퉁 부은 어머니는 눈에 또다시 눈물방울이 맺히기 시작했다.

외할머니께서 돌아가셨다. 우리 식구가 시골에서 이사를 올 때 외할머니는 황소를 팔아서 밑천을 대주셨단다. 숙이와 순이를 잃었을 때 할머니는 몹시도 가슴 아파했다. 우리 식구가 동철이네 집으로 이사를 갈 수 있었던 것도 외할머니가 돈을 보태줬기 때문이다. 동철이네 집에서 세를 살기 시작한 지 얼마 안되어 외할머니는 우리 집에 와서 한동안 같이 살았다.

어머니가 일을 나가면 외할머니는 철이와 순이를 돌봐줬다. 나는 외할머니 속옷 주머니에 넣어 둔 돈을 훔쳐다가 달고나를 사 먹고 다녔다. 할머니는 어머니보다 더 바보 같아서 속이기 쉬웠다. 나는 할머니

돈을 몰래 빼낸 나쁜 놈이었다. 돈을 달래서 안 주면 할머니에게 "○○ 같은 년" 하고 도망가기도 했다. 그 뒤 나는 영범이와 말썽을 부리고 다닐 때도 어머니를 포함한 모든 여자에게 "○○ 같은 년" 하고 욕하고 두 손으로 비벼서 욕하는 시늉을 내고 도망치곤 했었다.

그 외할머니께서 돌아가셨다는 것이다. 나는 신문을 돌려야 했기 때문에 따라 갈 수 없었다. 아버지도 장사를 해서 하루하루 벌어먹고 있었기 때문에 단 하나뿐인 사위였지만 가지 못하고 어머니 혼자 간다고 했다. 외할머니는 맨 위로 잘생긴 아들 하나와 그 밑으로 딸 셋이 있었다. 어머니는 막내였다. 잘생겼다는 외삼촌은 6.25 때 죽었다. 큰 이모부와 작은 이모부도 이미 죽었기 때문에 남은 사위가 아버지밖에 없었다. 어머니는 어린 철이와 은이를 데리고 시골로 행했고, 나는 보급소로 향했다. 집에서 쉬고 싶었지만 말일이라 수금을 아니 나갈 수가 없었다.

어둑어둑해져서야 명훈이네 집 대문에 이르렀다. 아직도 비는 내리고 있었다. 며칠째 지겹도록 내리는 비였다. 이러다가 한강을 넘을지도 모른다고 사람들은 걱정하고 있었다.

"명훈아, 나 칠복이다."

명훈의 공부방을 향해 소리를 질렀다. 명훈이 반갑게 나와 대문을 열어줬다.

"칠복아, 나도 왔어."

형준이 녀석이 히죽거리고 있었다. 내가 명훈의 도움으로 성적이 올라가 자기를 추월하는 것에 위기감을 느낀 형준이 나보다 먼저 와서 명훈을 선점하고 있었다. 녀석은 시샘이 많은 놈이었다. 녀석은 지난번 나를 꼬드겨서 명훈이네 한 번 와보더니 이제는 저 혼자도 놀러 오는 것이었다. 그때 데리고 오지 않으려다 작년에 내게 국어 숙제를 빌려준 것이 생각났기 때문에 반드시 은혜를 갚으려는 결초보은_{結草報恩}의 차원에서 데려왔었다.

형준도 나를 반가워했지만 내 기분은 계속 우울했다.

"칠복아, 너 무슨 일 있었구나."

나를 오랫동안 가까이서 지켜봤던 명훈은 내 표정만 봐도 내 기분을 알아맞힐 정도가 되어 있었다. 나는 영섭이 형이 내게 떠난다는 말도 없이 보급소를 그만뒀다고 욕을 퍼부어 댔다. 나는 영섭이 형에게 김장 김치도 몰래 가져다주고, 또 다른 형들이 심부름을 시키면 핑계를 대고 거절했지만 영섭이 형 심부름을 한 번도 거절한 적이 없다고 떠벌렸다. 전에 없이 흥분한 나를 처음 본 명훈은 놀라는 기색이었다.

나는 또 오늘 오전 국어 시간에 〈제망매가〉인가 뭔가를 배웠는데 그것이 내 기분을 잡치게 했다고도 말했다. 그리고 죽은 숙이와 순이가 나쁜 계집아이라는 말도 했다. 비가 많이 내려서 걱정돼 무덤에 가봤더니 무덤이 있던 자리가 없어져서 비만 맞고 돌아왔다고도 했다. 명훈과 형준은 슬픈 표정을 하고 나를 뚫어지게 바라봤다.

아버지에 대한 불만도 터트렸다. 숙이와 순이 무덤을 만들어주지 않았기 때문에 이제 다시 가볼 수 없게 됐다고 하면서 아버지 욕을 막했다. 우리 아버지는 리어카를 끌고 장사를 다니는 행상이지 야채가게를 하지 않는다는 말도 했다. 오래 참았던 감정이 폭발하는 듯 쉴 새 없이 퍼부어 댔다. 오늘 외할머니께서 돌아가셔서 어머니가 거기 갔다고도 했다. 그래서 오늘 기분 같아서는 죽고 싶다고도 했다. 숙이 무덤에 갔다가 집으로 갈 때 천둥번개가 쳤는데 나한테 떨어지기를 빌었다고도 했다. 평소에 나를 향해 늘 장난을 걸던 형준이마저 심각한 표정을 하고 있었다.

"칠복아…"

나를 부르는 명훈의 음성에는 어떤 간절함이 배어 있었다.

"칠복아, 힘을 내! 힘을 내면 약한 것도 강해진다고 했어. 영섭이 형은 나중에 만날 수 있을 거야. 또 아버지 원망을 하면 안 돼! 네 동생들이 죽은 것이 왜 너희 아버지 탓이니? 그것은 다 운명이라는 것이야. 타고난 숙명 같은 거야. 인간이 태어나고 죽고 하는 것은 어쩔 수 없다고 책에서 읽었거든. 외할머니께서도 나이를 많이 드셔서 돌아가신 거잖아. 그러니까 누구를 원망하고 탓하기 전에 자신을 먼저 다스리라고 하더라. 내가 볼 때 너는 의지력이 있어, 칠복아! 오랫동안 새벽에 신문을 돌리면서 학비와 용돈을 네가 벌고, 가족 생활비도 보태는 것을 보면 알 수 있어. 또 머리도 나쁘지 않아. 너는 스스로 돌대가리라고 하지만 내 생각은 달라. 지난번 시험도 잘 봤잖아. 그게 돌대가리면 가능했겠니? 또 네가 모든 일에 성실하게 최선을 다하면 하나님께서도 너를 도와주실 거야."

마치 투정 부리는 어린아이를 달래는 듯한 자상한 말투였다.

나는 물끄러미 명훈을 바라봤다. 그의 눈빛은 안타까움을 주체하지 못해 이내 눈물이 고이기 시작했다. 눈을 돌리자 나와 눈을 마주치 않으려는 듯 형준은 고개를 돌렸다. 차분한 명훈의 위로에 나는 흥분을 가라앉히고 이성을 되찾아가고 있었다.

그날 거의 폭발할 지경이던 내 울분은 형 같은 명훈 앞에서 차츰 사그라졌던 것이다. 책을 많이 읽었던 명훈은 나하고는 달랐다. 내가 격정적이고 감정에 쉽게 치우치고 단순했다면 명훈은 그야말로 이성적이고 사려분별력이 있었으며 차분했다. 내가 기댈 수 있는 놈은 오직 명훈이뿐이라는 생각이 들었다.

성애소설《원앙섬》

여름방학식이 있었다. 여느 때처럼 담임은 내용이 뻔한 이야기를 늘어
놓았다. 하지만 예전과는 달리 담임의 이야기를 귀담아듣는 내 모습을
보고 나도 놀랐다. 담임은 여름방학 동안에 물놀이 사고가 많이 나니
물 근처에 갈 때는 특히 주의하라고 강조했다. 반 아이들은 즐거운 표
정으로 교실 문을 나섰다. 나도 마찬가로 명훈이네 반이 있는 3층으로
가기 위해 계단을 두 칸씩 뛰어 올라가고 있었다.

"칠복아, 어디 가?"

계단을 내려오다가 나를 먼저 발견한 명훈이었다.

"너한테 가는 거야."

명훈은 씩 웃어 보였다. 우리는 교문을 나서 명훈이네 집으로 가고
있었다.

"칠복아, 나 너희 집에 가고 싶은데 언제쯤 가면 되니?"

지난번에도 우리 집에 와보고 싶다고 했다. 그때 나는 얼마 안 있
으면 이사를 갈 거니까 그때 집으로 놀러 오라고 했다. 하지만 그것은

새빨간 거짓말이었다. 나는 명훈을 알게 된 이후 명훈의 집을 제집 드나들 듯했다. 아무 때나 찾아가도 반가워했다. 그러나 명훈은 내가 자기네 집에서 멀지 않은 곳에 살고 있다는 것만 알았지 정확히 어딘지는 모르고 있었다.

또 아버지와 어머니, 내 동생들의 얼굴을 본 적도 없었다. 나는 속으로 명훈이가 또 우리 집에 가자고 하면 어떻게 하나 늘 염려하고 있었는데, 드디어 올 것이 오고야 말았다. 공부 잘하는 놈은 집요한 구석이 있는 것 같았다. 잊을 것은 잊어야 되는데 잊지 않고 있다가 다시 떠올려 나를 곤혹스럽게 하고 있었다. 우리 집은 단칸방 생활을 하고 있어서 함께 놀거나 공부할 방이 없었다. 다락방은 겨우 한 명 엎드릴 수 있었기 때문에 그곳에 올라가 어찌할 수도 없는 노릇이었다.

"머지않아 이사할 거야. 그때 내가 말해줄게."

"지난번에 이사 간다고 했었잖아. 언제쯤 가는데?"

"명훈아, 너 방학 동안에 뭐 할 거니? 너는 영화 안 좋아하니?"

나는 위기를 모면하기 위해 즉흥적으로 동문서답을 했다. 영화를 좋아한다고 하면 초대권을 구해서 함께 갈 생각이었다. 명훈은 내가 엉뚱한 소리를 해서 그런지 아무 말도 하지 않았다. 자식이 삐친 모양이었다. 마음은 명훈에게 많이 열려 있었지만, 우리 집의 가난한 생활까지 여는 것은 자존심이 허락하지 않았다.

"명훈아, 나는 영화를 무진장 좋아하거든. 재미있는 영화 같이 보러 가지 않을래? 초대권은 내가 구해 올게."

"영화는 집에서 봐도 돼. 주말마다 텔레비전에서 해주거든."

명훈은 내 제안을 거부했고, 그만 나는 머쓱해졌다.

"그럼 우리 만화 보러 가자. 좋은 만화가게를 알고 있는데 재미있는 만화도 되게 많이 있는 곳이야."

"전에 만화를 많이 봤는데 만화는 시시해. 나는 방학 동안에 소설을 읽을 거야. 지난 방학 때 소설을 본 적이 있는데 재미있더라. 너도 이제 만화는 집어치우고 소설을 같이 보자. 우리는 중학생이니까 소설을 볼 나이야. 만화는 초등학생 아이들이나 보는 거고. 소설은 상상력을 풍부하게 해주는 것 같아. 그리고 칠복아, 우리 방학 동안에 과학관에 가지 않을래? 과학관에 가면 전시품이 많이 있는데 흥미진진하다고 그러더라. 어때?"

명훈은 또 내 제안을 무시했다. 내가 제일 자신이 있는 것은 성인영화와 성인만화인데 차마 그 이야기를 꺼낼 수는 없었다. 나를 되바라진 놈으로 여기고 우리 관계를 정리하고 그만 헤어지자고 할까 봐서였다. 명훈은 나를 어린아이 취급했다. 명훈은 아직 순진해서 성인영화나 만화의 재미를 모르고 있었다. 또 과학관은 처음 들어 보는 말이었다. 과학은 유독 싫어했던 과목이라 과학관이라는 말을 듣자마자 과학관도 싫어졌다. 머리가 아파 오고 있었다. 지난번 과학 시간 발표도 명훈이가 도와주지 않으면 할 수 없었다.

"명훈아, 내가 깜박 잊고 있던 것이 지금 생각났는데, 방과 후 시장에 가서 엄마 심부름을 했어야 하는데. 지금 시장에 들렀다 가야 될 것 같아. 오늘은 그냥 가고 내일 너희 집에 놀러 갈게."

갑자기 딴 이야기를 하자 명훈은 나의 의중을 의심하고 있는 것이 분명해 보였다. 나는 명훈의 의심에서 벗어나기 위해 명훈과 헤어져 오던 길로 되돌아갔다. 명훈이의 뒷모습이 보이지 않게 되자 나는 집으로 방향을 틀었다. 명훈이네 집에 갔다간 자식이 또 우리 집에 가자는 말을 꺼낼까 봐서였다. 괜히 영화와 만화 이야기를 했다는 생각이 들었다. 명훈이 나를 유치하게 생각하면 어쩌나 하는 걱정도 들었다.

아무리 곰곰이 생각해봐도 명훈과 같이할 수 없는 부분이 너무 많았다. 내가 하고 싶은 것과 그가 하고자 하는 것이 너무나 달랐다. 소설은 무슨 소설이고, 과학관은 무슨 과학관인지 고리타분한 말만 했다. 방학이 되었으니 학교 공부도 하고, 만화와 영화도 조금 보는 것이 더 좋은 방법인데 명훈은 내 생각을 이해하지 못했다. 나는 지금까지 명훈에게 이런 내 속마음을 말하지 못했다. 오늘 말을 꺼냈다가 그 차이만 확인했다.

아무것이나 말해도 성국이 형은 내 마음을 금방 이해했다. 명훈은 나하고 너무나 달랐다. 한마디로 성격도 판이했고, 취미도 달랐고, 관심 사항도 달랐다. 처음에는 잘 몰랐지만 시간이 지나면 지날수록 그 차이점이 점점 더 확연히 드러나고 있었다. 지난 겨울방학이나 이번 학기에는 공부에 재미가 붙어서 잘 어울려 지낼 수 있었다. 하지만 명훈이 나에 대해 더 많은 것을 알려고 하는 것이 늘 부담이 됐다.

또 자기가 하고 싶어 하는 것에 대해 내가 동의해주기를 바라고 있었지만 내게는 관심이 없는 것이어서 선뜻 동의하지 못하는 경우도 있었다. 명훈이가 고맙기는 했지만 이런 식으로 가다간 언젠가는 결국 멀어질지도 모른다는 우려가 들었다. 명훈이가 하는 말이 선생님 말씀처럼 옳다고 생각은 되었지만 내가 받아들이기에는 역부족이었다. 명훈은 내 상태를 몰라도 너무나 몰랐다.

집으로 가는데 복개공사를 한 도로 위로 돌들이 굴러다니고 있었다. 오른발로 길가에 떨어진 돌을 힘껏 찼다. 돌이 날아가는 게 시원했다. 그런데 돌이 바닥에 한 번 튀기면서 방향을 바꾸더니 어떤 집 대문에 정통으로 맞으면서 "짜앙" 하고 소리가 났다. 재수가 없으려니 돌이 똑바로 안 날아가고 옆으로 새서 그런 것이었다. 잽싸게 옆 골목으로 빠져서 튀었다. 골목길을 지나 집 근처에 이르렀다.

"엄마, 나 왔어."

창문을 향해 불렀지만 방 안에서는 아무런 기척이 없었다. 창문이 높아서 손으로 두드릴 수도 없었다. 한참을 불러도 대답이 없는 것을 보니 집이 빈 것 같았다. 대문 열쇠를 숨겨 놓는 곳에 손을 넣고 찾아봤지만 열쇠도 없었다.

"에이씨, 집을 비워 놓고 어디를 가고 그래. 어떻게 들어가지. 주인 아줌마한테 문을 열어 달라고 하면 싫어할 텐데."

전에 한 번 어머니가 집을 비우고 나가는 바람에 주인집 벨을 눌렀더니 주인 여자가 문을 열어 주면서 대문 열쇠를 가지고 다니라며 구박을 한 적이 있었다. 이것 때문에 어머니에게 신경질을 부렸다. 그 후로는 우리 가족만 아는 비밀 장소에 열쇠를 숨겨 두고 다녔다. 거기에 열쇠도 없는 것을 보니 어머니가 멀리 가지는 않은 것 같았다. 대문 앞에 쭈그리고 앉아서 기다릴까? 아니면 주인 여자에게 한 번 더 면박을 당할까? 고민거리도 아닌 하찮은 것이 머릿속을 괴롭혔다.

30분 정도를 기다렸지만 어머니는 돌아오지 않았다. 기다리는 것이 지겨워 자리에서 일어섰다. 내가 언제라도 갈 수 있는 데가 있었다.

"그래, 보급소로 가자. 보급소가 제일 편해."

날씨도 뒈지게 더웠다. 이렇게 더운 날은 소나기라도 좀 내리면 좋으련만, 비가 꼭 필요한 지금 같은 때는 안 내리고 쓸데없이 새벽에만 비가 내리니. 땀을 뻘뻘 흘리면서 보급소로 갔다. 보급소 사무실에 들어가니 성국이 형이 라면을 먹고 있었고, 나와 원수 같은 사이인 김 총무는 팬티만 걸친 채 방에서 자고 있었다. 코를 무진장 골면서. 성국이 형 앞에 가서 앉아 라면 냄비를 쳐다봤다. 냄비에는 라면이 많이 남아 있었다. 먹기 시작한 지가 얼마 안되는 모양이었다.

"형, 점심 먹는 거야? 맛있어?"

"응?"

젓가락으로 긴 면발을 입에다 후루룩후루룩 빨아 넣으면서 고개를 들었다.

"내가 점심 안 먹었으니까 물어보지, 내가 언제 형에게 밥 먹었냐고 물어본 적 있어?"

"우하하하. 이 새끼야. 너 라면 안 좋아하잖아."

"에이씨, 혀어엉. 이게 뭐야."

성국이 형이 라면을 입에 넣고 웃는 바람에 내 머리와 얼굴로 씹다 만 라면 가닥이 튀어 붙었다.

"미안, 미안."

성국 형은 얼른 종이를 막 구겨 부드럽게 만들더니 내 머리와 얼굴에 묻은 라면 가닥을 닦아 떼어 냈다. 기분이 정말 나빴다. 아무리 교양이 없어도 그렇지 어떻게 입에다가 음식물을 잔뜩 넣고 크게 웃어서 이런 봉변을 당하게 하다니.

"칠복아, 네가 웃겨서 그래."

"내가 뭘 웃겨, 사실이 그렇잖아. 형, 라면 하나만 끓여 줘. 형이 도사잖아. 나는 형이 끓이는 라면이 제일 맛있어."

"그래, 조금만 기다려. 내가 너니까 끓여 준다. 진짜야."

나는 이런 성국이 형이 좋았다. 성국이 형은 내가 부탁을 하면 아마입에서 씹던 것도 빼내어서 줄지도 모른다. 성국이 형이 끓여 준 라면을 먹으면서 형 얼굴을 쳐다봤다. 어딘가 좀 부족한 사람 같지만 나는형이 편했다. 그 앞에서는 긴장도 되지 않았다. 그런데 명훈이는 친구인데도 어딘가 좀 마음이 불편했고, 명훈이 앞에만 서면 긴장이 됐다. 참 이상야릇한 일이었다.

"형, 우리 방학 때 뭐할까? 성인영화나 보러 가자."

"인마, 나 공부해야 돼! 나 중3이잖아. 내가 가고 싶은 공고도 연합고사를 잘 봐야 갈 수 있다고 그러더라."

"그럼 방학 내내 공부만 할 거야?"

"그건 아니지만… 근데 며칠 전에 올림픽이 시작됐잖아. 그거나 보려고 해. 너도 나하고 그거나 같이 보자. 성인영화도 지겨워. 하도 많이봤더니 그게 그거야. 너는 물리지도 않냐?"

내가 할 소리를 성국이 형이 대신했다. 사실 나는 라면을 끓여 준 것에 대한 보답으로 성인영화를 같이 보자고 그냥 해본 말뿐이었다. 성국이 형은 스포츠라는 스포츠는 전부 좋아했다. 지난번에 보급소 대항 축구시합을 했을 때로 활약이 대단했었다. 덩치가 크고 힘이 무척 세서 공을 갖고 하는 경기는 누구한테도 밀리지 않았다.

명훈이 녀석도 과학관이라는 곳에 같이 가자고 하지를 않나, 성국이 형도 공부한다고 올림픽 경기나 시청하자고 하지를 않나, 이제 성인영화를 같이 보러 갈 놈을 새로 찾아봐야 할 것 같았다. 공부도 많이 하고 영화도 조금 보는 것은 나쁜 짓이 아니라는 것이 내 생각이었다.

보급소에서 성국이 형과 노닥거리다가 집으로 돌아왔다.

"엄마, 문 좀 열어!"

여러 번 불렀더니 어머니가 나왔다. 자다가 문을 열어주는 것 같았다.

"엄마, 아까 방학해서 집에 일찍 왔는데 집에 아무도 없어서 나갔다가 지금 왔잖아요. 열쇠를 갖고 나가면 어떡해요!"

나는 대문을 꽝 닫고 들어갔다.

"이 녀석이, 이게 우리 집이냐? 문을 살살 닫아야지. 주인아줌마가 뭐라고 하면 어떡해."

"이사 가면 되잖아요!"

"무슨 뚱딴지같은 소리야, 이사를 가면 된다니. 이 집으로 처음 이사 왔을 때 지금까지 살던 집 중에 이 집이 제일 좋다고 네가 그랬잖아! 이 녀석아!"

그건 맞는 말이었다. 내가 그 말을 했었다. 이 집으로 이사 올 때 나는 신이 났다. 지금까지 살았던 집은 모두 주소가 애매했다. '서울특별시 무슨 구 무슨 동 몇 번지'까지만 주소를 적을 수 있었다. 하지만 지금 사는 집은 번지는 물론 '몇 호'라는 호수도 있었다. 이 집으로 이사를 오기 전에 살았던 집은 전부 무허가 주택이어서 호수가 없었다. 하지만 이 집은 호수가 있는 주택이어서 가정환경 조사서에 적을 때나 어디 가서 주소를 적을 때나 말할 때 창피하지 않았다. 누가 내게 주소를 물으면 나는 호수까지 또박또박 말했다. 그것이 제일 좋았었다.

"이사 가요! 이사를! 방이 두 개 있는 집으로 이사를 간다고 했잖아요!"

"칠복아! 방 두 칸짜리 집으로 가려면 돈이 더 있어야 해. 이놈아."

"지금까지 내가 벌어다 준 돈 다 내놔요! 그 돈 모은다고 했잖아요. 그 돈 가지고 이사 가면 되잖아요."

"그 돈 가지고 이 집으로 이사 왔잖아. 네가 무허가 주택 싫다고 해서 이 집으로 온 것 아냐!

"내가 벌어다 준 돈을 다 모았으면 이 집보다 더 좋은 집으로 이사를 갈 수 있었다는 거 나도 다 알아요!"

"이놈아, 그래 네 말이 맞다. 네가 번 돈으로 먹고살기도 하고, 아버지 장사 밑천에 보태기도 했다. 이놈아! 네가 돈 좀 번다고 공치사를 하는구나. 이 나쁜 놈아! 그러려면 나가 뒈져라. 나가 뒈져 버려. 이 나쁜 놈아! 네가 하늘에서 작대기 받치고 떨어진 줄 알아? 좀 배우면 나아질 줄 알았더니 에미 애비 알기를 아주 우습게 아는구나. 아버지가 너 먹여주고 재워주니까 네가 그나마 중학교를 다닐 수 있는 거야. 또 내가 죽지 않고 있으니까 밥을 해먹이지. 내가 없으면 네 아버지는 절대 학교에 안 보낼 사람이야! 어디 딴 놈들이 돈 좀 벌어 온다고 너처럼 그러는 줄 알아! 나는 부모도 모르는 개 상놈의 새끼를 낳지 않았어! 나가려면 나가! 집에 안 들어와도 돼!"

어머니는 방 빗자루를 집어 들었다. 하지만 이제는 내가 어머니보다 힘이 더 세져서 예전 같지 않았다. 어머니가 나를 두들겨 패려 들자 나는 어머니 팔을 꽉 잡아 버렸다. 어머니는 빗자루를 떨어뜨리더니 방바닥에 주저앉아 큰 소리로 울기 시작했다. 울면 내가 마음이 약해질 줄 알고.

"알았어요! 나가 죽을 거예요. 다시는 집에 안 들어 올 거예요. 여기 아니면 어디 내가 갈 데가 없는 줄 알아요?"

이제 초등학교 2학년이 된 철이는 "형아, 화내지 마" 하면서 내게 매달렸다. 이제 다섯 살이 된 은이는 어머니에게 매달린 채 울음을 터뜨렸다. 고집이 센 나는 대문을 꽝 닫고 집을 나섰다. 어머니는 내가 아버지를 닮아 황소고집이라고 했다.

막상 큰 소리를 치고 집을 나섰지만 마땅하게 갈 곳이 없었다. 명훈이네 집으로 갈까 생각해봤지만 아까 헤어질 때 이상하게 헤어져서 갈 수가 없었다. 보급소도 조금 전에 거기서 왔기 때문에 또 가기도 그랬다. 전에는 가끔 보급소에서 잠을 자고 다음 날 신문을 돌리기도 했지만 김 총무에게 대든 후로는 한 번도 그런 적이 없었다. 김 총무가 보급소에서 자는데 그놈하고는 같이 있고 싶지가 않아서였다.

여기저기 정처 없이 헤매는데 복덕방이 눈에 들어왔다. 복덕방 앞에서 기웃거려 봤다. 한 할아버지가 나왔다.

"어이, 학생. 여기서 왜 기웃거려? 자취방 얻으려고 그래?"

"예?"

나는 순간 '중학생들도 자취방을 얻으려고 복덕방에 오나보다' 하는 생각을 했다. 그래서 복덕방에 들어가서 집을 알아보기로 했다.

"네가 얻으려고 그래?"

"그건 아니고요? 저… 집 시세 좀 보고 집에 가서 말하려고요."

"야, 이놈아. 네가 말한다고 네 부모가 이사를 가니? 이놈 아주 맹랑한 놈이네."

내가 제일 듣기 싫어하는 소리가 '맹랑한 놈'이라는 말이었다.

"그게 아니고요. 내가 돈을 벌고 있기 때문에 집에 말하면 들어줄 수 있어요!"

"그으래?"

나이를 먹을 만큼 먹은 복덕방 할아버지도 돈에는 약했다. 맹랑한 놈이 돈을 벌고 있다는 말에 껌벅하는 것이었다. 지금 살고 있는 집의 보증금에다가 돈을 조금 합치면 방이 두 개 있는 무허가 주택으로 이사를 갈 수 있지 않을까 하는 생각이 들었다. 그래서 호수가 없는 무허가 주택에 대해서만 물었다. 요새는 양성화되어 무허가 주택이 많지 않다고 했다. 하지만 철거할 염려가 없는 무허가 주택이 하나 있다는 말에 귀가 솔깃했다.

"할아버지, 엄마하고 같이 올게요. 그 집 딴 사람에게 주지 마세요. 알았죠?"

"빨리 와야 해! 그런 집은 금방 나갈지 몰라. 방이 큰 집이라서. 그리고 주인집하고 문을 따로 쓰기 때문에 독채나 매한가지야."

나는 기분이 좋아지고 있었다. 방이 두 칸인 집으로 이사 갈 가능성이 엿보였기 때문이다. 집을 향해 신나게 달렸다. "엄마 문 열어" 했더니 어머니는 나오지 않고 철이가 대신 나왔다.

"형아, 엄마가 아프다고 누워 있어."

갑자기 눈물이 핑 돌았다. 마음이 짠해지기 시작했다. 장사를 나간 아버지가 아직 돌아오지 않은 것이 그나마 천만다행이었다. 어머니가 아버지에게 일러바쳤으면 아버지에게 또 박살날 수도 있었기 때문이었다.

"엄마, 제가 잘못했어요."

어머니는 돌아누우며 등을 돌렸다.

"엄마, 미안해요. 안 그러려고 그랬는데 골이 나서 그랬어요. 순진하고 공부 잘하는 친구가 생겼는데 그놈이 자꾸 우리 집에 와보고 싶다고 그래서. 나도 그놈 집에 여러 번 갔었어요. 내가 복덕방에 가서 알아봤는데 방 두 칸짜리 무허가 주택이 있대요. 철거될 염려도 없대요. 그래서 엄마하고 나중에 오겠다고 하고 지금 돌아오는 길이에요."

갑자기 어머니는 자리에서 벌떡 일어났다. 나는 뺨따귀라도 한 대 후려갈길 줄 알고 멈칫했다. 그러나 어머니는 의외의 반응을 보였다.

"그런 집이 있었구나. 어디래?"

나는 어머니에게 그 집의 위치를 복덕방 할아버지에게 들은 대로 말해줬다. 방 두 칸짜리로 이사를 간다는 말에 철이도 좋아했다.

"철아, 이사 갈 거야. 이사를 가면 방 하나는 나하고 너하고 같이 쓸 거야. 너도 좋지?"

내 말에 안경을 낀 철이는 좋아서 어쩔 줄을 몰랐다. 철이는 나이가 어리지만 도수가 높은 안경을 끼고 있었다. 숙이와 순이가 폐렴을 앓고 있을 때 철이와 나도 홍역에 걸렸었다. 태어난 지 1년도 안된 철이는 병에 대한 저항력이 약했기 때문에 더 위험했다고 한다. 먹는 것이 시원치 않았던 어머니의 젖이 부족해서 철이에게 영양실조도 겹쳤었다. 그래서 철이 눈이 매우 나빠졌다. 철이가 불쌍했고 철이 생각을 하며 혼자서 운 적도 있다.

어머니와 자식의 싸움은 있을 수가 없었다. 부부싸움은 칼로 물 베기라지만 진짜 칼로 물 베기는 어머니하고 자식 간의 싸움이라는 생각이 들었다. 차분하게 말로 해도 될 일을 괜한 짜증을 부려서 어머니 마음만 아프게 한 꼴이 되고 말았다. 제 버릇 개 주기는 정말 어려운 것 같다는 생각도 들었다. 처음부터 이사를 가자고 잘 말했으면 이런 일이 없었을 텐데.

나는 명훈에게 이사를 갈 것이라는 거짓말을 했는데, 참말로 둔갑할지도 모른다. 이사를 가면 명훈이를 우리 집에 데리고 갈 것이다.

명훈은 요새 춘원 이광수의 소설을 독파하고,《광복 20년》이라는 역사책을 읽고 있었다. 나도 요즘 소설을 읽고 있다. 명훈이 내게 빌려준 춘원 이광수의 《유정》이었다. 전에 봤던 성인만화보다 더 재미있었다. 처음에는 명훈의 권유를 뿌리쳤으나 《유정》이 연애소설이라는 말에 호기심이 발동해 읽게 됐다. 《유정》을 읽으면서 나는 소설도 나름대로 재미가 있다는 사실을 알게 됐다.

책을 돌려주기 위해 명훈의 집으로 가다가 형준을 만났다. 마침 녀석도 책을 돌려주기 위해 가는 길이어서 우리는 동행하게 됐다. 형준에게 《유정》의 줄거리를 말하면서 내용이 좀 야하다고 엄살을 부렸더니 형준은 나를 순진한 놈이라며 조롱했다. 이 자식은 여전히 나를 깔아뭉개고 있었다. 자기는 내용이 아주 야한 성인소설도 읽은 적이 있다고 말했다. 나는 지는 것이 싫어 초등학교 때 이미 성인만화를 섭렵했다고 대꾸했다. 형준과 나는 어느 것이 더 야한지, 아니 누가 더 까졌는지에 대해 경쟁을 벌였다.

형준은 내게 밀리는 것이 못마땅했는지 작년에 있었던 일이라면서 떠벌리기 시작했다. 수업 시간에 자기 짝하고 치마를 입은 여선생의 팬티 색깔을 맞히기 내기를 했다는 것이다. 교실 벽 안쪽에 앉은 짝 놈이 자기 책을 가리키며 질문을 하자 선생님은 상체를 굽혔고, 이때를 놓치지 않고 형준은 손거울을 여선생의 두 다리 밑에 놓고 팬티를 봤다는 것이다. 형준은 "너는 이런 짓을 할 수 있어?"하면서 내게 우쭐해 보였다. "야, 인마. 나는 이미 초등학교 4학년 때 여선생 팬티 색깔을 봤어" 했더니 녀석은 "정말이야?" 하면서 기가 꺾였다. 그러나 형준은 단념하지 않고 더 강도 높은 이야기를 공개했다.

나는 형준에게 영화 〈별들의 고향〉과 〈영자의 전성시대〉를 봤냐고 말하려다 그만뒀다. 나는 호기심에서 두 영화를 봤지만 내용이 너무나 슬픈 영화라서 눈물을 흘렸기 때문이다.

〈별들의 고향〉에서 주인공 경아 누나는 가난했기 때문에 대학을 중도에 그만두고 일하게 됐다. 어떤 남자를 만났지만 버림받고 다른 남자를 만나서 결혼했다. 그러나 결국은 술집에서 일하게 됐다. 경아 누나는 눈 속을 걷다가 지쳐서 쓰러졌고 눈 속에 파묻혀 죽었다. 신성일이 열연했던 마지막 장면은 내 머릿속에 오랫동안 박혀 있었다. 나는 영화를 보면서 가난한 경아 누나가 내 처지와 비슷하다고 여겨져서 울었다.

〈영자의 전성시대〉를 보면서는 소리 내어 울었다. 옆에 있던 성국이 형이 나를 꼬집지 않았더라면 아마 더 크게 울었을 것이다. 주인공 영자 누나가 정말 불쌍했다. 영자누나는 시골에서 자랐다. 가난한 가족을 먹여 살리기 위해 도시로 나왔다. 처음에는 식모살이를 했는데 짐승만도 못한 주인집 아들놈이 나쁜 짓을 하는 바람에 그 집을 나왔다. 그리고 누나는 공장을 거쳐 버스 차장을 하다가 마주 오는 버스에 치여 한쪽 팔을 잃었다. 그래서 갈 곳 없는 누나는 술집으로 갔다. 나는 이 영화를 보면서 식모살이 갔던 우동이 누나가 걱정되어서 울었고, 또 나에게 잘해줬던 30번 버스 종점 누나가 생각나서 또 울었다.

그즈음 나는 누구에게도 말할 수 없는 나만의 비밀을 즐기고 있었다. 독자 집이 몰려 있는 골목이 있었다. 이런 골목에 신문을 넣을 때는 매우 신이 났다. 한 집에 던져 넣고 뒤로 돌아 맞은편 집에 던져 넣고 하면서 지그재그로 달리면 기분이 상쾌했다. 이런 식으로 넣다가 골목 끝 집에 이르러서는 온갖 폼을 잡으면서 멋있게 신문을 '휘익' 던져 넣고 골목을 벗어났다.

그런데 어느 날 그 골목길에 색깔이 바랜 노란색 표지의 책 한 권이 떨어져 있었다. 《원앙섬》이라는 제목의 책이었다. 평소 책에 관심이 없었지만 명훈이 녀석의 말이 떠올랐다. 내가 우연히 주운 책도 소설이라고 여겼다. 내용이 길었기 때문이다. 책을 펴서 듬성듬성 읽어봤다.

"어라, 이거 끝내주네…."

그 책은 당시 빨간책으로 불리던 진짜 성인소설이었다. 아줌마하고 어떤 청년이 막 좋아하는 내용이었다. 내 가슴은 울렁거리기 시작했다. 나는 신문을 다 돌리고 독자 집 계단에 앉아서 그 책을 빨리 읽었다. 그리고 그 책을 남은 신문에 싸서 감추고 집으로 돌아왔다. 다락방 구석에 꼭 숨겨 놓고 가끔 생각 날 때마다 꺼내 읽었다.

이 책을 형준에게 말하려다가 참았다. 보급소에서 고등학생 형들의 말을 이해하고 있던 내가 참아야 된다고 생각했다. 어린 형준이 녀석에게 진짜 노골적인 이야기를 했다가는 나를 멀리할지도 몰랐기 때문이다. 물론 그 사실이 명훈의 귀에 들어갈 염려도 있었다. 시시덕거리는 사이 우리는 명훈의 집에 도착했다.

형준과 나는 방에 들어가 명훈의 일장 훈시를 들었다. 명훈의 말이 걸작이었다. 책을 읽고 독후감을 써보라는 것이었다. 기억나는 대로 정리를 해보면 국어 공부에 많은 도움이 된다고 덧붙였다. 나는 초등학교 때 일기 쓰는 것도 지겨워 한꺼번에 몰아서 쓴 적도 많은데 명훈은 해도 너무했다. 명훈은 자기가 정리한 것을 보여줬다. 우리는 진정한 친구가 될 수 없구나 하는 생각을 또 하게 됐다. 도대체가 어울릴 수 있는 구석이 한 군데도 없었다. 나는 또 힘이 빠졌다. 역사책을 읽으라는 소리도 했지만 귀담아듣지 않았다. 연애소설이라면 몰라도 역사책이니 무어니 하는 것들은 따분하다는 생각이 들어서였다.

옆에 있던 형준이 녀석은 자기가 정리해온 것을 꺼내 놓았다. 나는 형준이가 어떻게든 명훈의 마음에 들기 위해 책을 읽고 정리한 것이라는 생각이 들었다.

"형준아, 너 대단하다. 어떻게 너하고 어울리지 않는 생각을 하게 되었니?"

"야, 이칠복. 말을 그렇게 하니? 나는 원래 국어는 잘하잖아."

맞는 말이라고 생각했다. 1학년 때 다른 과목 시간은 꿔다놓은 보릿자루였지만 국어 시간에는 꽤나 설치던 형준이었다.

하루는 과학관에 가자고 해서 따라갔다. 명훈은 장래 꿈이 과학자이기 때문에 과학에 관심이 컸다. 과학관에 가서도 진열품들을 하나도 빼놓지 않고 꼼꼼히 보고, 설명문을 읽으면서 메모를 했다. 나는 과학에는 전혀 관심이 없는 놈인지라 따라가면서 건성으로 구경했다. 지루해서 미칠 지경이었다. 하지만 지루하다며 빨리 가자고 할 수는 없는 노릇이었다. 최근 명훈이가 나보다 형준을 편애하고 있는 것 같아 슬슬 불안해지던 참이었기 때문이었다. 괜히 말했다가 명훈이 '너는 나하고 안 맞는구나'라고 하게 되면 그걸로 끝장이라고 생각했다. 사정이 그러니 진열품을 보면서 명훈이 뭐라고 설명하면 열심히 듣는 척을 할 수밖에 없었다. 형준이 녀석은 한술 더 떴다. 자기도 공책을 꺼내더니 열심

188

히 적는 것이었다. 나도 할 수 없이 공책을 꺼내 들었지만 무엇을 적어야 할지를 모르고 그냥 손에 들고 다니기만 했다.

1976년 8월의 날씨는 무척이나 더웠다. 7월 17일부터 시작된 몬트리올 올림픽 경기 때문에 수금하기는 좋았다. 독자들이 텔레비전을 시청하느라고 거의 외출하지 않고 있었기 때문이다. 날씨가 몹시 무더워서 오전에 수금하러 다니는 것이 더위를 먹지 않는 방법이었다. 잊을 수 없는 그날은 8월 1일 일요일 오전이었다. 보급소에서는 오전에 신문 배달들을 모이라고 했다. 총무들은 보급소에서 텔레비전을 보면서 우리보고 나가서 수금하라고 했다. 정말 더웠다. 하는 수 없이 나는 영수증 철을 들고 내 구역으로 갔다. 구역의 마음씨 좋은 독자 집을 찍어서 들어갔더니 한창 텔레비전을 보고 있었다. 레슬링 경기였다.

"아저씨, 신문 대금 받으러 왔는데요."

"알았어, 조금 기다려."

'마루에 올라와서 텔레비전을 같이 보자고 하면 어디가 덧나나?' 나는 선 채 텔레비전을 쳐다봤다.

"양정모 선수는 초반 1점을 먼저 득점한 뒤 1 대 5로 크게 밀리고 있습니다! 2라운드를 시작했습니다. 시작하자마자 1분 만에 5 대 5로 동점을 만든 우리의 양정모 선수! 대한의 건아답습니다. 아, 예. 안타깝군요. 2라운드 종료 직전 6 대 5로 밀리고 말았습니다. 마지막 3라운드입니다. 우리 양정모 선수 분발해야 될 것 같습니다. 3라운드 시작과 동시에 양 선수 달라붙었습니다. 아, 예, 역시 양정모 선수입니다. 금방

6 대 6으로 동점을 만드는군요. 예, 양정모 선수가 8 대 7로 앞서기 시작했습니다. 국민 여러분, 이제 금메달이 눈앞에 보이기 시작했습니다. 아, 예. 또 8 대 8이 되어 동점을 허용하고 말았네요. 민족의 숙원인 금메달을 따느냐 못 따느냐가 양정모 선수의 어깨에 달려 있습니다. 아, 애석하군요. 경기에서 10 대 8로 판정패하고 말았습니다."

레슬링 경기를 중계하는 아나운서는 몹시 상기되어 있었다. 자신의 격앙된 감정을 주체하지 못하고 마구 소리를 지르며 온 국민을 흥분의 도가니로 몰아가고 있었다. 상당히 선동적인 아저씨였다. 옆에서 너무 설쳐대는 통에 해설을 맡은 아저씨는 별다른 역할을 하지 못하고, 아나운서의 말에 단순히 맞장구만 쳤다.

마침내 경기가 끝나서야 독자 아저씨는 "야, 마루에 올라 와, 인마. 너는 대한민국 국민 아니냐?" 하고 말했다. 레슬링 시합이 끝나고 나서 앉으라는 아저씨도 참 웃기는 사람이었다. 하지만 빈자리가 눈에 띄지 않았다. 나는 마루에 올라가 틈새를 비집고 자리를 마련했다.

"국민 여러분, 기뻐하십시오! 한국의 양정모 선수가 마침내 금메달을 따냈습니다!"

시청자들보다 아나운서가 더 흥분해 있었다. 양정모 선수는 판정패했지만, 승패상으로는 미국의 데이비스와 몽골의 오이도프와 동률이었다. 그러나 벌점이 적었기 때문에 금메달을 목에 걸 수 있었다. 나는 그 집 마루에서 재방송을 보고 일어났다.

구역을 돌고 있는데 여기저기서 소리를 지르고 난리가 났다. 우리나라 최초의 금메달은 손기정 할아버지가 땄지만, 그때는 일제강점기였기 때문에 실질적으로 그날 양정모가 딴 것이 최초의 금메달이라는 아저씨도 있었다. 점심시간까지 수금을 했는데 어떤 독자는 밥을 먹고 가라고 했고, 또 어떤 독자는 참외와 수박을 먹고 가라고 했다. 밥을 먹는 것은 시간이 많이 걸리고 번거로워서 수박만 몇 조각 얻어먹고 보급소로 달려갔다.

이같이 큰 기사거리가 있는 날은 '호외'를 돌려야 했기 때문이다. 보급소에 가서 대기하고 있었더니 영락없이 호외를 실은 차가 도착했다.

'레슬링, 양정모 민족의 숙원 이룩'이라고 찍힌 진하고 큰 글씨가 눈에 확 들어왔다. 호외를 한 뭉치 들고 나가 길을 달리면서 허공에 뿌리거나 달라는 사람에게 나눠줬다. 신문은 돈을 받고 팔았지만 호외는 거저 줬다. 호외는 조그마한 종이 한 장인데 돈을 받고 주는 것은 얌체 짓이기 때문이다.

새벽에 이미 신문을 돌린 후 또 호외를 돌리려면 신경질이 났다. 작년 1975년 4월에는 대만 장개석 총통이 내가 신문을 돌리고 나서 죽는 바람에 또 호외를 돌려야 했다. 내가 신문을 돌리기 전 죽었어야 했는데. 그때는 짜증이 나서 길가에 죄다 뿌려 버리고 집으로 그냥 돌아왔다. 하지만 그날은 푹푹 찌는 무더위를 무릅쓰고 독자 집을 일일이 찾아다니며 호외를 전달했다.

양정모 선수를 비롯한 몬트리올올림픽에 참가한 대한의 건아들이 귀국하는 날이 됐다. 나는 성국이 형과 서울시청 앞으로 갔다. 원래 성국이 형은 김포공항까지 마중을 가자고 했다. 스포츠광이었던 성국이 형은 제정신이 아니었다. 요새는 입을 닫을 사이조차 없었다. 평소에도 입을 벌리고 다녔던 성국이 형의 입은 이럴 때 사용하라고 붙어 있는 것 같았다.

김포공항에서 시청까지 수만 명의 환영객들이 줄을 서서 환호성을 질러댔다. 환영 퍼레이드였다. 성국이 형과 내가 기다리던 시청 앞에서 '개선 환영식'이 있었다. 사람들은 '대한민국 만세'를 외쳤다. 모두 어깨동무를 하고 덩실덩실 춤을 췄다. 기분이 되게 좋았다. 성국이 형과 나는 시청에서 종각으로 갔다. 거기서 종로2가를 지나 동대문과 신설동을 거쳐 오스카극장이 있는 청량리에 도착했다. 걸어서 보급소까지 가려고 했지만 날씨가 너무 더워서 버스를 타지 않을 수가 없었다.

여름방학이 끝나가고 있었다. 올해 여름방학은 그저 그랬다. 명훈과 붙어다니면서 책도 읽고 공부도 하는 것이 재미있었지만 한편으로는 지겹기도 했다. 옛날이 그립기도 했다. 성인만화와 영화에 심취했던 시절이 떠올랐다. 성인만화와 야한 영화가 나를 망가지게 할 수 있을지라도 책을 읽거나 공부하는 것처럼 지루하지는 않았다.

그런데 갑자기 대형 사건이 터졌다. 새벽에 보급소에 갔더니 신문 1면에 '8.18 판문점 도끼만행 사건'이라고 대문짝만한 글자가 쓰여 있었다. 그 아래에 게재된 사진도 마치 깡패들이 패싸움하는 것과 같았다. 패싸움하는 깡패들하고 다른 점은 군복을 입고 총을 갖고 있었다는 점뿐이었다. 미루나무 가지를 자르려는 국군과 자르지 못하게 막던 북한군이 한바탕 싸우다가 사람이 죽었다는 기사였다. 그놈의 미루나무 때문에 사람을 죽이다니. 나는 내용을 정확하게 이해할 수 없었지만 한심하다는 생각이 들었다.

"나뭇가지를 자르면 어떻고, 그대로 놔두면 어떤감."

개학이 되면 또 반공웅변대회를 할지도 몰랐다. 형준이 녀석은 또 대표로 나갈 것이고 늑대 소리를 지를 것이다. 개학도 얼마 남지 않았는데 사람이 죽었다는 슬픈 소식이 나를 우울하게 만들었다. 나는 어린 숙이와 순이가 죽은 이후로는 누가 죽었다는 말만 들어도 아니 신문에서 사람이 죽었다는 기사만 봐도 슬펐다.

전쟁이 날지 모른다는 말들이 퍼지고 있었다. 그나저나 걱정거리가 또 하나 생겼다. 전쟁이 나면 어디로 도망치며, 또 어디에 숨을 것인가가 문제였다. 다락방에 숨을까도 생각했지만 금방 들킬 것 같았고, 변소에 숨어 버릴까 생각했더니 먹는 것과 잠자는 것이 문제였다. 산 속에 들어가 땅속에 굴을 파고 숨는 것이 가장 안전하다는 생각이 들었다. 판문점 도끼만행 사건으로 어른들도 걱정하고 있었다.

"엄마, 전쟁이 나면 우리 식구는 어디 숨을 거야?" 하고 물었더니 전쟁이 나면 숨는 거고 뭐고 전부 죽을 거라고 했다. 6.25 때 이야기를 하면서….

아주 특별한 김밥

여름방학이 끝나고 개학을 했다. 방학 동안 키가 부쩍 자란 놈들도 있었다. 그런 녀석들은 서로 키 재기를 하며 으스댔다. 나는 키가 거의 자라지 않았다. 어머니는 내가 새벽에 일찍 일어나느라 잠이 부족해서 키가 크지 않는다고 걱정했고, 아버지는 내가 어머니를 닮아서 키가 크지 않는다고 말했다. 아버지와 어머니의 관점이 다르다 보니 내 키 문제로 말다툼을 벌이기도 했다.

나는 아버지 말도 맞고 어머니 말도 맞을 거라고 생각했다. 아버지가 좋을 때는 아버지 편을 들었다. "엄마를 닮아서 키가 작은 거야!" 하고 어머니에게 투정을 부렸다. 어머니가 좋을 때는 어머니 편을 들었다. "새벽에 일찍 일어나느라 잠이 부족해서 그런 거예요. 아버지가 돈 많이 벌어서 내가 새벽에 안 일어나게 되면 키가 많이 클지도 몰라요!" 하면서 아버지 탓을 했다. 나는 어머니와 아버지 사이에서 한 마리의 박쥐가 되어 왔다 갔다 줄타기를 하면서 내 작은 키를 원망했다.

명훈과 형준이도 키가 부쩍 큰 것 같았다. 사실 나는 명훈이 동생보

194

다도 키가 작았다. 명훈 동생 명구는 내가 저보다 작다고 "칠복이 형은 땅꼬마래요" 하면서 놀렸다. 나는 눈에 힘을 주고 인상을 쓰면서 명구를 위협했다. 주먹을 불끈 쥐어 보이면서 협박을 했다. 하지만 명구는 내가 자기 집에 놀러 갈 때마다 놀려 댔다. 그런 명구는 명훈이보다 명랑했고 공격적인 놈이었다. 나에게 장난을 자주 걸어왔다. 얌전한 자기 형이 장난을 받아주지 않으니 내가 만만한 모양이었다. 하루는 자기하고 육박전을 하자고 까불었다. 자식아! 나하고 진짜 육박전을 하면 너는 죽을 수도 있어. 인마.

내가 무시하고 반응을 보이지 않자 녀석은 자꾸 내 등을 툭툭 치면서 엉겨 왔다. 그래서 내가 장난스레 쿵푸의 공격 자세를 취했더니 막 웃으며 영화 흉내를 낸다면서 더 놀려 댔다. 그래서 한 대 쥐어박았다. 그런데 녀석도 지지 않고 봉걸레 자루를 가지고 와서 내게 대들었다.

"덤벼 봐, 어서."

손을 들어 자기에게 덤벼보라는 시늉을 했다. 나는 참으려 했지만 화가 조금씩 났다. 나는 명구의 급소를 쳐서 가볍게 제압했다. 녀석은 봉을 땅바닥에 떨어뜨렸다. 나는 봉을 집어 든 후 멋있게 돌렸다. 이렇게 하면 명구가 내 실력을 인정하고 물러설 줄 알았다.

그런데 명구는 어디서 커다란 송판을 가지고 왔다. "공격해 봐! 이건 방패니까 내가 형을 막을 수 있어" 하는 것이었다. 나는 봉을 가지고 어린놈에게 대적할 수는 없다는 생각에 땅바닥에 던져 버렸다. 명구는 송판으로 나를 내려쳤다. 나는 두 손으로 송판때기를 막았다. 그런데 송판때기에 못이 박혀 있었나 보았다. 왼손 새끼손가락 사이로 못이 스치며 지나갔는데 몹시 아팠다. '아얏!' 소리를 지르며 손가락을 보니 살이 찢어져서 피가 흘러내렸다. 장난이 너무 심했던 것이다.

피를 보자 명구를 혼내주고 싶었다. 하지만 명훈이 동생이었기 때문에 그냥 넘어가기로 했다. 명훈이 동생이 아니었다면 결코 용서하지 않았을 것이다. 손에서 피가 뚝뚝 떨어지자 명구는 놀라서 도망을 쳤다. 늘 침착하던 명훈도 놀랐는지 병원에 가자고 호들갑을 떨었지만 나는 고개를 흔들었다. 이런 것 가지고 병원에 가는 것은 사나이답지 못하다는 것이 내 생각이었기 때문이다.

"칠복아, 손가락 이리 내 봐. 많이 아프지?"

"아니야, 괜찮아."

명훈은 빨간 옥도정기를 바르고 붕대를 감아줬다. 동생인 명구가 내게 병을 주더니 형인 명훈은 내게 약을 줬다. 그야말로 두 형제가 병 주고 약 주고 있었다. 이 사건으로 명구는 어머니에게 뒈지게 맞았다. 형 친구한테 대들었다고. 무진장 미안했다. 그래서 명구에게 더 잘해주기로 했다.

세월이 흘러도 내 키는 거의 자라지 않았다. 이때 이미 명훈과 형준과 나, 우리 셋의 키 서열이 정해졌는데 그 뒤로 한 번도 변함이 없이 유지됐다.

슬픈 소식 하나가 또 나를 기다리고 있었다. 개학하는 날 우리 반 정원은 70명에서 69명으로 줄었다. 한 놈이 죽었기 때문이었다.

중학교 2학년, 나이 15세, 이름은 황철민, 폐병으로 사망.

나는 반 아이들 중에서 친하게 지내는 놈이 한 놈도 없었다. 어쩌다가 마주쳐도 상대방이 먼저 말을 걸어오지 않는 한 내가 먼저 말을 거는 법은 없었다. 신문 배달을 하고 있다는 것이 소문나서 알 만한 놈은 알고 있었지만, 내 입으로 직접 말하고 싶지는 않았기 때문에 아이들을 의식적으로 피했다. 아는 사이로 지내면 나에 대해 너무나 많은 것을 알려고 할까 봐서였다. 하지만 철민이 하고는 가끔 이야기를 나눴다.

철민이는 숫기가 없었다. 친하게 지내는 아이도 없었다. 나는 숫기가 없는 것은 아니었다. 나 스스로가 노숙하다고 여기면서 반 아이들을 어린아이로 봤다. 그래서 까부는 아이들을 보면 '아무것도 모르는 철없는 자식들이 까불기는' 하면서 무시했다. 열등감의 산물이든 자존심의 산물이든 상관없었다. 아이들이 나를 무시하지 못하도록 자신을 보호하기 위해 그런 것이었는지도 모를 일이었다.

지난 봄 수련회 때 우리 반에서 결석한 아이는 철민이 한 명뿐이었다. 어떤 아이 하나가 철민이는 신문을 배달하기 때문에 결석한 것이라고 말했다. 그 말을 듣는 순간 나는 마음이 아려왔다. 철민이가 나하고 똑같은 고민을 했을 것이라는 생각이 들어서였다. 곰곰이 생각을 해보니 평소 철민이 태도를 이해할 수 있었다. 나는 철민이의 모습에서, 또 얼굴에서, 모래무지였던 나를 찾을 수 있었다. 나는 연수원에서 돌아온 다음 날 철민이 자리로 갔다.

"철민아, 요새 잘 지내니? 잠깐 나 좀 보자."

나는 철민에게 먼저 말을 걸었다. 철민은 자리에서 일어날 생각을 하지 않았다. 전혀 예상하지 않았던 나라는 놈이 말을 걸었기 때문인

것 같았다. 피씩 웃고만 있었다. 순간 내 말이 말 같지 않나 하는 생각
도 들었지만 나는 철민의 마음을 이해할 수 있었다.

"좀 나와 봐. 줄 게 있어서 그래."

"뭔데, 여기서 줘."

"아이들이 많아서 그래. 잠깐이면 돼."

무엇을 주겠다고 하니까 겨우 일어났다. 하지만 철민이 하는 꼴을
보니 마지못해 따라 나오고 있었다. 나는 복도 끝 쪽을 향해 앞장서서
걸었고 철민이는 몇 발자국 떨어져 따라왔다.

"야, 어디가?"

"철민아, 화 내지 마. 나는 너의 우울한 마음을 이해할 수 있어. 내가
주고 싶은 것은 내 마음이야."

나는 뒤로 돌아서면서 철민을 향해 말했다. 녀석은 황당해하는 것
같았다.

"철민아, 나도 너 같은 신문 배달이야. 신문 돌리는 거 무진장 창피
하게 여기는 놈이야. 그런데 이번 수련회에 가서 네가 신문을 돌린다는
것을 알게 되었어. 그래서 거기서 네 생각 많이 했었어. 나는 신문 돌리
는 것을 땡땡이치고 수련회에 갔었거든. 수련회 간다고 총무에게 허락
받지 않고 갔다가 박살났었어."

그날 철민이 웃는 모습을 처음 봤다. 그의 웃는 얼굴은 동지를 만났
다는 그런 표정이었다. 이후 나는 철민과 말을 자주 나눴다. 철민과 나
는 금세 가까워졌다. 나는 우리 집이 셋방살이를 한다고 이야기했다.
죽은 동생들 이야기도 했다. 또 5학년부터 지금껏 신문 배달을 하고 있

다는 말도 했다.

철민이도 금방 마음을 열었다. 내 처지가 자기보다 결코 낮지 않다고 생각해서 그런 것 같았다. 녀석은 마음이 놓였는지 자기 비밀도 털어놓았다. 철민은 홀어머니, 누나와 함께 살고 있었다. 아버지는 초등학교 2학년 때 돌아가셨다고 했다. 그 뒤로 가세가 기울어 이사를 여러 번 다녔고, 지금은 무허가 판잣집이 모여 있는 월곡동의 한 산동네에 산다고 했다. 어머니는 일을 다니고, 누나는 여상에 다니는 학생이라고 했다.

"철민아! 우리 집에 한 번 놀러와! 나도 너희 집에 놀러 갈게."

녀석은 내가 자기 집에 놀러 와도 된다고 말했다. 그래서 하루는 수금하러 가는 것을 땡땡이치고 철민이네 갔다. 동네 입구에서 경사진 골목길로 한참 올라갔다. 골목길은 구불구불했고 매우 좁아서 앞에서 누군가가 내려오면 길 한쪽 담벼락에 바짝 붙어서 지나가기를 기다려야 했다. 대부분의 집들은 대문이 없었다. 거의 꼭대기에 다다랐다.

"칠복아, 저기가 우리 집이야."

구멍가게 옆집에 세 들어 산다고 했다. 단칸방인데 우리 식구가 사는 방보다 작았다. 그런데 방에는 책상이 있었고 책도 많이 있었다. 누나하고 철민이가 학생이라서 그런 것 같았다. 철민은 나를 편안한 존재로 여기고 있었다. 학교에서는 여간해서 웃지 않는 녀석이 자기 집에서는 잘 웃고 말도 잘했다. 나는 예전부터 철민이를 알고 지냈다고 할 정도로 마음이 편했고 긴장할 필요가 없어서 좋았다. 밤늦게 철민이 어머니가 집에 돌아올 때까지 오래오래 놀다가 집으로 돌아왔다.

그리고 얼마 안 있어 여름방학이 시작됐다. 방학이 있던 날 나는 철민에게 개학하는 날 다시 만나자고 했고, 이제 네가 우리 집에 놀러올 차례라는 말도 했다. 그런데 그런 철민이가 죽었다. 담임 선생님이 철민이가 방학 동안에 죽었다고 말했을 때 나는 믿기지가 않았다. 담임은 죽은 철민을 위해 묵념을 하자고 했다. 묵념을 하면서 눈물을 흘리는 아이들도 있었다. 나도 눈물이 났다. 하지만 내가 흘린 눈물은 다른 급우들의 눈물하고는 달랐다. 나는 철민의 처지를 이해할 수 있었기 때문이다. 나는 간절히 아주 간절히 철민의 명복을 빌었다.

오늘도 수금하는 내내 마음이 우울했다. 수금을 하고 나서 보급소에서 멍하니 앉아 있었다. 성국이 형은 연합고사가 얼마 남지 않았기 때문에 보급소가 세 들어 있는 건물 옆 독서실에서 공부를 하고 있었다. 형을 꼬드겨서 함께 놀고 싶다는 생각이 들었지만 이내 포기하고 말았다. 괜히 내가 방해했다가 나중에 원망을 들을지도 모를 일이었다.

예전에 한 번 보급소에서 빨간책을 보다가 동주 형에게 들킨 적이 있었다. 동주 형이 내가 보던 빨간책을 압수하더니 나를 옥상으로 데리고 올라갔었다.

"이칠복, 너 순진한 줄 알고 내가 잘해줬더니 아주 까진 놈이구나."

무섭게 인상을 쓰면서 말했을 때 나는 할 말이 없었다. 그래서 성국이 형을 팔았다. 이 책은 내 책이 아니고 성국이 형 것인데 잠시 내가 보는 것이라고.

"야! 네가 잘못한 거야. 누구 책이냐가 중요한 것이 아니라 그것을

200

보는 놈이 문제지. 이 새끼야!"

내 머리를 한 대 쥐어박았다. 그러고도 동주 형은 내가 남자답지 못하다고 무진장 혼을 냈다. 눈물이 쏙 빠질 정도로 깨졌다. 공고 3학년인 동주 형은 얼마 전 현장으로 실습을 나간다고 하면서 보급소를 그만뒀다.

"칠복아, 지난번에 빨간책 본다고 혼내서 미안해. 그런 건 보지 말아야 해. 다 제 나이가 되면 자연스럽게 아는 거야. 나는 나이가 너무 어렸을 때부터 까졌었는데 그 뒤로 많이 후회했어. 너는 잘해서 꼭 성공해야 돼. 나처럼 되지 말고."

내게 마지막으로 남기고 간 말이었다. 동주 형이 떠나니 나의 방패막이가 될 형이 하나도 안 남았다. 영섭이 형도 갔고 동주 형도 갔다. 요새는 보급소에 와도 영 신이 나지 않았다.

개학하고 한 달이 훌쩍 흘러갔다. 그사이 여름은 인사도 없이 슬그머니 사라졌다. 올해 여름은 징그럽게 더웠다. 아침저녁으로 서늘한 바람이 불어오고, 공주릉 뒷산의 나뭇잎들이 울긋불긋해지기 시작했다. 가을 소풍을 가기 전날이었다.

"칠복아, 내일 우리 집에 와서 같이 가자. 조금 일찍 와."

지난 봄소풍 때도 그렇게 했었다. 나는 그때 형준이와 함께 명훈이네 집에 갔었다. 나로 인해 형준이도 친하게 어울릴 수 있었지만 명훈은 나를 더 좋아하고 있는 것이 확실했다. 형준이 자식은 아직도 잘난 체하는 버릇을 버리지 못하고 있었기 때문이다. 자기 잘난 자랑이 아니라, 형준이네 큰집과 작은집, 고모네 집 그리고 자기 형과 누나가 잘살고 잘났다고 떠들어 댔다. 하도 여러 번 들어서 형준이 큰아버지와 작은아버지 이름까지도 줄줄이 기억하고 있었다. 형준이 자식은 자신이 번데기 앞에서 주름 잡는다는 것을 모르고 있었다. 명훈이 앞에서 잘난 척한다는 것이 얼마나 무모한 짓인지를 정말 모르고 떠드는 것인지 나는 몹시 궁금했다.

지난 봄소풍 때는 하얀 운동화를 신고 와서는 폼을 잡았다. 학교에서는 검은 운동화와 검은 구두만 신게 했다. 형준이 자식은 소풍날은 멋을 좀 부려도 된다고 생각한 모양이었다. 하얀 운동화에 교모도 앞챙을 찌그러서 쓰고 나타났다.

형준은 학교 갈 때도 어쩌다가 하얀 운동화를 신고 다니기도 했다. 그래서 등교하다가 교문에서 자주 걸렸다. 언젠가 교문을 들어가던 나는 녀석이 운동장을 뛰며 돌고 있는 광경을 목격했다.

"헤이, 박형준! 너 마라톤에 출전하려고 연습하냐? 더 빨리 뛰어야지! 그리 뛰어가지고 등수 안에 들겠니?"

나는 막 약을 올려줬다. 교문에 서 있던 학생과장 선생님이 인상을 쓰면서 나무랐으나, 나는 아랑곳하지 않았다. 등교하던 아이들은 깔깔거리고 웃었다. 명훈이도 형준의 이런 행동을 좋아하지 않는 것을 나는 알고 있다. 나는 지금까지 명훈이가 자기 자랑이나 잘난 척하는 것을 한 번도 본 적도 들은 적도 없다. 나야 자랑거리나 잘난 척을 할 것이 없어서 그랬지만 명훈이 정도면 폼을 잡아도 되는데 그러지 않았다.

소풍가방을 챙겨서 형준과 함께 명훈이네로 갔다. 오늘도 형준은 하얀색 바탕에 빨간 줄과 파란 줄이 그려진 운동화를 신고, 교복 바지도 통이 좀 더 넓은 것으로 바꿔 입고 있었다.

"명훈아, 우리 왔다."

늘 형준이 자식이 먼저 나섰다. 녀석은 같이 오면 꼭 먼저 나서서 "우리 왔다"고 해서 내가 말할 기회를 주지 않았다. 마루로 올라가니 명훈 어머니가 김밥을 싸고 있었는데 매우 먹음직스러워 보였다. 입안에 침이 돌았다.

"칠복이 왔구나. 어서 들어와 김밥 좀 먹어라."

집에서 아침식사를 하고 왔지만 김밥을 보니 다시 식욕이 돋았다. 배가 불렀지만 1년에 몇 번 못 먹는 김밥이었다. 나는 입이 터져라 마구 구겨 넣으며 먹어 댔다.

"칠복아, 네 김밥도 싸고 있어."

내 김밥도 준비하고 있다는 말이었다. 명훈이가 어머니에게 내 김밥도 싸달라고 했다는 것이다. 또 맛있는 과자와 음료수도 준비해뒀다고 했다. 나를 이 정도로 생각을 해주니 기분이 마구 좋아졌다. 김밥을 씹느라고 입은 한창 바쁜데, 눈에서 눈물이 핑 돌았다.

"나도 김밥 싸왔어. 김밥에 쇠고기도 넣었어."

내 눈물을 누가 볼까 두려워 막 고개를 돌리려는 참인데 느닷없는 형준이의 쇠고기 김밥이 다행히 내 눈물을 쏙 도로 밀어 넣었다. 또 자랑이었다. 아, 이 새끼는 무슨 자랑 못해 죽은 귀신이라도 붙었나.

지난 봄소풍 때 나는 평소 학교에 갈 때와 똑같이 김치와 보리밥을 싸 가지고 갔었다. 도시락도 두꺼운 양은 도시락이었다. 어머니는 이 도시락이 밥이 많이 들어간다고 하면서 사온 것이었다. 얇고 큰 도시락도 있는데 내 도시락은 아직 진화가 덜돼서 두껍다고 애들이 놀렸다. 그런 도시락은 아주 소수의 아이들만 가지고 다녔다.

지금은 흔하디흔한 것이 김밥이다. 하지만 당시에 김밥은 소풍 갈 때나 먹을 수 있었던 아주 특별한 음식이었다. 아이들이 둥글게 둘러앉아서 도시락을 까먹는데 좀 창피한 생각이 들었다. 겉으로는 아무렇지도 않은 척했지만 속으로는 조금 부끄러웠고 어머니에게 은근히 화가 났다. 김밥을 싸주지 않는 것도 문제였지만, 애초에 어머니는 김밥을 쌀 줄도 몰랐다.

작년 가을소풍 때는 어머니가 싸 준 도시락을 가지고 갔지만 먹지 않고 그대로 집으로 가져갔다. 그해 봄소풍 때는 도시락을 학교 변소에 버리고 갔었다. 도시락을 까먹으면 내가 가난한 놈이라는 것이 금방 탄로 날 수 있기 때문이었다. 차라리 점심을 굶고 다른 것을 먹으면서 내 자존심을 지키는 것이 낫다고 생각했다. 내 마음속에서는 용기가 없는 한심한 놈이라는 생각과 어쩔 도리가 없다는 두 가지 생각이 팽팽히 맞서고 있었다. 초등학교 4학년 때는 소풍을 가지 않고 영범이와 땡땡이 치는 것으로 자존심을 지켰는지도 모를 일이었다.

소풍날의 김밥과 가난, 자존심은 무슨 함수관계가 있는 것 같았다. 그래서 이번 가을소풍이 잡혔을 때 내가 별로 반기지 않는 것을 본 명훈이었다. 명훈이는 소풍 가는데 왜 좋아하지 않느냐고 물었다. 나는 별로라고 대답했다. 소풍을 가면 준비할 게 많기 때문이라고 했다. 어머니가 일을 하기 때문에 소풍 준비를 해주기 어렵다고 말했다. 봄소풍을 의식하고 한 말이었다. 명훈은 이것을 기억하고 있다가 나를 챙겨준 것이었다. 그는 친구가 아니었다. 형이었다.

점심시간이 되었을 때 나는 기쁜 마음으로 도시락을 끌렀다. 맛있어 보이는 김밥이 4열 횡대로 나란히 줄지어 나를 기다리고 있었다. 명훈 어머니의 정성스럽고 깔끔한 솜씨였다. 나는 자랑스럽게 느릿느릿 식사를 즐겼다. 다른 아이들이 쳐다봐도 도시락을 감출 까닭이 없었다. 명훈이 어머니가 싸 준 김밥을 내가 먹고 있다는 사실은 명훈과 형준, 그리고 나 세 사람만 아는 비밀이었다.

김밥을 먹다가 가능하면 명훈이나 형준이 눈과 마주치지 않으려고 했다. 어쩌다 형준이의 눈과 마주쳤는데 나는 형준이가 또 폭로전으로 나오면 어떻게 하나 속으로 은근히 걱정이 됐다. 하지만 녀석은 오늘은 이상하게 아무 말도 하지 않았다. 눈을 마주쳤을 때 나를 보고 배시시 웃더니 내게 자기 쇠고기 김밥을 먹어보라고 권했다. 나는 형준이 김밥을 몇 개 집어 먹고 "이 김밥도 내 김밥처럼 맛이 좋구나" 하면서 명훈이를 쳐다봤다. 명훈은 나를 보고 웃었다.

오늘따라 형준이의 혓바닥이 전에 없던 자제심을 발휘하여 폭로전은 없었다. 다른 아이들은 내 김밥을 둘러싸고 있는 비밀을 알 수 없었다. 점심식사 후 자유 시간이 주어져서 나는 명훈과 형준, 다른 친구들과 어울려 서오릉을 돌아다니면서 사진을 찍었다. 그날은 내게 처음으로 즐거운 소풍이었다.

그런데 정말 놀랄 일이 발생했다. 초등학교 6학년 때 전학을 갔던 주용이를 그곳에서 만나게 되었다.

"주용아! 주용아!"

나는 옆모습이 주용이로 보이는 중학생을 불렀다. 그때 형준이가 "야! 너 주용이구나" 하며 먼저 달려가서 반가워하는 것이었다. 형준은 언제나 자기가 아는 놈을 만나면 몸을 비비 꼬면서 죽는 시늉을 했다. 일부러 연습해도 흉내를 내기 어려운 몸짓이었다. 그런데 형준이가 주용을 보고 죽는 시늉을 하는 것은 믿지 않았다. 형준이가 주용이를 알고 있으리라고는 생각하지 못했었다.

"형준아, 너 주용이를 어떻게 아냐?"

형준은 초등학교 6학년 때 주용이와 같은 반이었다고 말했다. 형준은 나와 같은 초등학교를 나왔지만 같은 반이 된 적이 한 번도 없었다. 그날 형준과 나는 매우 반가워했지만 이상하게도 주용은 그리 달가워하지 않는 빛이 역력했다. 아니 우리를 만난 것을 당황하는 듯한 느낌이었다.

형준과 몇 마디를 나누더니 자기네 학교 친구들하고 함께할 일이 있다면서 가 버렸다. 2년 만에 만났건만 어찌 저렇게 차가울 수 있단 말인가? 주용의 태도에 나는 서운하기도 하고, 어이없기도 했다. 또 나하고 한마디도 나누지 않고 형준이하고만 말을 나눈 주용이 새끼가 미워지기 시작했다.

"형준아, 쟤 전학 갔었잖아. 나하고 5학년 때 같은 반이었는데, 나는 주용이네 집에 몇 번 놀러 갔었어. 그런데 이제 완전히 모르는 척하네. 저 새끼 웃기는 놈 아냐?"

형준은 내게 주용이가 전학을 가게 된 이유를 설명해줬다.

주용이 아버지는 큰 회사의 사장님이었단다. 그런데 경영하던 회사가 망하는 바람에 아버지는 쓰러져 세상을 떠나게 되었고, 그 충격으로 할머니마저 쓰러져 돌아가셨다는 것이다. 주용이가 살고 있던 집이 채권자들에게 넘어가 이사를 가지 않을 수 없었다고 했다. 우리가 다니고 있는 중학교에 초등학교 때부터 주용이와 친하게 지냈던 아이가 하나 있다고 했다. 그 아이한테 들었는데 주용이 누나 주희는 충격을 받아 병원에 입원하게 되었고, 퇴원 후 절로 들어가 비구니가 됐다고 했다. 주용은 어머니와 단 둘이서 살고 있다고 했다. 지금 생각해보니 주용의 표정이 외로워 보였던 것 같은 생각이 들었다. 멀어져 가는 주용을 달려가서 잡았어야 했는데, 이제 어디 가서 주용이를 찾을 수 있을지 막막했다.

세상에 이런 일이 있을 수 있단 말인가? 마른하늘에 날 벼락도 유분수지 하루아침에 한 가족 중에서 멀쩡한 사람들이 둘씩이나 죽다니! 나는 이제야 주용이가 전학을 가면서 내게 말도 없이 떠나가게 된 이유를 알게 됐다. 주희 누나는 얼마나 충격이 컸고, 얼마나 인생을 비관했으면 그 어린 나이에 머리를 깎고 절로 들어가 중이 되었단 말인가?

또 주용과 주용 어머니는 어떻게 살아가고 있단 말인가? 나는 세상살이에 바쁘다는 핑계로 내게 그렇게 잘해줬던 주용이에 대해 너무나

무관심했던 자신이 후회스러웠다. 초등학교 때 주용과 나와의 일들이 주마등처럼 스쳐 지나갔다. 왜 내 주위에는 가난하고, 망하고, 죽어 간 사람들이 이렇게 많단 말인가? 나는 주희 누나에 대한 그리움으로 마음이 더욱 우울해졌다.

오후 시간에는 프로그램에 따라 각 반 대표들이 나와 장기자랑을 했지만, 나는 흥이 나지 않았다. 우울함이 계속 나를 누르고 있었다. 물론 그 원인은 오랜만에 해후한 주용이가 제공했지만, 내 속에 갇혀 있던 우울한 감정과 상승 작용을 일으켰던 것이다.

소풍이 끝나서 해산하고 명훈, 형준과 나는 같은 버스에 올라탔다. 언제나 명랑하고 밝았던 형준이 버스 앞쪽으로 나를 잡아끌었다. 내 귀에 입을 대고 "앞쪽에 미숙이가 있어, 네가 좋아하는 미숙이가" 하고 속삭였다. 순간 내 기분이 묘해지고 있었다. 내가 짝사랑하는 미숙이가 앞에 있다는 말을 듣는 순간 마음이 설레는 나와 주희 누나를 생각하고 우울함에 젖어 있던 나, 어느 것이 진짜 나인지 몰랐다.

통행금지 위반

가을소풍을 갔다 온 이후로도 우울한 날은 계속됐다. 내 곁에 명훈이 있었지만 그가 내 빈 곳을 다 채워주지는 못했다. 점점 친한 사이가 되어 가고 있었지만 아무리 그래도 나를 속속들이 이해할 수 없다는 것이 내 생각이었다. 동주 형과 영섭이 형이 있었다면 달랐을 것이다. 가난에 찌들어 어렵게 살아가는 사람들만이 내 처지를 이해할 수 있으리라는 것이 또 내 생각이었다.

　나는 멀리멀리 도망쳐버리고 싶었다. 아무도 나를 찾을 수 없는 곳, 나를 알아보는 사람 하나 없는 곳으로….

　어느 일요일 오전이었다. 수금을 하기 위해 구역을 돌고 있었다. 독자 집 벨을 눌렀다. "기다려요" 하는 젊은 여자의 목소리가 들렸다. 기다리라는 말이 들리면 영수증 끊을 준비를 했다. 점선으로 되어 있는 부분을 볼펜으로 눼어 누르며 다른 손의 엄지와 검지를 이용해 세게 쭉 잡아당겼다. 그러면 영수증에 자를 대고 찢은 것처럼 깔끔하게 잘려 나갔다. 대문이 열렸다.

"안녕하세요?"

나온 사람에게 인사를 했다. 어디서 많이 본 얼굴이었다. 신문 대금으로 1,000원짜리 한 장을 들고 서 있는 젊은 여자도 나를 알아보는 것 같았는데, 되게 어색한 표정을 짓고 있었다.

"누나! 옥자 누나 맞지? 나 칠복이야, 칠복이. 나 기억하지? 누나!"

나는 반가움을 주체하지 못하고 큰 소리로 말했다. 옥자 누나였다. 옥자 누나는 초등학교 때 친구, 아니 무허가 판자촌에서 같이 자랐던 불알친구 우동이의 누나였다. 이런 곳에서 이렇게 누나를 만나리라고는 꿈에도 생각하지 못했다. 초등학교 6학년 때 무허가 주택이 철거되면서 우리는 뿔뿔이 흩어졌다. 옥자 누나는 나보다 한 학년 위였는데 초등학교를 졸업하고 식모살이를 갔다. 캐리를 잡아먹어 내가 인사하지 않는 것으로 복수했던 민 장로 할아버지의 소개로 누나는 같은 교회의 어느 장로 집으로 들어갔다. 그 누나를 3년 만에 만난 것이었다.

"누나! 나 모르겠어요?"

"칠복이구나. 내가 왜 너를 모르겠니? 중학생이 되었구나. 교복 입은 모습이 잘 어울리네."

어색한 표정의 누나 눈에는 눈물이 그렁그렁 고이고 있었다. 나는 너무 반가워서 같이 부둥켜안고 춤이라고 추고 싶었다. 하지만 누나는 나를 보고 왠지 쑥스러워 하고 있었다. 아마도 누나가 식모살이를 하기 때문일 것이다.

"누나, 우리가 초등학교 졸업할 때 우동이는 공민학교에 다닐 거라고 그랬는데 잘 다니고 있어요?"

누나가 쉽사리 대답을 못하고 머뭇거렸다. 괜히 물어본 것 같았다.

"누나, 저… 지금 이 집에 아무도 없잖아요. 전부 교회 갔을 것 아녜요? 나 마실 물 좀 주세요. 신문 대금을 받으러 다니느라고 많이 걸었더니 목이 마르거든요."

장로 집이라면 일요일 오전에는 사람들이 모두 교회에 가 있을 것이라는 생각이 들었다. 그래서 누나와 더 많은 이야기를 나눌 수 있다고 여기고 물을 마시고 싶다며 둘러댔던 것이다. 우동이가 살고 있는 곳을 알아내고 싶었다.

"그래, 들어와."

나는 집 안으로 들어가 마루에 걸터앉았다. 누나가 일하고 있는 집은 으리으리했다. 부엌으로 들어간 누나는 예쁜 컵에다 물 한 잔을 가득 따라 가지고 나왔다.

"누나, 우동이 연락처 좀 알 수 있어? 우동이를 만나고 싶은데."

"칠복아, 너희 아버지 어머니는 모두 잘 계시지? 동생들도 많이 컸겠구나."

옥자 누나는 우동이 이야기를 꺼내고 싶지 않은 듯이 내 질문에 대답하지 않고 엉뚱한 소리를 했다. 무슨 사정이 있는 것 같았다.

"누나, 지금 우동이는 어느 공민학교에 다녀요?"

"공민학교에 안 다녀. 한 학기 다니다가 그만뒀어. 학교 다니기 싫다고 하더니 그만 다니겠다고 고집을 부렸단다. 중학교 과정인데 아이들나이도 들쑥날쑥해서 싫다고 그러더라. 또 운동장에서 놀고 싶어도 운동장이 없어서 놀 수도 없다면서 죽어도 가지 않겠다고 했어. 내가 집에 가서 혼내줬는데도 소용이 없었어."

나는 누나가 왜 나를 피하려고 했는지 이해할 수 있었다. 교복을 입고 모자를 쓴 내 모습을 보니 우동이 생각이 났기 때문일 것이다. 식모살이 하는 자신이 창피하기도 했겠지만.

"누나, 뭐 꼭 학교에 다녀야 돈을 잘 버는 게 아니잖아요. 저는 중학교에 다니기는 하지만 학교생활에는 영 재미를 못 붙였어요. 친구를 사귀는 것도 힘들고요. 내 마음을 터놓고 말할 놈들도 없어요. 어쩌다 보니 벌써 2학년 2학기가 되었을 뿐이에요. 어쩌면 우동이처럼 어릴 때부터 돈벌이를 하면 더 빨리 부자가 될지도 몰라요. 안 그래요?"

누나는 더 이상 말을 하지 않았다. 내가 그만 가줬으면 하는 눈치였다. 나는 어쩔 수 없이 자리에서 일어났다. 나중에 또 와서 우동이 이야기를 들으면 된다고 생각하며 그 집을 나왔다. 다른 독자 집을 돌고 있는데 마음이 아팠다. 중학교가 뭐기에 그렇게 슬퍼하고 있는지 모를 일이었다. 참 바닥이 좁다는 생각이 들었다. 누나가 내 독자 집에서 일하고 있을 줄은 상상하지도 못했었다.

보급소로 돌아가는 길에 옥자 누나의 슬픈 얼굴이 자꾸 떠올랐다. 또 우동이 모습이 기억났다. 코흘리개 우동이가. 우동은 코흘리개였다. 코를 너무나 흘려서 옷소매가 늘 누리끼리했다. 항상 코를 훌쩍이다가 소매로 쓱 문질렀다. 나도 그랬지만 우동은 그게 심했다. 콧물이 묻고 또 묻어 그의 옷소매는 미끈거렸고 햇빛을 받으면 반짝거리기도 했다.

어느 토요일이었다. 나는 1교시를 수업을 마친 후 담임 선생에게 거짓말을 하고 조퇴를 했다. 대왕 호랑이도 공부를 잘하는 아이들에게는 인심이 후했다. 나는 명훈이 덕분에 우리 반에서 늘 10등 안에 들었다. 처음으로 10등 안에 들었을 때부터 10등이라는 등수를 유지해야 된다는 강박관념이 계속 나를 지배했다. 수업 시간마다 들어오는 선생님들이나 반 아이들에게 개망신을 당하지 않기 위해서였다. 10등 밖으로 밀리면 아이들이 '저 새끼 어쩌다가 실수한 거야. 거 보라니까' 하는 말을 듣는 것이 두렵고 싫었기 때문이었다.

그래서 명훈에게 살살거려서 공부하는 방법을 배웠다. 아니 녀석의 공책을 빌려서 봤다. 명훈의 공책은 정리가 잘되어 있었다. 수업 시간에 받아 적은 내용이 일목요연하고 보기 쉽게 적혀 있었다. 그런데 성적이 오르면서 가장 좋은 점은 선생님들을 속이기가 쉽다는 것이었다. 무슨 말을 해도 액면 그대로 믿어줬다. 특히 나는 2학년에 올라와서 성적이 무진장 오른 놈이었기 때문에 담임도 무척이나 기특하게 여기고 있었다.

"선생님, 저 몸이 많이 아파서 병원에 가 봐야 하는데요. 병원이 멀어서 지금 나가야 할 것 같아요."

"어디가 아픈데, 인마."

"병원에서 그러는데 악성 빈혈이래요, 글쎄."

조회 시간에 쓰러졌던 기억을 떠올리며 나는 악성 빈혈을 한 번 팔아먹었다. 몸이 많이 아파서 병원에 가 봐야 한다고 했더니 담임은 별로 의심하지 않고 허락해줬다.

"칠복이가 신문 돌리면서 공부를 열심히 하려다 보니 몸이 상한 모양이구나. 얼굴이 많이 야위었어. 쉬엄쉬엄해!"

선생님은 걱정까지 해줬다. 좀 미안하기는 했지만 담임 선생님이 이런 말을 했을 때 나는 "예, 그런 것 같아요" 하고 엄살을 부렸었다.

나는 성북역으로 가서 경춘선 완행열차를 타고 대성리로 갔다. 전에 이곳으로 보급소 형들과 함께 낚시를 왔던 추억이 떠올랐다. 형들이 여자 이야기를 하면서 낄낄대곤 했었는데, 이제 나도 형들의 그런 말을 알아들을 수 있는 나이가 됐다. 요새는 나도 여자아이들 생각이 너무 나서 죽을 지경이었다.

새벽에 신문 배달을 하다가 주운 《원앙섬》이라는 성인소설을 읽고 또 읽었다. 손때가 묻어 책이 시커멓게 변했다. 하도 여러 번 읽어서 책 내용을 줄줄이 암기할 수 있을 정도였다. 그 책의 남자 주인공과 여러 중년 여인들이 펼치는 진한 사랑 행각에 나는 몸살을 앓았다. 책은 결혼한 아저씨와 아줌마들이 봐야 마땅한 책 같았다. 어쩌다가 내 손에 들어 와서 나로 하여금 망상의 날개를 달고 끝 모를 수렁 속을 한없이 헤매게 만들고 있는지 통탄할 지경이었다.

처음에는 굴러들어온 복덩어리라고 생각했는데, 그놈의 책에 내 발목을 단단히 잡힌 꼴이 되었다. 굴러든 복이 아니라 화였다. 다락방에서 공부를 하다가도 소설이 생각나 '찐한' 부분을 펴서 읽고 또 읽었다. 빨리 장가를 가고 싶었다. 장가를 가서 색시하고 사랑을 하고 싶었다. 이제 나이가 많이 먹었다고 생각되는데 어머니는 언제나 나를 장가 보내줄지 모르겠다.

초등학교 때 봤던 〈꼬마신랑〉이라는 영화에서의 열 살 조금 넘은 아역배우 김정훈이 부럽다는 생각도 들었다. 춘향이와 이도령은 어릴 때 결혼했고, 옛날 사람들은 모두 일찍 결혼했다고 국사 시간에 배웠는데 왜 요새는 20세가 넘어야 결혼하는지가 불만이었다. 조선시대의 이항복이라는 사람도 어린 나이에 결혼해서 장원급제를 했다고 국사 선생님이 말했다. 나도 결혼을 하면 방황하지 않고 마음을 확실하게 잡고 공부할 것 같았다.

대성리 계곡에는 사람들이 별로 없었다. 둥글넓적한 돌을 집어 흐르는 물 위를 향해 냅다 던졌다. 물을 향해 돌을 던지면 돌이 한 번, 두 번, 세 번, 네 번 튀기다가 물속으로 푹 가라앉았다. 한 번만 튀면 재수가 옴 붙은 것이고, 세 번이나 네 번 튀면 운이 좋은 거라는 말을 들은 적이 있었다. 물수제비가 동동동 떠지는 걸 보니 운이 좋은 날인 가 보다.

물가에 앉아 발을 담갔다. 가을이라 물이 시원했다. 가을은 독서의 계절이니 담임은 책을 많이 읽으라고 말했다. 하지만 그때 내게는 가을이 그리움의 계절이었다. 개울가에 발을 담그고 한참 동안 멍하니 앉아 있었다. 한참 만에 겨우 일어나 개울을 벗어나 아무데로나 발길이 닿는 대로 걸었다. 그러다 바로 옆에 있는 산에 한번 올라가보기로 하고 길을 찾았다. 산 위로 올라가고 있는 데 '××사'라는 절 이름이 눈에 들어왔다. 그 순간 절에 들어가 비구니가 됐다는 주희 누나의 둥그스름한 얼굴이 떠올랐다. 너무나 보고 싶었다.

'그래, 저 절에 가보자.'

절 표시를 따라 한참을 올라갔다. 내가 헉헉거릴 즈음에 조그만 절이 나타났다. 조그만 암자와 옆으로 기다란 집이 하나 있었다. 절 마당에는 조그마한 탑이 서 있었다. 기다란 집의 열린 문으로 중은 안 보이고 웬 머리가 긴 아저씨들만 보였다. 무슨 책들을 그렇게 열심히 보는지 다가가도 누구 하나 내다보지 않았다.

"아저씨, 여기 변소 어디 있어요?"

갑자기 똥이 마려워 책을 보고 있는 한 아저씨에게 물었다. 아저씨는 말도 하지 않고 연필을 든 손가락으로 한쪽을 가리켰다. 나는 그쪽으로 급히 달려갔다. 변소는 정말 더러웠다. 냄새도 지독했지만 그보다 더한 건 입과 코와 눈으로 마구 날아드는 똥파리들 때문에 앉아서 똥을 누기조차 어려웠다. 더욱이 밑을 닦을 종이가 너무 두꺼워서 비벼서 부드럽게 하는 데 시간도 많이 걸렸다. 변소에서 어렵게 볼 일을 보고 나왔더니 웬 빡빡머리를 한 젊은 아저씨가 웃통을 벗은 채 아령을 하고 있었다.

"저, 스님. 이 절에 여자 중은 없나요?"

나는 혹시 여자 중이 있으면 주희 누나도 있을지 모른다는 생각에 물어봤다.

"야, 인마. 나는 중이 아니야. 이 자식이….".

절에 빡빡 머리를 깎은 사람이 중 말고 또 있단 말인가? 젊은 아저씨는 기분이 나빴는지 입을 삐죽 내민 채 부지런히 아령질만 했다. 그러거나 말거나 내게는 확인할 일이 남아 있었다.

"아저씨, 여기 여자 중이 있냐고요?"

"없어! 여기는 스님이 한 명 밖에 없어! 꼬마야, 너는 여기 어떻게 왔냐?"

여자 중이 없다는 말에 나는 실망했다. 혹시나 했더니 역시나였다.

"지나가다가 절이라는 표시가 있어서 잠깐 들렀어요."

"어디를 가는데?"

"어디를 가는 것이 아니고요. 그냥 온 거예요."

"야, 인마. 그냥 오는 게 어디 있어?"

"아저씨, 근데 아저씨는 중이 아니면 뭐예요?"

"나? 나는 고시생이야. 고시 공부를 하고 있는 거야. 여기 있는 사람들은 전부 고시생들이야?"

"고시생이요? 그게 뭐 하는 건데요?"

"어려운 시험 공부하는 거야! 공부!"

어렵다는 말에 힘을 주어 말하는 것을 보니 무슨 과목을 시험 보는지는 몰라도 되게 어려운 것 같았다.

"근데 아저씨는 왜 머리를 빡빡 깎았어요?"

"자식이 궁금한 것도 많네, 인마! 결심의 표시야, 결심! 머리를 이렇게 깎고 집중을 해서 공부해 성공하겠다는 의지의 표현인 거야!"

"머리를 빡빡 깎으면 집중이 잘되나요? 나는 중학생이라서 늘 빡빡 머리를 하고 다니는데도 집중이 잘 안되고 주의가 산만하거든요. 요새는 여자 생각도 많이 나서 집중이 더 잘 안돼요."

"이 자식이, 몰라, 인마! 어린 자식이 까져 가지고 여자 생각이나 하고. 저리 안 가!"

"까지기는 누가 까져요. 조선시대 같으면 내 나이에 장가를 갔다고 그러는데요. 내 생각에는 아저씨들이 나보다 더 까졌어요. 아이들 몰래 여자들하고 이상한 짓도 한다고 그러던데요, 뭐. 요새 내가 소설 읽고 있는데, 거기 보면 어른들 세계는 이상하고 복잡하단 말이에요."

"야! 빨리 안 꺼져!"

빡빡 아저씨는 내게 신경질을 부렸다. 먼저 신경질을 부리면 자신이 없다는 것이라는 것을 나는 안다. 도장의 윤 관장은 먼저 흥분하거나 신경질적인 사람은 자신감이 없다는 증거라는 말을 했었다. 나는 시원한 약수 물 한 바가지를 마시고 절을 떠났다.

절에서 내려오면서 내가 좋아했던 주희 누나가 너무 불쌍하다는 생각을 하니 두 볼에서 뜨거운 눈물이 주르륵 흘러내렸다. 내게 따뜻하게 대해준 주희 누나가 엄청나게 보고 싶었다. 그 밝은 미소가, 그 맑은 눈동자가 갑자기 보고 싶어 아주 미칠 지경이었다. 왜 이렇게 주희 누나가 내 가슴속에서 떠나지 않고 남아 있는지 모를 일이었다. 내가 태어나서 처음으로 좋아한 이성이었다. 이것이 사랑인 것 같은 느낌이 들었다. 주희 누나는 내게 바람처럼 스쳐간 것이 아니라 가슴 깊은 곳에 자리 잡고 있었던 분명한 나의 사랑이었다.

가을소풍에서 돌아와 나는 같은 학교에 다니는 주용이 친구를 형준의 소개로 만났다. 형준의 친구는 주용을 잘 알고 있는 듯했다. 작년까지는 주용이와 만나곤 했다고 말했다. 그런데 주용이 아무 기별도 없이 이사를 가는 바람에 그도 주용이와 멀어지게 됐다고 했다. 그 후 주용이가 사는 곳을 찾아낼까 하다가 모르는 척하는 것이 주용을 위한 것이라고 생각되어 포기했다고도 말했다. 집안이 망해서 이사를 간 후로 주용이가 소극적이 되었고, 잘 웃지도 않았으며, 늘 수심이 가득 찬 얼굴을 하고 있었다고 했다.

나는 형준의 친구를 통해 주용이가 전에 살던 집 주소를 알아냈다. 주희 누나가 들어갔다는 절을 찾아보기 위해서였다. 명훈에게 이 말을 했더니 "네 정성은 갸륵하다만 그게 가능한 일이겠니? 칠복아! 이제 그만하고 잊어 버려라" 하고 말했다. 그래서 포기했다. 현명하고 영리한 명훈의 판단이 맞을 거라는 생각 때문이었다.

하지만 오늘 나는 주용이 살던 집을 찾아가서 이사 간 집을 알아내야겠다는 생각이 들었다. 대성리에 와서 우연히 절에 들르다 보니 '반드시 찾아내야 한다'는 충동이 일었던 것이다.

대성리에서 완행열차를 타고 서울로 돌아왔다. 주용이 주소가 적힌 수첩을 보며 바로 주용이 살던 집을 찾아 나섰다. 주소에 호수가 없는 것을 보니 무허가 주택이었다. 그렇다면 거지같이 산다는 것이 분명했다. '서울 성북구 삼선동 ××번지'라고만 되어 있었다. 삼선동이면 내가 사는 동네에서 그리 멀지 않았다. 버스를 타고 삼선동 근처에서 내렸다.

산동네에 늘어서 있는 집들을 보니 철민이가 살던 동네와 비슷했다. 호수도 없는 주소를 가지고도 집을 찾는 데는 도가 텄던 나도 쉽게 찾기가 어려웠다. 이리 헤매고 저리 헤맨 후에야 겨우 그 집을 찾아낼 수 있었다. 대문이 있었지만 다 망가져서 없는 것이나 마찬가지였다. 문간방을 두드렸다.

"여보세요! 여보세요!" 하고 불렀더니 할머니가 방문을 열고 얼굴을 내밀었다. 사람을 찾아왔다고 말했는데도 잘 알아듣지 못하는 것 같았다. 다시 고래고래 소리를 질렀다.

"여기 주용이라는 중학생이 살았었지요? 혹시 어디로 이사를 갔는지 아세요?"

못 알아들은 것 같아 다시 소리를 지르려는데 안쪽에 있던 방문이 열리며 웬 아저씨가 빼꼼히 내다봤다.

"여기 살기는 살았는데, 어디로 이사를 갔는지는 몰라!"

방 안에서 내가 한 말을 다 들은 모양이었다.

"그럼, 여기 아는 사람은 없나요?"

그 아저씨는 없다며 고개를 흔들었다. 주용이네가 이사 갈 때 어느 누구도 따라가 보지 않아 아는 사람이 없다고 대답했다. 나는 아무 소득 없이 발길을 돌려야 했다. 주용이 새끼가 원망스러웠다. 소풍에서 만났을 때 내게 살짝 말을 했어도 이런 낭패를 보지 않을 수 있었다. 나는 주용이를 조금도 무시하지 않았을 것이다. 그런데 주용이 새끼가 나를 피했다고 생각하니 욕이 막 나왔다.

어떻게 해서라도 김주희를 찾아야 한다고 다짐하고 다짐하며 산동네를 내려오다가 갑자기 허탈감이 밀려와 나는 그만 비탈길에 쭈그리고 앉았다.

"어디를 가야 주용이를 찾을 수 있나? 아니, 김주희를 찾을 수 있나?"

때는 이미 밤이 되어 날이 어둑어둑해졌고 배도 되게 고팠다. 여기저기서 개새끼들이 짖는 소리가 들려왔다. 갑자기 어른들이 속상할 때

술을 퍼 마시고 소리를 지르고 노래하는 것을 이해할 수 있다는 생각이 들기 시작했다. 그때 심정으로는 정말 그랬다.

"그래, 술이나 실컷 퍼 마시고 죽어버리자. 씨이발. 언젠가는 죽을 거고. 먼저 죽나 나중에 죽나 거기서 거기야."

나는 가게에 들어가 소주 두 병을 샀다. 아버지 심부름이라고 둘러대며….

내가 술을 처음 마셔 본 것은 시골에 살 때였다. 논에서 일하는 아버지를 따라갔는데 아저씨들이 웃으면서 내게 막걸리를 한 사발 먹어보라고 줬다. 아버지는 정색하면서 아저씨들을 말렸다. 나는 아버지 눈치를 살살 보며 막걸리를 한 모금 마셔봤다. 달짝지근한 게 입맛이 당겼다. 아버지와 아저씨들이 일하는 사이 혼자 있는 틈을 타서 막걸리 몇 사발을 몰래 마셨다. 조금 지나니 기분이 좋아졌다. 그런데 일어나서 걸으려고 했는데 땅이 돌고, 하늘도 돌고, 나도 돌고, 도저히 중심을 잡을 수 없었다. 어찌어찌하다가 볏짚을 쌓아 놓은 곳에서 따스한 햇살을 받으면서 오랫동안 잠을 잔 기억이 있다.

두 번째로 술을 마신 것은 초등학교 4학년 때였다. 영범이네 집에 갔다가 영범이 아버지가 남긴 술을 영범이하고 함께 나눠 마셨다. 그땐 안 먹으려다가 영범이가 '사내는 술을 잘 먹어야 한다'는 말을 하는 바람에 소주병을 입에 대고 마셨다. 영범에게 기죽기 싫어서 영범이보다 더 깡을 부렸다. 정신이 알딸딸한 게 기분이 좋아졌다. 그 후 보급소 형들을 따라다니면서 술을 한두 잔씩 얻어먹었다. 형들은 어리다고 주지 않으려고 했지만 나도 술 한 잔 정도는 마실 줄 안다고 우겨서 얻어먹곤 했다.

이빨로 마개를 따고 병 주둥이를 입에 대고 부었다. 2홉들이 반병을 부으니 속이 뜨거워졌다. 배 속에 고여 있던 찌꺼기가 확 씻겨 내려가는 것 같았다. 나머지 반병을 또 부었다. 잠시 지나 정신이 몽롱해졌다. 이 생각 저 생각이 제멋대로 두서없이 머릿속을 맴돌더니 복잡해지기 시작했다.

하필이면 주용이 새끼를 그렇게 다시 만날게 뭐람? 괜히 김주희만 더 생각나게 만들고…. 잘산다는 소식을 들었으면 내 마음이 이렇게도 고통스럽지 않을 텐데…. 나는 남은 소주 한 병을 따서 입에 또 부었다. 몸에서 열이 나고 정신이 몽롱해지기 시작했다. 막 친해지는 중인데 죽어버린 철민이 새끼 생각도 나고, 옥자 누나의 슬픈 얼굴도 떠올랐다. 신문을 넣지 말라고 했던 집에 신문을 몰래 넣고 수금하러 갔다가 돈은 고사하고 욕만 뒈지게 먹고 발걸음을 돌리던 기억도 떠올랐다.

또 아버지가 원망스러워졌다. 명훈의 마음에 들기 위해 하고 싶은 말도 못하고 비위를 맞추는 내가 한심하다는 생각도 들었다. 내게 떠나간다는 말도 하지 않고 간 영섭이 형이 떠오르더니 성국이 형과 동주 형 얼굴이 겹치면서 지나가고 있었다. 5학년 겨울 눈보라 몰아치던 새벽에 신문을 돌리면서 몹시도 떨었던 것과 캄캄해서 무서웠던 골목도 기억났다.

머리가 터질 지경이었다. 그러다가 집에 가야 한다는 생각에 자리에서 일어났다. 몇 걸음 뗐더니 너무 비틀거려서 도저히 걸을 수가 없었다. 괜히 술을 마셨다고 후회가 됐다. 하는 수 없이 쉬었다 가기로 했다. 어떤 집 대문 계단에 올라가 앉았다. 가끔 개 짖는 소리만 들리고 주위엔 인적이 없었다. 잠이 몰려오기 시작해서 대문에 비스듬히 기대었다.

얼마 후 비몽사몽간에 통행금지를 알리는 사이렌 소리가 울렸다. 아차 싶었다. 벌써 밤 12시가 된 것이었다. 여기저기서 호루라기 소리가 울리고 있었다. 방범대원들이 이 동네에도 돌기 시작한 모양이었다. 걱정이 되기 시작했다.

"어떻게 집에 가지? 에라, 모르겠다. 될 대로 되라."

집으로 돌아가려고 해도 때는 이미 늦어 버렸다. 나는 중얼거리면서 계단에 비스듬히 누웠다. 술은 다시 나를 잠으로 몰고 갔다.

"야, 인마! 너 뭐야?"

잠결에 들리는 낯선 목소리였다. 누군가가 나를 흔들어 깨우고 있었다. 그 사람이 내 얼굴에 플래시를 비추고 있어 눈을 뜨기가 어려웠다.

"학생 같은데, 술 냄새가 많이 나는데? 야, 꼬마야. 너 뭐 하는 놈이야. 여기 너희 집이냐? 응?"

"플래시 좀 치워요! 눈을 못 뜨잖아요."

손바닥으로 이마를 가리며 겨우 일어나 앉았다. 내 앞에는 방범대원 아저씨 둘이 서 있었다. 내가 잠을 잔 계단 위의 집은 우리 집이 아니라고 말했다. 그랬더니 방범 아저씨들은 내 키가 작고 어려서 불량배나 도둑으로는 보이지 않는다는 말을 서로 나눴다.

"너 여기서 뭐 하고 있었니?"

두 사람 중 키가 큰 아저씨가 말했다. 친구네 집을 찾아왔다가 이사를 가서 찾을 수가 없었다고 했다. 내가 좋아하던 친구였는데 집안이 망해서 이사를 갔고, 소풍 가서 만났는데 나를 피했다고도 했다. 또 친구의 누나가 비구니가 되어 내 마음을 슬프게 했고, 나는 울적하고 속상해서 술을 마셨고, 나도 모르게 이곳에서 잠을 자게 됐다고 말했다.

"어라, 이 녀석 꼭 어른 같네. 되게 웃기는 놈이네."

나는 웃기는 놈이 되고 말았다. 방범 아저씨 중 한 명이 머리통을 쥐어박았다. 통금을 위반했다고 파출소로 가자고 했다. 겁이 나서 가슴이 덜컹 내려앉았다. 아저씨들은 나를 파출소로 데리고 가서 다른 방범 아저씨에게 뭐라고 하면서 나를 넘기고 밖으로 나갔다. 파출소에는 나처럼 잡혀 온 사람들이 몇몇 있었다.

내 차례가 되어 방범 아저씨가 내 이름과 주소, 직업을 물어봤다. 내 이름을 받아 적은 방범 아저씨는 어린놈이 술을 마셨다면서 검정색의 딱딱한 서류철로 내 머리를 후려갈겼다. 그러면서 내 연락처를 물었다. 하지만 우리 집은 전화가 없었다. 그래서 주인집 전화번호를 댈까 하다가, 한밤중에 전화하면 안집 아줌마가 지랄을 할 것 같아 명훈이네 집 전화번호를 댔다. 방범 아저씨가 수화기를 집어 들었다.

"거기 명훈이라는 학생네 집이지요? 여기 XX파출소인데, 칠복이라는 아이가 여기 있는데, 부모에게 말해서 새벽 4시에 통금이 해제되면 데려가라고 하세요."

혹시나 했었는데, 책임감이 유달리 강했는지 방범 아저씨는 명훈이네 집으로 전화를 해서 내가 통금을 위반하고, 집에도 들어가지 않았다고 또박또박 일러바치고 있었다. 또 다른 걱정이 생겼다. 명훈이네 부모가 이런 나를 알면 나하고 명훈이를 떼어 놓으려 할지도 모르기 때문이었다. 다시 한 번 이기지도 못하는 술을 처먹은 것을 후회했지만 이미 엎질러진 물이었다. 나는 파출소 의자에 앉아서 통금이 해제되기를 기다리고 있었다.

"칠복아!"

명훈과 명훈 어머니가 파출소 안으로 들어오고 있었다. 우리 집을 몰랐던 명훈이가 직접 나를 데리러 파출소로 온 것이었다.

"이거 술 냄새 아니야? 너 술 먹었니? 그런데 이 동네는 웬일이니? 어제 너희 반에 갔더니 조퇴했다고 하던데 집에 무슨 일 있는 거니?"

명훈은 걱정스러운 눈으로 나를 심문하고 있었다. 명훈 어머니도 불쌍해하는 표정으로 나를 바라보고 있었다.

"미안해! 방범 아저씨가 연락처를 말하래서 너희 집 전화번호를 댔어. 우리 집은 전화가 없어서. 이 동네 온 것은 주용이네가 살았던 집을 찾아서 새로 이사 간 곳을 물어보려고 그랬어. 김주희가 너무나 불쌍하다는 생각이 들어 찾아내려고…. 속상해서 술을 먹었어."

"칠복아, 괜찮단다. 우리 집이 너희 집이나 마찬가지야. 어서 일어서! 나가자. 일단 우리 집으로 가자. 무슨 고민거리가 있었던 게로구나. 명훈아! 어서 칠복이 일으켜 세워."

나는 명훈이 집에 우리 집이나 마찬가지라는 명훈이 어머니 말에 눈물이 핑 돌았다. 이렇게 고마울 수가 있단 말인가? 명훈은 내 손을 꼭 잡고 있었다. 파출소를 나와 택시를 탔다. 하지만 나는 먼저 보급소로 가야만 했다. 신문을 돌릴 시간이 되었기 때문이다. 미아리 고개를 지나 길음동을 거쳐 장위동 고개를 넘는 동안 아무 말도 없었다. 명훈은 여전히 내 손을 꼭 잡고 있었다.

"명훈아, 나 신문 돌리러 가야 해. 지금 날이 밝아 오는 것을 보니 늦은 것 같아. 나는 국민은행 앞에서 내려 보급소로 갈 테니까 너는 집으로 가. 신문 돌리고 집에 갔다가 너희 집으로 갈게. 정말 미안해."

"아니야, 엄마! 내가 칠복이 신문 돌리는 것을 도와줘야 할 것 같아요. 같이 돌리고 집으로 갈게요."

명훈이 하는 말을 듣고 있는 나는 마음이 복받쳐 눈물이 흘러내렸다. 말을 하지 않아도 내 마음을 헤아려주는 명훈이 생각을 하니 나는 너무나 복이 많은 놈이라는 생각이 들었다. 명훈은 왜 이리 내게 잘해주는 것일까?

아버지의 첫 선물

나는 명훈이가 정말 좋았다. 정신연령이 철부지 같은 나를 명훈은 애정과 관심, 그리고 사랑으로 대해줬다.

명훈이가 끝없는 우정과 한없는 사랑을 베풀어줬지만 나는 그해 가을을 힘겹게 보내고 있었다. 끝없는 그리움과 외로움이 나를 포위한 채 놓아주지 않았다. 찬바람이 불어와 낙엽이 한 잎 두 잎 떨어지는 것을 보니 또 슬퍼졌다. 이제 얼마 있지 않으면 겨울방학이 시작될 것이다. 이번 겨울도 작년 겨울과 똑같은 생활이 되풀이되고 나를 지겹게 할 것이다. 또 추위와 무서움에 떨 것이다. 이 반복되는 생활의 따분함과 무료함을 무엇으로 달랠 수 있을까?

수금을 마치고 보급소에 갔더니 성국이 형은 책을 보고 있었다. 참 알 수 없는 일이었다. 하기야 남들이 나를 보고도 그렇게 느끼겠지만, 아무리 중3이라고 해도 성국이 형이 책을 보고 있다는 것은 기적에 가까웠다. 공부에 방해가 될 것 같아 말도 걸지 않고 대금을 입금한 후 보급소를 조용히 빠져나왔다. 보급소를 나와 내가 갈 곳은 집 외에 오직

한 곳이 있었다. 나는 여느 날과 마찬가지로 그곳으로 향했다.

명훈이네 공부방에 앉아 이 얘기 저 얘기를 듣고 있었다. 명훈이 집에 드나든 지도 1년이 됐다. 나는 이제 명훈이 생각과 마음을 잘 알 수 있었다. 명훈이는 말과 행동으로 모범을 보이며 나를 바른 길로 인도하고 있었다.

"칠복아, 내일모레가 일요일이잖아. 우리 남산시립도서관에 가자. 너 남산 알지? 케이블카가 있는데 말이야. 거기 도서관에 가서 공부도 하고 어린이회관도 구경하자. 요새 네가 우울한 것 같은데 거기 가서 바람을 쐬면 기분전환이 될 거야."

"그래, 그러자."

남산에 가본 적이 있었다. 작년 여름방학 때였다. 하지만 남산에 도서관이 있는 줄은 몰랐다. 공부를 잘하는 명훈은 나하고는 질적으로 다르다는 사실을 또 느꼈다. 작년 5월경에 보급소 사무실에서 수금해야 할 독자 집 영수증을 정리하고 있었다. 그런데 내게 궁금한 것이 하나 있었다.

"총무님, 이 집 있잖아요. 한 번도 신문 대금을 받지 않았거든요. 왜 대금을 안 받는 거예요."

구역을 인계하면서 전임자는 내게 특별대우를 해주는 어느 독자 집에 대해 말해줬다. 그 집은 내 독자 집 중에서 으리으리한 것으로 치면 몇 번째 안에 드는 집이었다. 그런데 그 집은 신문 대금을 받지 않는다는 것이었다. 전임자는 자기의 전임자로부터 전달받은 내용을 설명해 줬다.

그 집주인이 서울의 모 대학교 교수인데 그분 제자가 C신문의 높은 사람이기 때문이라고 했다. 그래서 쭉 신문 대금을 받지 않고 있다고 말했다. 그런데 이렇게 되면 보급소가 아니라 내가 손해를 보게 된다. 일정 금액을 입금하고 나머지를 수금해서 내 보수로 삼고 있었기 때문이다. 정체불명의 사람이 내게 손해를 주고 있었다는 생각을 하자 약이 올랐다.

"그 집주인의 제자가 본사 부장이거든. 그래서 우리가 그냥 넘어가는 거야. 또 본사까지 가서 신문 대금을 받으러 가기도 그렇고 해서 받지 않는 거야."

"그럼 내가 손해를 보잖아요. 그 집 입금액 계산할 때 빼줘야 하잖아요."

"지금까지 그렇게 안 했는데 그냥 넘어가자. 정 억울하면 네가 본사에 가서 부장이라는 사람에게 달라고 해봐."

"알았어요."

여름방학을 기다려 C신문사로 찾아갔다. 그래서 내가 구역을 맡았던 때부터의 영수증을 모두 준비했다. 버스를 타고 종로에서 내려 세종로에 있는 C신문사로 제자라는 이 모 부장을 찾아갔었다. 마침 이 모 부장은 자리에 있었다.

"저는 장위보급소 배달 소년입니다. 장위동 238번지 XX호의 박 아무개 씨 댁에 제가 신문을 넣거든요. 그 집 신문 대금을 본사에서 받으라고 해서 여기까지 왔습니다."

이 모 부장은 예기치 않았던지 당황하며 조금 난감하다는 표정을 지었다. 그러나 어린 내가 직접 찾아왔으니 아닐 줄 수도 없던 모양이었다.

"얼마니?"

"작년 11월부터 올해 6월까지니까 4,800원입니다."

이 모 부장은 입을 크게 벌리며 놀라고 있었고, 근처에 앉아 있던 사람들은 막 웃었다. 나는 이 모 부장이라는 사람에게 억지를 부릴 생각이 있었던 것은 아니었다. 성과급으로 일하던 나는 수입을 깎아 먹히지 않기 위해 왔을 뿐이었다. 한꺼번에 4,800원을 받아서 나는 기분이 흐뭇해졌다. 여기까지 오는 것이 귀찮기는 했었지만….

본사의 사옥같이 큰 건물에 들어가 본 것도 처음이었다. 기왕에 여기까지 왔으니 남산에 한번 가보기로 하고 수위에게 길을 물었다. 아이들이 하도 남산 케이블카, 케이블카 하기에 나도 한번 구경하고 싶었다.

C신문사에서 나와 조금 걸으니 덕수궁과 시청이 보였다. 남산이 어디냐고 물어 물어가며 찾아가는데 남대문이 먼저 나타났다. 남대문을 보니 반가웠다. 서울에 그렇게 오래 살고도 국보 제1호라고 수업 시간에 배운 남대문을 직접 내 눈으로 처음 봤기 때문이다. 남산에 도착해 케이블카도 타 봤다. 아래를 내려다보니 어지럽고 무서웠다.

신문을 더 일찍 돌린 후 새벽 일찍 명훈과 함께 남산도서관으로 향했다. 남산도서관에 가까이 가자 사람들이 줄을 선 게 보였다.

"칠복아, 빨리 가자. 줄어 서야 해. 사람들이 많이 왔네."

내게는 도저히 이해할 수 없는 광경이었다. 도서관에서 공부하기 위해 날씨가 추운 12월 중순에, 그것도 일요일에 줄을 서 있는 사람들이 그렇게 많다는 것이 납득이 되지 않았다. 나는 긴 줄을 보고 기가 막혔다. 사람들이 이렇게 공부를 열심히할 줄은 정말 몰랐다.

한참을 기다려 도서관에 들어가 자리를 잡았다. 명훈이 말에 따라 공부도 하고 다른 책들도 구경했다. 그렇게 많은 책은 생전 처음 봤다. '저렇게 많은 책들을 누가 어떻게 보나' 하는 생각이 들었다.

도서관을 나와 어린이회관에 들어가 구경도 하고, 케이블카도 타고, 남산 꼭대기에 올라가 서울 시내를 내려다봤다. 서울 시내와 한강이 한눈에 들어왔다. 무엇인가에 막혀 답답했던 가슴이 탁 트이는 소리가 들리는 것 같았다. 명훈에게 고맙다는 생각이 들었다. 명훈은 어떻게 여기를 오면 내 기분이 전환될 줄 알았을까. 작년에 나 혼자 왔을 때 나는 케이블카만 탔다. 그런데 명훈은 남산에 와서 일석삼조의 효과를 보는 모양이었다. 명훈이는 남산 꼭대기에서 서울 시내를 바라보면서 무슨 결심을 하는지 입을 굳게 다물고 깊은 생각에 잠겨 있었다.

"야, 명훈아. 너 왜 그래? 무슨 생각하니?"

"응? 아무것도 아니야."

아무것도 아닌 게 아니라 틀림없이 무슨 생각에 깊게 잠겨 있었다. 눈치가 빠른 나는 그것을 쉽게 알 수 있었다.

남산을 떠나 명훈과 함께 그의 집에 가서 놀다가 우리 집으로 돌아왔다. 아무리 생각해도 명훈을 알게 된 것이 신통하고 또 신통했다. 명훈을 만나고 나서부터 나는 많이 변했다. 가장 눈에 띄게 변했던 것은 부모님 말씀에 말대꾸를 하는 경우가 많이 줄었다는 것이다. 명훈이 내 곁에 있었기 때문에 가능한 일이었다. 명훈이네 집에 가보면 명훈이 어머니나 아버지가 가끔 소리를 고래고래 질렀지만 명훈은 한 번도 부모님에게 맞서서 소리를 지르지 않았다. 나 같았으면 그 소리에 대응해 악을 썼을 것이다. 명훈은 내 행동의 기준이 되고 있었다. 나도 모르게 나는 그의 생각, 그의 행동을 모방하려고 애쓰고 있었다.

겨울방학이 됐다. 작년 겨울과 마찬가지로 명훈은 방학 중의 공부 계획을 세우고 내게 강요(?)했다. 나는 명훈의 지침에 따라 책도 열심히 읽고 교과 공부도 했다. 그러나 한 가지 나를 괴롭히고 있는 것이 있었다. 《원앙섬》이었다. 잊을 만하면 생각나고 잊을 만하면 생각나서 그때마다 야한 부분을 펴서 읽고 호기심을 충족했다. 내 속에서는 '책을 어디에다 버릴까?', '아니야, 이 재미있는 것을 왜 버려!' 하는 두 가지 갈등이 교차하고 있었다.

크리스마스가 며칠 남지 않았다. 벌써 독자 집으로부터 선물을 받았다. 선물이 기다려지는 게 습관이 되어 버렸다. 명훈은 크리스마스이브 날 자기 집에서 함께 시간을 보내자고 말했다. 그날 집으로 갔더니 나와 형준에게 미리 준비하고 있던 선물을 줬다. 《데미안》이라는 책이었다. 제목을 보니까 미국 책 같다는 생각이 들었다.

"이거 미국 책이잖아. 이해하기가 어렵지 않니?"

명훈은 웃으면서 《데미안》은 미국 책이 아니라 독일의 작가 헤르만 헤세가 쓴 책이라고 했다. 괜히 조금 아는 척했다가 무진장 창피를 당했다. 가만히 있었으면 중간은 갈 수 있었을 텐데, 아는 척하며 나서다 개망신만 당하는 꼴이 됐다. 옆에 있는 형준이 녀석도 나를 보면서 덩달아 '너는 되게 무식하구나' 하는 표정을 지었다. 예전 같았으면 형준이 녀석은 틀림없이 나를 놀렸을 것이다.

새는 알을 깨고 나온다.
알은 새의 세계다.
태어나려는 자는 한 세계를 파괴해야 한다.

명훈이가 책 속 한 구절을 찾아 읽으며 그 뜻을 설명해줬다. 그러나 아리송하기만 했고 잘 이해가 되지 않았다. 나는 평소대로 고개를 끄떡이면서 이해하는 척을 했다. 그래도 셋이 어울려 노는 것은 즐거웠다.

명훈을 만나지 않았더라면 나는 올해도 보급소에서 형들과 함께 지냈을 것이다. 그런데 명훈을 알게 되어 같은 또래와 함께 크리스마스를 보내게 됐다. 형들하고 어울릴 때는 내가 알아듣거나 이해하지 못하는 이야기들이 더 많았다. 보급소 형들과 있을 때 빠지지 않는 것이 여자 이야기였다. 고등학생들은 나보다 더 까진 것 같았다.

작년 크리스마스이브 때 일이다. 동주 형은 여학생들에게 인기가 좋았다. 보급소로 동주 형을 찾아오는 누나들이 여러 명 있었다. 나는 동주 형이 용기가 있다고 생각했다.

'신문을 돌리는 것이 쪽팔리지도 않나, 여자아이들에게 말해서 찾아오게 만들고.'

나 같으면 절대 그러지 못할 것 같았다. 어떤 누나는 동주 형을 만나기 위해 보급소에 매일 왔다. 동주 형은 그 누나를 피해 도망 다녔다. 그러자 그 누나는 부모와 오빠까지 대동해 보급소에 찾아와서 동주 형을 내놓으라면서 난동을 부렸다. 총무들과 형들은 동주 형이 보급소를 그만뒀다고 거짓말했다. 내게도 동주 형에 대해 물으면 모른다고 하라고 주의를 줬다. 다른 형들은 동주 형이 눈에 띄면 누나의 오빠와 부모에게 맞아 죽을까 봐 도망 다닌다고 일러줬다.

이 일 때문에 크리스마스이브 파티를 할 때 동주 형은 보급소 소장에게 눈물이 나도록 혼났다. 소장은 여자에게 책임을 지지 못할 짓을 해서는 안 된다고 다른 형들까지 싸잡아서 호통을 쳤다. 또 동주 형처럼 사고를 치고 다니려면 신문 배달을 그만두라고 두 눈을 부릅뜨고 얼굴이 벌겋게 돼서 엄포를 놓았다. 그때 보급소의 분위기는 폭풍 속 전야였다.

나는 동주 형이 그 누나에게 한 일이 뭔지 궁금해서 형들에게 물었지만 "너는 몰라도 돼" 하면서 내게는 말해주지 않고 무시했다. 너무 궁금해서 자꾸 물었더니 내 머리통을 쥐어박아서 포기하고 말았다. 중학교 2학년이 된 지금은 그놈의 《원앙섬》이라는 소설 때문에 나는 동주 형이 그 누나에게 무슨 일을 했는지 어렴풋이 짐작하고 있었다.

"칠복아, 나도 운동 삼아서 새벽에 너를 따라가고 싶은데 괜찮겠니?"

갑작스런 명훈의 제안에 잠시 옛 생각에 빠져 있던 나는 퍼뜩 제정신으로 돌아왔다. 새벽에 맑은 공기를 마시면서 뛰는 것이 운동이 될 것 같다는 말이 이어졌다. 나를 도와주겠다는 말이어서 나는 속으로는 좋았다. 하지만 명훈이 어머니께서 어떻게 생각하실까 걱정이었다.

"엄마한테 허락받았어. 걱정하지 마."

방학이라고 해서 매일 따라오라고 할 수는 없었다. 새벽에 신문을 돌릴 때 도와주면 나는 좋기는 하지만 이것이 자칫 잘못하다가는 나와 명훈 사이를 갈라놓을지 모른다는 염려가 들었다.

그래서 한꺼번에 신문 뭉치를 도저히 들 수 없어 두 번이나 왕복하며 신문을 돌리는 날을 생각해냈다. 매년 1월 1일이었다. 1월 1일부터 연휴이기 때문에 신문이 두껍게 발행됐다. 독자들은 볼거리가 많아서 좋겠지만 신문 배달부에게는 여간 괴로운 일이 아니었다. 매일 한 번씩 도는 코스지만 하루에 두 번이나 왔다 갔다 하려면 무지하게 귀찮았다. 그것도 추운 겨울 새벽에….

"매일 하는 건 생각보다 힘들 거야. 습관이 되어야 되는데. 그럼 이렇게 하자. 1월 1일은 신문이 두껍게 발행돼서 무겁기 때문에 혼자 돌리기가 어려워 두 번에 나눠서 돌리거든. 그때 같이 돌리면 어떨까?"

이 말을 듣고 있던 형준도 나를 돕겠다고 거들었다. 전에는 미워 죽겠던 형준이가 갑자기 좋아지기 시작했다. 녀석은 요즘 나를 깔아뭉개는 말을 하는 것이 엄청나게 줄어들었다. 지난번 내가 〈제망매가〉 이야기를 한 후 형준은 내게 다가와 1학년 때 자기가 내게 함부로 대했던 것이 미안하다며 때늦은 사과를 했다. 그래서 나는 그가 언제 나를 함부로 대했는지 기억나지 않는다고 말했다.

1977년 새해는 명훈, 형준과 함께 맞이할 수 있었다. 함께 새벽공기를 가르면서….

겨울방학을 보내면서 초등학교 2학년인 철이 방학 숙제를 가끔 도와줬다. 이것도 명훈이 흉내를 낸 것이었다. 명훈이는 자주 두 동생들의 숙제뿐 아니라 공부를 가르치기도 했다.

형준과 나는 겨울방학 내내 명훈이네 집에서 방학 숙제도 같이하고 다른 책도 읽으면서 시간을 보냈다. 내가 새벽에 신문을 돌리러 갈 때와 낮에 수금하러 갈 때 외에는 거의 붙어 있었다. 나는 이때 시간의 아까움을 처음 알게 됐다. 이것은 형준이 녀석 때문이었다. 신문을 돌리는 시간과 수금하는 시간을 벌충하려면 돌아다니면서도 단어를 외워야 한다는 생각이 들었다. 이렇게 하지 않으면 형준이가 공부로 나를 추월할지도 모른다고 우려했기 때문이다.

그해 겨울방학에는 성인만화와 성인영화를 한 번도 보러 가지 않았다. 《원앙섬》의 유혹을 물리치지는 못했지만. 명훈과 어울리는 것이 만화와 영화를 멀리하게 만들었는지, 아니면 《원앙섬》이 멀리하게 만들었는지는 모르겠다.

새벽에 신문을 돌리면서도 힘든 줄을 몰랐다. 항상 발걸음이 가벼웠고 새벽에 보급소에 가기 위해 눈을 떠도 짜증이 나지 않았다. 아마도 명훈의 존재가 나를 그렇게 변화시켰나 보다.

중학년 2학년을 마치면서 나는 상장을 두 개나 받았다. 우등상장과 개근상장이었다. 개근상장이야 몸으로 때우면 받을 수 있는 것이지만 우등상장을 받을 줄은 상상도 못했었다. 담임이 상장을 수여하고 반 아이들도 박수를 쳐줬다. 이제는 어떤 놈도 '칠복이 쟤는 실수로 10등 안에 들은 거야'라는 말을 하지 않을 거라고 생각하니 기분이 찢어지게 좋았다.

우등상장을 받으면서 눈물을 흘렸다. 명훈의 얼굴이 떠올랐다. 2학년 1년 동안 그렇게 방황과 갈등을 많이 했는데도 우등상장을 받는 것을 믿을 수 없었다. 모든 것은 다 명훈이가 내게 빌려준 공책 덕분이었다. 상장을 집에 가져가면 기뻐하실 아버지, 어머니 생각을 하니 저절로 신이 났다.

상장을 빨리 명훈이에게 보이고 싶었다. 담임이 마지막 훈시를 끝내고 교실 문을 나서기가 무섭게 뛰쳐나가 계단을 세 칸씩 뛰어오르면서 3층 명훈네 교실로 갔다. 문밖에서 조금 기다렸더니 머지않아 명훈이가 반 아이들과 함께 교실 밖으로 나왔다.

"명훈아, 이것 좀 봐!"

상장을 흔들면서 소리를 질렀다. 주위에 있던 놈들이 나를 미친놈으로 여기거나 말거나 전혀 개의치 않고 명훈에게 상장을 자랑했다.

"칠복아, 축하해. 그것 봐. 하면 된다고 했잖아."

막상 공부할 때는 지겨웠는데 이렇게 우등상장이라는 종이 한 장을 받으니 그동안 느꼈던 고통의 순간들이 한꺼번에 날아가버렸다. 나는 명훈이에게 진심으로 고마움을 표시하고 싶었지만 왠지 쑥스러워서 그만뒀다. 교문을 나서면서 우리 집에 들렀다가 명훈이네 집으로 가겠다고 말하고 헤어졌다.

일을 마치고 아버지가 돌아왔다.

"칠복이가 우등상을 받아왔어요!"

방에 들어온 아버지가 잠바를 벗기도 전에 어머니는 감격한 표정으로 말했다. 아버지도 놀라는 표정이었다. 아버지는 눈물을 흘렸다. 그 옆에서 어머니는 손으로 눈물을 닦고 있었다. 갑자기 아버지는 나를 부둥켜안았다. 옆에서는 초등학교 2학년이 된 철이가 우등상장이 무엇인지를 묻고 있었다. 나는 아버지 가슴에 얼굴을 파묻은 채 가만히 있었다.

어느 날 명훈이네 집에 가서 방학 숙제를 하고 집으로 돌아갔더니 집에 내가 받은 우등상장과 개근상장을 액자에 넣어서 벽에 걸어 놓은 것이 보였다.

"엄마, 저거 뭐예요. 창피하잖아요. 남들이 보면 잘난 척한다고 그럴 거예요."

어머니는 잘났으니 잘난 척하는데 뭐가 어떠냐고 하면서 내 말을 듣지 않았다. 나도 못 이기는 척하면서 가만히 뒀다. 저녁시간이 되어 아버지는 일을 마친 후 집에 돌아왔다. 겨울에는 하는 일이 없이 놀던 아버지도 올겨울은 일거리를 찾아 일을 나가고 있었다.

"이거 네게 주는 선물이다. 받거라."

아버지는 스탠드를 사왔다. 내가 아버지로부터 받은 첫 선물이었다. 그 스탠드는 내가 아니라 명훈이가 받아야 할 선물이었다.

커닝왕의 협박

어머니의 자식자랑은 그칠 줄을 몰랐다. 집에 손님들이 오면 내 자랑에 바빠 입에 침이 마를 새가 없었다.

"저것 좀 봐. 우리 칠복이가 받은 상장인데 두 개야. 두 개. 돈도 벌어 오고 공부도 잘해서 우등생이고….."

어머니 마음은 내가 상장을 받아온 이후로 붕붕 떠 있었다. 또 안집 아줌마에게도 자랑했더니 무진장 부러워하더라는 말도 했다. 안집에는 중학교 1학년 아들이 있었는데 나와는 한 번도 같이 놀지 않았다. 나이로 치면 내가 형뻘이 되었지만 같이 놀 시간이 없기도 했거니와 시간이 있어도 동철의 추억 때문에 주인 아들과는 거리를 두고 있었다.

또 어머니는 올봄에는 방 두 칸짜리 집으로 이사를 갈 것이라고 했다. 나는 작년에 이사 가는 문제로 어머니 마음을 괴롭힌 적이 있었다. 그때 돈을 조금 더 모아서 이사를 가기로 했었다. 나는 아버지와 어머니를 믿지 못해 내가 벌고 있는 돈을 집에 가져다주지 않고 내가 모으고 있었다. 이사 갈 때 보태기 위해서였다. 이사를 가면 제일 먼저 명훈

239

이를 우리 집에 데려올 것이다.

3학년으로 올라가게 되었다. 나는 속으로 명훈과 같은 반이 되기를 바랐지만 우리는 2학년에 이어 3학년에도 같은 반이 될 운은 없었다. 이번에도 운명의 여신이 질투를 했나 보다.

새벽 4시에 일어나 신문을 돌리고 집으로 돌아가면서 자투리 시간을 활용해 영어 단어를 외우고 또 외웠다. 학교에서는 수업 시간에 정신을 철저히 집중했다. 짝꿍이 말을 걸어도 수업 시간에는 요지부동이었다. 자꾸 내게 말을 걸라치면 "수업 시간이야! 말 걸지 말란 말이야!" 하면서 매몰차게 쏘아 줬다. 짝꿍과 실없는 말을 주고받을 마음의 여유가 없었다.

선생님이 칠판에 수업할 내용을 적고 있었다. 나는 그 내용을 천천히 옮겨 적으면서 속으로는 암기를 시작했다. 선생님이 내용을 설명하면 그 내용을 집중해서 들으면서 노트에 메모했다. 속으로는 다시 또 암기를 했다. 수업을 마친 후 쉬는 10분 동안은 노트에 적은 내용을 읽으면서 머릿속으로 정리했다. 이런 식으로 하니 암기 과목은 해결됐다. 이것은 명훈이가 알려준 방법이었다. 효과가 좋았다. 방과 후 수금을 하러 다니면서도 국어책에 나오는 시와 시조를 외우고 또 외워서 줄줄 나올 정도가 됐다.

3학년에 올라온 후 명훈은 전교에서 1등을 하고 있었다. 명훈의 꿈은 서울대학교에 진학하는 것이었다. 그러기 위해서는 인문계 고등학교에 진학할 것이란다. 나는 대학에 대해 아는 바는 없었고 관심도 없었다. 또 대학에 가기 위해 공부한 것이 아니었다. 〈조홍시가〉 사건 이후로 막연하게나마 공부를 해야겠다고 마음먹고, 마침 명훈이가 옆에 있어 공부에 관심을 갖게 되었을 뿐이었다. 하지만 우등상장을 받다 보니 기분이 째져서 공부를 더 열심히 하게 된 것은 분명했다.

명훈이와 달리 내 꿈은 D상고에 진학하는 것이었다. 영섭이 형이 다니고 있는 D상고가 우리나라에서 제일 좋은 고등학교라고 여겼기 때문이었다. 상고에 가서 돈 버는 방법을 배워 돈을 많이 버는 것이 내 계획이었다.

수금한 돈을 입금하러 보급소에 갔다가 성국이 형을 만났다. 성국이 형은 자동차를 만드는 것으로 유명한 S공고에 들어갔다. 자기가 목표한 학교에는 들어가지 못했지만 S공고도 좋은 학교라고 주장했다. 교모에 '嵩'라는 한자가 붙어 있는 모자를 쓰고 있는데 멋있어 보였다. 성국이 형은 고등학교에 들어간 이후로 나를 무시했다. 자기는 고등학생이고 나는 중학생이니 같이 놀려면 빨리 고등학생이 되라는 것이었다. 성국이 형과 노닥거리다가 순대를 먹고 가려고 시장 입구로 들어갔다. 그런데 지나가다가 민구를 만났다.

"민구야! 나야 칠복이, 오랜만이다."

민구는 교복을 입고 가방을 들고 있었다. 나는 민구가 중학교에 가지 못했다고 생각하고 있었는데 교복과 교모를 쓴 것을 보니 기뻤다.

"그래, 칠복아. 너 아직도 신문 배달하는구나?"

내가 들고 있는 신문 한 부를 보고 짐작한 것이었다. 나는 6학년 때 민구를 데리고 보급소에 가서 신문을 돌리게 한 적이 있었다. 그래서 민구도 잠시 동안 신문을 돌렸었다.

"응, 그래. 나는 요새 성과급제로 일해서 돈도 많이 벌어. 너도 중학생이 되었구나. 나는 네 생각 정말 많이 했어. 공부를 잘했던 네가 중학교에 갔어야 했는데 괜히 내가 미안하더라. 너도 중학생이구나. 정말 기분 좋다."

그런데 민구 교복에는 '중1'이라는 학년 표시가 붙어 있었다. 하지만 민구 얼굴을 보니 예전처럼 슬픈 표정이 아니어서 나는 기분이 좋았다.

"민구야! 우리 만두가게에 만두 먹으러 가자. 나 돈 많이 버니까 걱정하지 않아도 돼."

"그럴까?"

말수가 적고 소극적인 민구의 성격은 예나 지금이나 여전했다. 우리는 만두가게에 가서 밀린 이야기를 나눴다. 민구는 올해 교회에서 야간에 운영하는 공민학교에 다닌다고 했다. 낮에는 직장에 나가는데 사장이 좋은 사람이라서 민구에게 공부하기를 권했다고 한다. 교회 장로라는 아저씨인데 자기네 집에도 데려가고 교회에도 데리고 갔었다고 했다. 그래서 요새 교회에 열심히 다닌다고 했다. 나는 원래 교회 장로라는 사람에 대해서 원한이 있던 놈이었다. 그런데 장로 아저씨가 민구에게 잘해줬다는 말을 들으니 장로는 모두 나쁜 깍쟁이라는 내 생각이 바뀌었다. 나는 영섭이 형 흉내를 내면서 만두를 입에 구겨 넣고 있는 민구에게 물도 마셔가며 천천히 먹으라고 말했다.

"칠복아! 너 이제 얼마 안 있으면 고등학교에 가겠구나?"

"응, 나는 D상고에 가려고 해. D상고는 우리나라에서 제일 좋은 고등학교거든. 거기 가서 영섭이 형을 만날 거야. D상고를 졸업한 후 은행에 취업하려고 해. 영섭이 형의 꿈은 은행장이었으니까 영섭이 형 밑에서 일할 수도 있을 거야."

민구는 내가 부러운 듯이 만두를 입에 문 채 나를 물끄러미 쳐다봤다. 괜히 잘난 척해서 민구 마음을 상하게 하지나 않았는지 걱정됐다. 나는 민구에게 집 주소를 적어 줬다. 또 명훈이네 집 전화번호를 적어주면서 그곳으로 연락하면 내게 연락해줄 것이라는 말도 했다. 나는 명훈이 자랑도 했다. 나는 민구네 집 주소도 적었다.

"민구야, 우리 자주 만나자."

민구하고 헤어졌다. 얼굴이 밝아진 민구의 얼굴을 보니 기분이 좋았다.

중학교 3학년이 되어서도 무료한 학교생활이 반복됐지만, 이번에도 우등상장을 받아야 한다는 생각으로 지겨운 학교생활을 극복해 나가고 있었다. 그놈의 자존심이 공부에도 발동을 걸었던 것이다. 이번에 우등상장을 받지 못하면 아이들이 "칠복이는 어쩌다가 실수해서 우등상장을 받은 거야. 봐라. 내가 그럴 줄 알았어!"라는 소리를 할까 봐 이를 악물었다. 그 강박관념이 언제나 나를 누르고 있었다.

우리 반은 70명 정도였다. 시험을 치를 때는 한 줄에 10명씩 일곱 줄로 책상을 배열했다. 내 번호는 41번이었다. 5번째 줄 맨 앞에 앉아서 시험을 치렀다. 내 앞에 아무도 없어서 집중을 해서 시험을 볼 수 있었다. 절에 갔을 때 빡빡 아저씨는 머리를 깎아야 집중이 잘된다고 말했지만 그것은 거짓말이었다. 방해하는 놈이 없어야 집중이 잘되는 것 같았다.

그런데 4월 초에 내 번호보다 앞섰던 급우가 전학을 가는 일이 생겼다. 그래서 나는 네 번째 줄 맨 뒤로 옮겨서 시험을 봐야 했다. 맨 뒷자리라서 중간 자리보다는 좋을 것 같았다. 내 앞에는 동석, 그 앞에는 기영이가 앉았다. 또 왼쪽 대각선 앞자리에는 30번인 재천이가 앉았다.

맨 뒷자리로 옮겼더니 놀랄 일을 알게 됐다. 커닝의 비밀이었다. 위의 세 놈들이 공모해서 커닝을 자행하고 있었던 것이었다. 재천은 시험지를 받으면 조금 풀다가 엎드려 자는 척했다. 내 앞자리에 앉아 있던 동석이나 기영은 공부를 곧잘 하는 아이들이었다. 동석이나 기영은 문제를 다 풀고 교실 밖으로 나갔다. 하지만 나가기 전에 답안지를 엎어 놓고 문제지를 조그맣게 접어서 책상 오른쪽에 미리 접어놓은 재천의 문제지와 재빨리 바꾼 다음 교실 밖으로 나가는 것이었다.

건네진 문제지에는 정답이 적혀 있으니 이를 전달받은 재천의 성적은 좋을 수밖에 없었다. 재천은 이에 대한 대가로 동석이나 기영에게 자장면을 사줬다. 재천은 학교에서 주먹깨나 쓰는, 요즘의 말로 하면 '짱'이었다. 동석이나 기영은 재천에게 굴복한 것이었다. 두 친구는 과목을 분담해서 재천에게 도움을 주고 있었다.

내게도 시련이 다가왔다. 재천은 동석과 기영의 이야기를 하면서 내게도 도움을 요청했다. 나는 일언지하에 거절했다. 그럴 수는 없었다. 내가 노력해서 올린 성적을 재천이 녀석에게 보태줄 수 없다는 것이 내 생각이었다.

하지만 재천의 협박과 압력은 계속됐다. 인상을 쓰기도 하고 주먹을 쥐어 보이기도 했다. 자식에게 단 둘이 한판 붙자고 할까 하다가 참았다. 재천이는 더러운 새끼였다. 싸울 때 주먹과 발을 쓰는 것이 아니라, 자전거 체인이나 포크, 송곳과 잭나이프를 휘둘렀다. 전에 옆 반 아이와 우리 교실에서 한판 붙었는데 체인을 돌려 위협하는 폼이 신사답지 못했다.

나는 '더러운 새끼, 저런 새끼는 없어져야 해' 하고 속으로 외치며 교실 밖으로 나갔었다. 그러나 싸움은 아주 재미있는 구경거리라서 다른 아이들은 신이 나 있었다.

나는 고민에 빠졌다. 재천과 그의 '똘만이' 새끼들이 체인 따위를 들고 덤벼들지도 모른다는 생각에 가위눌리기도 했다. 일대일로 맞붙으면 재천이 새끼쯤은 내 상대가 안 된다고 나는 확신하고 있었다. 하지만 떼를 지어 덤비면 혼자 감당할 수 없을 게 뻔했다.

'담임 선생님에게 알릴까?' 아니면 '문제지를 건네줄까?' 아니면 '정정당당하게 일대일로 한판 붙자고 말해서 응하면 박살을 내버릴까?' 하는 기로에 서서 나는 쉽게 결론을 내리지 못했다.

고민하던 끝에 명훈과 상의하기로 했다. 명훈은 담임 선생님에게 알리고 해결책을 찾으라고 충고했다. 재천의 부정행위를 학교가 나서서 응징하는 것이 가장 적당하다는 것이었다. 원칙적으로는 맞는 말이었다. 그러나 이런 문제는 명훈이보다 내가 더 잘 해결할 수 있다는 자만심도 들었다. 명훈의 말대로 담임에게 알리면 3월부터 5월까지의 커닝 사건이 모두 탄로 날 것이고, 대대적인 징계가 있을지도 모른다. 그렇게 일을 크게 만들어서 복잡하게 되는 것을 원치 않았기에 더 나은 해결책을 찾기 위해 고민해봤지만 묘안이 떠오르지 않았다.

이런 문제는 결국 내 방식대로 해결해야 되는 문제였다. 괜히 일을 더 복잡하게 만들지도 모른다는 생각을 하다 보니 내 의지는 서서히 무너졌다. 타협하기로 한 것이었다. 재천이가 흉기를 사용하거나 똘만이들이 떼로 덤빌지도 모른다는 것이 사실 두렵기도 했지만, 재천에게 조용히 협력하는 동석과 기영을 보면서 큰 잘못은 아니라는 합리화를 하고 말았다.

스스로 합리화시키고 나서도 재천의 행태가 너무나 알미웠고 싫었다. 한마디로 기생충이었다. 그래서 또 다른 타협책을 궁리해냈다. 마지막 시험 과목인 상업 시간이었다. D상고에 가는 게 목표인 내게 상업은 자신 있는 과목이었다. 문제지를 읽으면서 답안지에 정답을 옮겨 적으니 시간이 많이 남았다. 33문제 중 1문제만 빼고 다 맞을 자신이 있었다. 나는 시험이 어렵다는 듯한 표정을 지으며 교실 밖으로 나가지 않고 자리에 앉아 있었다. 시험을 마칠 시간이 약 5분 정도 남았다. 감독관 선생님은 빨리빨리 답안지를 제출하라며 재촉하고 있었다. 또 재천도 나를 향해 낮게 고개를 돌리고 인상을 구기면서 독촉하고 있었다.

문제지를 바꿔 치지 않고 그냥 나가려다 마음을 바꿨다. 나는 마음이 정말 약했다. 자리에서 일어섰다. 재천이 문제지와 내 문제지를 바꿨다. 하지만 그 문제지에는 정답과 오답이 섞여 있었다. 전혀 노력하지 않는 재천에게 내 노력의 대가를 고스란히 넘겨줄 수는 없었다. 차라리 깨지면 그만이라는 생각이 들었다. 이것이 나의 두 번째 타협책이었다.

그런데 문제지를 바꿔 치기 하고 몇 발짝을 걷는 순간 감독관 선생님이 "임재천과 이칠복은 문제지와 답안지 모두 갖고 앞으로 나와!" 하는 것이었다. 나는 초긴장 상태로 빠져 들었다. 모든 것이 탄로 나면 어쩌나 하는 생각이 스치면서 가슴이 마구 뛰고 있었다.

선생님은 문제지와 답안지를 살펴보더니 "빨리 풀었으면 나가지 왜 꾸물거려!" 하는 말로 대신하며 나를 놓아줬다. 운이 억세게 좋았다. 나도 운이 좋은 놈이었지만 '커닝왕' 재천은 더 운이 좋은 놈이었다. 물론 사실대로 말하면 재천의 문제지와 내 답안지의 정답 표시가 서로 달랐으니까 선생님은 눈치 채지 못한 것뿐이었다.

나는 교실 밖으로 나가고 재천은 자리로 돌아갔다. 시험이 끝나서 교실로 들어갔더니 내 문제지가 교실 바닥에서 굴러다니고 있었다. 내 몸뚱이가 교실 바닥에 굴러다니는 것 같아 기분이 상했다. 재천은 내 문제지를 다른 아이에게 넘겼던 것이었다. 도저히 용서하기 힘들었다.

며칠이 지나 시험 결과가 나왔다. 내 성적은 예상대로 1문제 틀린 97점, 재천의 성적은 22문제 맞은 67점이었다. 재천은 나를 죽일 듯이 노려봤다. 나는 걱정도 되었지만 이미 예상했던 결과라 앞으로 닥칠 사태를 대비하며 새로 마음의 각오를 다지고 있었다. 수업이 끝나고 상업 선생님이 나간 후 재천이 내 자리로 왔다.

"방과 후 좀 보자."

나는 다시 단단한 각오를 했다.

'맞아 죽든지, 아니면 싸워 이기든지, 둘 중 하나야!'

나는 속으로 중얼거렸다. 재천이 새끼가 자기 똘만이들을 동원하면 나는 신문 보급소에서 힘깨나 쓰는 형들을 총동원할 생각이었다. 보급소 사무실에는 주먹을 잘 쓰는 형들이 많았다.

방과 후 재천을 만났더니 예상대로 내게 화부터 냈다. 옆에는 재천의 졸개 두 놈이 짝다리를 짚은 채 실실 웃고 있었다. 짝다리 짚은 놈을 보자 부아가 끓어오르며 두려움도 사라졌다. 나는 아무 말도 않고 태연하게 보이려고 노력하면서 재천의 이야기를 들었다. 내 침착한 태도에 질렸는지 재천의 화내는 정도는 차츰 약해지고 있었다.

"다시는 네 커닝을 도와줄 수 없어."

그의 이야기를 중간에서 자르며 나는 낮은 목소리로 가만히, 그러나 단호하게 말했다. 겉으로는 태연한 척 가장하고 있었지만 속으로는 몹시 긴장하고 있었다.

"네가 아이들을 모으면 나는 보급소 형들을 총동원해 너를 응징할 거야. 나는 새벽에 신문 배달을 하거든. 깡패 학교 다니는 고등학생 형들도 많이 있어."

나는 총알 같이 말을 내뱉고 몸을 돌려 자리를 떴다. 그러면서도 다음 일이 걱정이었다. 나는 싸움에 말려들고 싶지 않았다. 만약 재천이가 아이들을 모아 싸움을 걸어 온다면 어떻게 할 것인가? 맞서 싸울 것인가? 아니면 재천에게 말한 대로 형들을 동원할 것인가? 아니면 이번 일을 사과하고 계속 커닝하는 것을 도와줄 것인가? 또 머릿속이 복잡해졌다.

수금하기 위해 보급소에 갔지만 형들에게 오늘 재천과 있었던 사실을 말하지 않았다. 고생을 같이하는 형제들이나 다름없어서 형들이 이 사실을 알면 그냥 넘기려고 하지 않을 게 뻔했기 때문이다.

걱정 때문에 밤에 잠을 못 이루고 뒤척이다 보니 새벽이 되었고, 신문을 돌리고 학교에 갔다. 재천은 나를 못 본 척했다. 오전 수업을 듣는 데도 머릿속이 산만했다. 점심시간이 됐다. 재천은 내게 점심을 먹고 잠시 보자고 했다. 교실 분위기도 험악해지고 있었다. 모든 아이들이 커닝으로 인한 나와 재천의 갈등을 알고 있었다.

나는 긴장한 채 돌멩이를 두 개 찾아 호주머니에 넣었다. 만일의 사태에 대비하기 위해서였다. 떼거리로 덤비면 먼저 돌멩이로 두 놈을 찍어 버려 나머지 새끼들을 위협하고, 재천이 새끼는 내가 따로 박살을 내겠다는 계산이었다. '이판사판이다! 그래, 어디 해볼 테면 해봐라! 한 번 죽지 두 번 죽어!' 하면서 마음을 굳게 먹었어도 자꾸 긴장이 되는 것은 어쩔 수가 없었다. 화장실 뒤에서 재천과 나는 만났다. 그런데 뜻밖의 일이 일어났다.

"칠복아, 나 네가 신문 돌리는 거 알고 있었어."

예상과 달리 재천은 힘없이 말했다. 재천은 내가 보급소 형들을 동원한다는 말에 주눅이 들었던 것이다. 결국 그날 재천과 나는 화해를 했다.

"나도 공부를 잘하고 싶은데 잘 안돼. 나를 도와줘."

그 순간 내 마음은 차분해지고 있었다. 나는 그렇게 하겠노라고 대답했다. 명훈의 도움을 받았던 나는 재천을 도와주고 싶다는 마음이 우러나고 있었다. 어떻게 생각하면 재천은 또 다른 나의 옛 모습일지도 몰랐다. 물론 집안 사정이야 나보다 나았지만 제가 처한 현실에 적응하지 못하고 방황하는 것만큼은 말이다. 다음 날부터 재천은 내 옆에 앉고 싶다며 내 짝꿍과 자리를 바꿔 앉았다.

1220고지를 점령하라

3학년 1학기에 내게 갈등과 고통을 안겨줬던 재천과의 관계는 화해로 정리되어 마음이 홀가분해졌다. 곧 여름방학이 시작될 것이다.

고등학교에 진학하기 위해서는 연합고사를 치러야 했다. 인문계는 성적이 어느 정도만 되면 진학할 수 있었지만 공고나 상고는 경쟁이 치열해서 성적이 뛰어나야 이름이 알려진 학교에 갈 수 있었다. 내 목표는 D상고였지만 아버지는 고등학교 진학을 포기하라고 했다. 이유는 물어보나마나 돈이었다. 아버지는 내 뒷바라지를 할 수 없다고 선언했다. 사촌 형들이 중학교만 졸업하고 취직한 것에 영향을 받은 것 같았다.

나는 아버지와 싸울 각오를 단단히 했다. 초등학교에서 중학교로 진학할 때도 그러더니 고등학교 진학을 앞두고 또 반대를 하는 아버지는 내 인생의 격려자가 아니라 장애물이라는 생각이 들었다. 자기가 배우지 못했다고 자기 아들의 수준도 똑같이 맞추려고 하는 아버지를 도저히 이해할 수 없었다. 아니 아버지를 이해하고 싶지 않았다. 아버지는 자기에게 학비를 대달랄까 봐 그러는 것이었다.

처음에 아버지가 무턱대고 반대를 하자 너무 화가 나서 불을 싸질러서 모든 책을 태워버리기로 작정하기도 했다.

"내 처지에 공부는 무슨 얼어 죽을 공부야. 씨이발!"

욕이 저절로 나오고 사나워지기 시작했다. 괜히 신경질을 부리다가 애꿎은 철이 머리통을 쥐어박았다. 짜증나는 게 또 있었다. 꼭 1년째 보관하고 몰래 훔쳐보던《원앙섬》이었다. 진학 문제를 놓고 심각한 고민에 빠져 있는데도 불구하고《원앙섬》이 자꾸 생각나는 내 자신이 정말 한심하다는 생각이 나를 죽도록 괴롭혔다.

"씨이발! 책이라는 책은 모두 불태워버려. 왜 이렇게 생각이 자꾸 나는 거야!"

나는 이사하고부터 철이와 같이 쓰고 있는 내 방의 책들을 모두 마당으로 집어던졌다.《원앙섬》까지도. 옆에 있던 철이는 막 울기 시작했다. 철이 녀석도 이미 초등학교 3학년이 되어서 일이 진행되는 낌새를 눈치 채고 있었다.

"형아, 왜 책을 버려?"

"불 질러버릴 거야! 저리 가! 어서!"

불을 질러 버린다는 말에 놀라서 철이가 울기 시작했다. 그러다가 얼른 방으로 달려가더니 어머니를 끌고 나왔다. 어머니는 얼굴이 하얗게 질려 있었다.

"야, 이놈의 새끼야. 어디다 불을 질러! 불을 지르기는!"

"공부해서 뭘 해요. 고등학교에 가지도 못할걸. 내가 D상고에 가는 것을 아버지가 말리면 내일부터 학교 안 가요! 안 가! 고등학교에 가지도 않을 건데 책은 무슨 책이에요."

어머니는 자리에 주저앉더니 손바닥으로 땅바닥을 치고 소리를 크게 지르면서 울었다. 순간 나는 당황했다. 어머니가 이렇게까지 나올 줄은 몰랐다. 철이와 은이는 어머니 팔을 잡고 어머니를 따라 울기 시작했다.

"에이씨, 그런 게 아니고요. 나를 상고에 보내주면 불 안 지를게요."

마음이 약해져서 한 발 물러섰다. 셋이 동시에 울어 대니 안집 아줌마가 무슨 일인가 놀라서 달려 왔다. 방을 얻을 때도 어머니는 내가 공부를 잘하는 우등생이라고 해서 주인아줌마는 나를 아주 기특하게 여기고 있었다. 그래서 주인아줌마는 맛있는 반찬을 만들기라도 하면 나를 주라고 하면서 우리 집에 가져오곤 했다. 하여간 공부는 잘하고 볼 일이었다. 전에 동철이네 세 들어 살 때와 반대 현상이 일어나고 있는 것을 보니 그랬다.

"칠복아! 왜 그러니?"

"아니에요. 안 보는 책을 태워 버리려고 마당에 내놓고 있는 거예요."

나는 탁월한 순발력의 소유자였다. 잘못 나온 책도 있다고 하면서 3학년 1학기 책들은 도로 방으로 들이고, 방에서 못 쓰는 책들을 골라 마당으로 옮겼다. 완전히 생으로 쇼를 벌였던 것이다.

《원앙섬》도 방으로 들일까 하다가 이참에 불 싸질러 버리는 게 낫다는 생각이 들었다. 약간의 갈등이 일어났지만 더 이상 《원앙섬》에

인질로 잡혀 있어서는 안 된다고 결심을 굳혔다. 더 망설이면 도로아미타불이 될 것 같았다. 안집 여자는 "거봐, 우등생인 칠복이가 설마 엄마 가슴에 못을 박겠어?" 하면서 어머니를 달래서 자기네 방으로 데리고 갔다.

나는 부엌에 들어가 성냥 통을 들고 나와 《원앙섬》을 화장시키고 있었다. 아깝다는 생각이 들었다. 내 머릿속에 꽉 차 있었던 《원앙섬》의 내용들이 연기와 함께 영영 사라지기를 속으로 빌고 또 빌었다. 이렇게 해서 나는 겨우 《원앙섬》이라는 포로수용소에서 탈출할 수 있었다.

아버지는 어디서 듣고 왔는지 K공고에 가는 것은 말리지 않겠다고 말했다. K공고는 등록금과 학비 전액을 국가에서 대 주니 부담이 없다는 말을 덧붙였다. 그런 아버지에게 공고는 내 적성에 맞지 않으며, 나보다도 더 어려운 처지였던 영섭이 형도 D상고에 갔다고 설명했지만 허사였다. 나는 절대로 아버지 말대로 못하겠다고 대들었고, 아버지도 절대로 내 뜻대로는 못한다고 주장했다. 그러나 내 대가리가 커지다 보니 아버지에게 대들면 아버지도 조금은 움찔하는 것 같았다.

상고냐 공고냐를 두고 아버지와 또 한 번 전쟁을 치러야 할지도 모른다고 생각하니 또 우울해지기 시작했다. 우울한 날들이 계속되고 있는 사이 여름방학이 시작됐다. 방학을 했지만 신이 나지 않았다.

"칠복아, 방학 동안 우리 정독도서관에 가서 공부하자."

명훈이었다. 예전의 경기고등학교 자리에 정독도서관이 생겼다고 했다. 공부 잘하는 놈은 정보에도 밝았다.

여름방학이 시작된 지 며칠이 지난 후 명훈과 나는 새벽에 정독도서관에 갔다. 도서관 문이 열리기를 기다리는 행렬이 길었다. 경쟁이 너무 치열하고 살벌하다는 느낌이 들었다. 책상 한 자리 잡기 위해 새벽부터 몰려드는 것을 보니 인생이라는 게 이렇게 고달픈 것이라는 생각도 들었다. 경쟁이 아니라 전쟁이었다. 정문에서 표를 받을 때의 뿌듯함이 막상 자리에 앉아서 공부할 때의 그것보다 외려 더 컸다. 처음 와봤는데 시설도 깨끗한 게 남산도서관보다 훨씬 나았다.

그날 점심 때 우리는 명훈이 도시락을 나눠 먹으며 이야기를 나눴다.

"칠복아, 너 어느 학군에 지원할 거야?"

"응? 학군이 뭔데?"

"정말 몰라?"

사실 그때까지 나는 학군이 무엇인지를 모르고 있었다. 아니 관심이 없었다.

"인문계 고교에 진학하려면 자기가 속한 주소지에 속한 학군이나 공동 학군에 지원해야 되거든. 우리는 1학군이나 공동 학군에 지원할 수 있어. 나는 전통 있는 학교들이 많은 공동 학군에 지원하려고 해."

나는 지금 공고냐 상고냐를 놓고 아버지와 정리할 것이 남아 있는데 허락된다고 해도 D상고에 진학할 생각이었다. 그런데 명훈은 나도 인문계 고등학교에 진학할 것으로 알고 있는 것이었다.

"나는 D상고에 가고 싶어. 우리나라에서 제일 좋은 학교라고 알고 있거든."

나는 말이 나온 김에 명훈과 상의해보면 아버지를 설득할 수 있는 좋은 방법이 나올지도 모른다고 생각하고 그동안의 일들을 설명했다. 명훈은 서울대학교를 목표로 하고 있는 놈이니 나보다 진학에 대해서는 많이 알고 있으리라는 판단 때문이었다. 나는 명훈에게 내가 D상고에 진학해야 되는 이유를 말하고 어떻게 하면 아버지의 뜻을 꺾을 수 있는지 물었다. 그런데 명훈은 뜻밖의 말을 했다.

"칠복아, 대학을 꼭 가야 해. 그래야 집안이 일어나는 거야. 대학에 가려면 인문계 고등학교에 가야 해. 인문계에 지원해야 대학에 쉽게 갈 수 있거든. 또 사람은 자기 인생의 목표가 있어야 해. 너는 진정한 목표가 없는 것 같아. 너는 돈을 많이 버는 것이 목표라고 했는데 그것을 위해서 네 인생을 걸어서는 안 돼. 그것은 수단일 뿐이야. 목표를 정하고 도전해서 성취했을 때 그 성취감을 느끼는 것이 진정한 행복 아니겠니? 대학이 전부는 아니지만 대학은 배움의 기회를 주는 곳이야. 배움을 통해서 모든 것을 이룰 수 있어. 배움을 멈춰서는 안 되는 거야. 내가 책에서 읽은 것은 성공한 사람들은 언제나 배우고 있었어. 노력하면 대학을 갈 수 있는데도 돌아서는 것은 자기 자신의 인생을 스스로 포기하는 일이고, 그것은 자신에 대해 너무나 무책임한 짓이라고 생각해. 최선을 다해 아버지를 설득해봐. 잘 말씀 드리면 들어주실 거야. 너는 네 부모님들이 배우지 못하고 무식해서 그런다고 생각하고 있는데, 그것도 잘못된 생각이야. 우리 부모님들도 많이 배우지 못했어. 잘 설명하면 들어주시거든. 네 부모님이 너를 이해하지 못한다고 화를 내고, 부모님을 바꾸려 하지 말고, 너 자신을 먼저 바꿔봐. 네가 부모님보다 더 많이 배웠으니 대들지만 말고 차분하게 설명하면 네 아버지도 네 말을 들어줄 것 같은데."

명훈은 미리 준비한 것처럼 쉬지 않고 말을 했고, 나는 무엇에 홀린 놈처럼 듣고 있었다. 이 자식은 꼭 선생들이 하는 말만 한단 말이야.

명훈은 과학자가 되는 것이 꿈이라고 했다. 인문계 고교에 진학한 후 서울대학교에 가고 과학자가 되어 우리나라를 넘어 세계적으로 훌륭한 과학자가 되어 인류 발전에 기여하겠다는 거창한 포부를 품고 있었다. 정말 비교되어서 옆에 있기가 힘들었다. 쥐구멍이라도 있다면 잠시 숨었다 나오고 싶었다. 꿈을 가지려면 명훈이 정도는 되어야 하는데, 기껏해야 나는 돈 벌어서 고생을 면하고 호강이나 할 생각만 하고 있으니, 나는 기껏해야 일신의 영달이나 추구하는 한심한 놈이었다.

집안을 일으키기 위해서는 인문계 고등학교에 가라는 명훈의 말이 얼른 이해가 되지 않았다. 또 돈을 버는 것이 인생의 목표가 아니고 수단이란 말도 쉽게 마음에 와 닿지 않았다. 보급소 사무실에 있는 형들 중 인문계 고등학교에 다니는 형들은 없었고, 내게 명훈이 같은 말을 해준 형도 없었다.

명훈이 말한 '인생의 목표'라는 것이 내게는 있는지를 곰곰이 생각해봤다. 명훈은 내게 어떻게 살 것인가를 가르치고 있는 것이었다. 명훈은 자기 인생을 어떻게 만들어 나갈 것인가를 확실하게 정하고 있었다. '나만이 인생의 목표 없이 살고 있지는 않은가' 하는 불안이 엄습해왔다. 나만 빼고 모든 아이들이 다 확고한 인생의 목표가 있는지도 모른다. 나만이 세상살이의 어떤 질서와 대열에서 따돌림을 당하고 있는 것은 아닌지 불안했다.

"돈이 왜 인생의 목표가 될 수 없니?"라고 묻자, 명훈은 "네가 어릴 때부터 돈벌이에 나서서 돈이 전부인 줄 아는 거야"라면서 빙그레 웃었다. 명훈은 돈이 인생의 목표가 될 수 없다고 강조하고 또 강조했다. 그것은 어디까지나 수단이 될 수 있는데, 있으면 편하고 자유를 주고, 없으면 불편하고 자유롭지 못하다고도 했다. 난해한 철학 용어 같아서 잘 이해가 되지 않았다.

정독도서관을 나와 집으로 가는데도 명훈이 내게 한 말들이 머릿속을 떠나지 않고 맴돌았다. 나는 D상고 진학이냐, 인문계 진학이냐를 놓고 새로운 고민에 빠져 들었다.

1977년 8월경이었다. 집에서 제7회 봉황대기 야구대회를 라디오를 통해 듣고 있었다. 서울고교와 선린상고의 대결이었다. 나는 선린상고를 열심히 응원했다. 선린상고를 응원한 것은 내가 D상고에 갈 것이기 때문에 이왕이면 같은 상고가 이기는 것이 좋다는 생각이었고, 또 형준이 형이 선린상고에 다니고 있기 때문이기도 했다. 그러나 그 경기에서 선린상고가 지는 바람에 기분이 잡쳤다.

중학교의 마지막 여름방학이 끝나고 개학했다. 자신의 진로를 선택해야 할 시간이 점점 다가오고 있었다. 반 아이들은 삼삼오오 모여서 이런저런 이야기를 나누고 있었다. 짝꿍이 내게 물었지만 나는 아직 결정된 것이 없다고 말했다. 명훈과 다시 상의했지만 인문계로 진학을 하라는 말만 되풀이 했다. 아버지에게 잘 말하면 들어줄 것이라고도 했다. 인문계에 진학해서 대학을 가기만 하면 장학제도가 있으니 공부하는 것이 그리 어렵지 않을 것이라고도 했다. 언제나 옳았던 명훈의 말이 맞는 것 같아서 나는 인문계로 진학하기로 마음을 고쳐먹었다.

명훈이 말을 듣고 아버지 앞에서 내 태도를 바꾸기로 결심했다. 한 번 말해서 내 고집대로 안 되면 소리를 지르고 대들던 예전의 내 모습을 버리고 진지한 얼굴로 머리를 써서 설득을 시켜보기로 했다. 나는 할아버지를 끌어들여 아버지를 자극할 생각이었다. 아버지는 툭하면 자신도 얼굴을 기억하지 못하는 할아버지를 자랑하곤 했던 것이다.

미리 예상은 하고 있었지만, 내가 아버지에게 인문계 고등학교에 진학하겠다고 하자 아버지의 표정은 전에 D상고에 진학하겠다고 말했을 때보다 더 심각하게 일그러졌다.

"칠복아! 나도 네가 공부하고 싶어 하는 것을 잘 안다. 하지만 가정 형편이 넉넉하지 않으니 네 뒷바라지가 걱정돼서 K공고에 가라는 거야. 그런데 이제 인문계로 간다고 하니 애비는 어떻게 하란 말이냐?"

아버지도 내 진로를 놓고 많은 고민을 한 것 같았다. 나는 고등학교에 가더라도 지금처럼 내가 벌어서 공부하고, 인문계 고등학교를 마친 후 대학에 가더라도 내가 벌어서 다닐 것이라고 말했다. '내가 대학에 가야 집안이 일어설 것'이라는 명훈이의 말을 마치 내가 생각해낸 것인 양 의젓하게 말했다.

아버지의 할아버지인 증조할아버지가 조선 말기에 벼슬을 한 분이었는데 우리가 망가진 집안이라면 누군가 다시 일으켜 세워야 되지 않느냐, 내가 장남이고 장손이니 그 역할을 하겠다고 그럴듯하게 말했다. 아버지는 집안을 일으켜 세우겠다는 내 말에 감복했는지, 아니면 내가 벌어서 하겠다는 말에 부담감을 덜었는지, 그것도 아니라면 내 고집을 꺾기 어렵다고 판단했는지, 반대도 못하고 연신 눈을 껌벅거리며 듣고 있다가 등을 돌려 앉으며 담배를 꺼내 물었다.

"아버지, 저를 믿어 주세요. 지금까지 잘해왔잖아요."

나는 아버지에게 애원하듯 말했다.

"당신은 할 말 없으면 꼭 담배만 피우더라. 칠복이도 많이 배웠는데 칠복이 말을 들어야지. 걸핏하면 당신이 뭘 안다고 나서고 말려요."

옆에 있던 어머니는 아버지를 핀잔하며 내편을 들어줬다.

"애비로선 네 학비를 대줄 자신이 없다. 어떡하든 네 힘으로 하도록 해라. 내 마음인들 네가 고등학교를 마치고 대학가는 것이 싫겠느냐? 애비가 자신이 없어서 그런 것이니 너무 야속하게만 생각하지 마라."

나는 중학교에 와서도 내 힘으로 학비를 벌고 있었기 때문에 앞으로도 그렇게 할 자신이 있었다. 얼굴도 모르는 증조할아버지를 들먹이며 아버지를 자극한 결과 내 진로는 인문계로 결정됐다.

아버지하고 며칠에 걸친 전투는 끝났지만 우울한 생각이 들었다. 인간이면 모두 다 같은 인간일 텐데, 어찌 명훈은 그리 어른 같고, 어찌 나는 그리 아이 같은지 모를 일이었다. 명훈의 설교를 듣고 시키는 대로 했더니 이번에도 성공이었다. 내가 명훈에게 베풀 수 있는 것은 아무것도 없었다. 나는 베풂을 받기에 제격인 사람인 모양이었다. 서글픈 한숨이 절로 나왔다. 베풂을 받기만 해야 하는 서글픔이었다.

형준은 공부하는 것이 싫다고 해서 D상고를 목표로 정하고 있었다. 그래서 형준은 공부를 열심히 하지 않았다. 형준이 실력이면 대강 공부해도 D상고에 진학할 수 있기 때문이었다.

인문계 고등학교에 가기로 진로를 정하고 나자 학군을 선택하는 문제에 부딪혔다. 내가 다니던 중학교는 1학군에 속해 있었다. 당시에는 공동학군이라는 것이 있었다. 공동 학군에 속해 있던 학교는 대부분 광화문 근처에 있었다. 하지만 난 광화문이 어디에 있는지도 몰랐다.

그런데 명훈이 말은 공동 학군에 속하는 학교들 중에는 명문 고등학교가 많다는 것이었다. 그러면서 명훈이는 공동 학군에 지원할 거라고 했다. 나도 명훈이를 따라 공동 학군에 지원하기로 했다.

하지만 명훈이의 생각은 바뀌었다. 1학군에는 신흥 명문이라고 불리는 학교들이 있었기 때문이다. 공동 학군 중에는 경복, 배재, 서울, 대신, 중앙 등의 명문 학교들이 있었다. 이상한 일이었다. 야구를 응원할 때는 선린상고를 응원하면서 서울고가 싫었는데 전통 있는 명문 학교라는 말에 서울고를 무턱대고 좋아하게 된 것이었다. 그래서 나는 그냥 처음 마음먹은 대로 공동 학군에 지원했다. 막상 그러고 나서는 명훈이를 따라 1학군에 지원하지 않은 것을 두고두고 후회했다. 한마디로 별다른 생각 없이 무턱대고 명훈이가 하는 대로 따라가고 싶었던 것이다.

연합고사가 점점 다가오고 있었다. 명훈이네 집에 명훈이가 정리한 자료를 받기 위해 갔다. 명훈의 공부방 벽에는 '1220고지를 점령하라'는 구호가 붙어 있었다. 연합고사가 1977년 12월 20일에 실시되기 때문이었다. 준비성이 강하고 성실한 명훈은 마지막으로 정리했다며 자기가 보던 두툼한 노트를 내게 줬다. 명훈이가 정리한 노트는 내게 많은 도움을 줬다. 어떻게 이렇게 정리를 잘해놓았단 말인가.

1220고지가 다가오고 있었다. 체력장 시험도 봐야 했다. 새벽에 신문을 돌리고 학교에 와서 체력장에 대비한 연습을 했다. 방과 후에는 수금을 다닌 후 집에 와서 마지막 정리도 해야 했다. 잠이 많이 부족해서 수업 시간에 조는 것이 다반사였다. 몸도 마음도 지치면 쉬는 시간에 나는 명훈이네 반으로 달려가 명훈의 얼굴을 보고 자극을 받았다. 명훈은 독한 놈이어서 전혀 흔들림이 없었다. 방과 후 자기네 집으로 오라고 했다. 명훈의 집에 갔더니 명훈 어머니가 먹음직스러운 쇠고기를 준비했다가 우리에게 줬다. 그 후로도 이런 일이 여러 번 있었다.

태어나서 두 번째로 코피 터지는 일이 발생했다. 싸움을 하다가 맞아도 코피 터지는 일이 없던 나였다. 공부로 피곤해서 코피가 난 것인지, 아니면 신문 돌리는 것이 고돼서 그런 것인지는 몰랐지만 나는 열심히 최선을 다하고 있다는 행복감을 느꼈다.

마침내 우리는 연합고사를 봤다. 그러고 나서 어느 날 명훈과 나는 우리가 다니던 중학교에 갔다. 고등학교 배정번호를 받기 위해서였다. 명훈은 47번, 난 58번을 배정받았다. 우리는 서로 원하는 학교에 배정되기를 기원하며 헤어졌다.

이튿날 집에서 학교 배정 방송을 듣기 위해 라디오 앞에 앉았다. 공동 학군부터 발표하고 있었다. "○○번 어느 학교, ××번 어느 학교" 하면서 방송이 나오고 있었다. "56번 경복"이라고 하는 방송이 울려 나왔다. 나는 그 순간 직감했다. '58번은 서울고가 틀림없구나.' 아닌 게 아니라 내 예감은 적중했다. 전통 있는 서울고에 배정된 것이었다. 나는 라디오를 계속 들었다. 명훈이가 갈 학교가 궁금해서였다.

공동 학군 발표가 끝나고 1학군을 발표할 차례였다. "○○번 어느 학교, ××번 어느 학교"라는 방송이 이어졌다. 얼마 후 "47번 서라벌고"라는 말이 흘러나왔다. 나는 매우 기뻤다. 명훈이도 원하는 학교에 배정받았기 때문이다. 모처럼 질투심을 가라앉힌 운명의 여신이 우리 편이 됐나 보다. 우리 둘이 동시에 원하는 학교에 배정되는 것은 확률적으로 봐도 매우 낮았으니까.

나는 몹시 흥분하고 있었다. 인문계 고등학교로 진학하게 됐다는 것이 비로소 실감났다. 또 학교를 배정하기 5일 전에 '제발 서울고교가 나왔으면 좋겠다'라고 일기에 쓴 적도 있기 때문이다.

흥분한 마음에 가만히 있을 수가 없었다.

집 밖으로 뛰어나갔다.

갈 곳이 있었다.

명훈네 집이었다.

있는 힘을 다해 달려갔다.

명훈도 상기되어 있었다.

우리는 너무 좋았다.

우리는 얼싸안고 좋아했다.

2004년의 크리스마스

나는 명훈의 뜻에 따라 인문계 고등학교로 진학했다. 그해 겨울방학 동안에도 명훈과 함께 공부했고 많은 것을 얻어들었다. 학교는 달랐지만 고등학교 1학년 동안 매주 한 번씩 만났다. 매주 토요일마다 명훈을 찾아갔다.

그러나 고민이 하나 생겼다. 집에서 학교까지 등교하는 데 시간이 많이 걸려 아침 6시에 집에서 나가야 지각하지 않고 학교에 도착할 수 있었다. 그러다 보니 새벽에 신문을 돌릴 수 없게 됐다. 신문 배달을 해야 나름대로 풍족한 경제생활을 할 수 있고, 등록금 걱정을 덜 수 있기 때문이다.

광화문에 있는 학교 근처에서 석간신문을 돌려 보기로 하고 근처 보급소를 찾아 나섰지만 생각보다 쉽지 않았다. 여기저기 알아만 본 채 포기하지 않을 수 없었다. 경제적인 문제를 스스로 해결하겠다는 약속도 덩달아 지키지 못하게 됐다. 아버지에게 늘 미안했다. 그러나 아버지는 내게 "이놈아! 약속을 지켜라" 하는 말을 하지는 않았다. 나는 이 말을 안 하는 아버지가 좋았다. 아버지는 통학할 때 '차 조심하라'는 말만 가끔 했다.

　경제적으로 압박을 받는 학교생활은 또 나를 움츠러들게 만들었다. 가난한 놈이라는 것이 반 아이들에게 알려져서 반 친구들의 도움도 많이 받았다. 어떤 놈은 자기 누나가 보던 참고서라면서 가져다주기도 했다. 정말 고마웠지만 고맙다는 말이 나오지 않았다. 비굴해 보이고 싶지 않았기 때문이다. 속마음을 털어놓을 수 있는 친구 하나 사귀지 못했다. 항상 혼자 다녔다. 학교가 다르다 보니 내가 명훈과 함께할 수 있는 시간도 차츰 줄어들었다.

　'이럴 줄 알았더라면 1학군에 지원할걸…' 하고 때늦은 후회도 했다.

　"칠복아! 인생은 자기 발로 걷는 거야" 하면서 명훈이 내게 강인한 의지를 심어 주려 했지만 나는 잘되지 않았다. 고등학교 1년 내내 학교에서 외톨이로 지냈다.

　2학년 때 나와 비슷하게 가난하고 외로운 친구 하나를 우연히 만나 그 친구와 보낼 수 있었다. 이 친구는 3학년 때도 같은 반이 됐다. 그래서 2년 동안 이 친구하고만 다녔다. 그렇다고 해서 다른 아이들하고 전혀 말을 하지 않고 지냈다는 것은 아니다. 속마음을 시원스럽게 터놓고 말하지 않았을 뿐이다.

　또 무사히 고교 3학년을 마치고 나는 대학교에 진학했다. 당시는 전두환 대통령이 집권한 시기라 학교가 어수선했다. 연일 집회가 열렸고, 휴강도 잦았다. 나는 학비를 조달해야 했다. 하지만 마땅한 일자리가 없었다. 그래서 새벽에 신문을 돌렸다. 내가 가장 자신 있게 할 수 있는 것이 신문 배달이었기 때문이다. 하지만 낮에 수금을 하러 나가는 것을 창피스럽게 생각하고 있는 자신을 발견하고 놀라지 않을 수 없었다. 보급소장의 이해와 협조로 오후에 하는 수금을 한 달에 몇 번만 나갈 수 있었다. 그것만 갖고는 생활이 어려웠다. 그래서 '몰래바이트'라고 했던 입주 과외를 소개받아 군대 가기 전까지 꼬박 1년을 했다.

군대 3년을 마치고 복학을 해야 했다. 등록금이 문제였다. 제대를 하자마자 아르바이트 자리를 구해 일하고 있었지만 등록금은 목돈이 들었다. 하는 수 없어 은행에서 일하던 형준을 만나 사정을 말했더니 등록금을 내줘서 학교에 복학할 수 있었다. 대학생활 동안에도 주위 친구들이나 아는 선후배들에게 내 자신의 삶에 대해 밝히는 것을 꺼렸다. 그래도 대학에는 자유가 있어서 좋았다. 나는 비밀 과외 아르바이트를 하면서 경제적 궁핍을 메워 나갔다.

어렵사리 대학을 졸업했으나 남들처럼 곧바로 취직을 하지 않고 고시 공부를 시작했다. 누구누구처럼 훌륭한 법조인이 되어서 억울한 사람들을 돕기 위해서라든가, 아니면 크게 출세하기 위해서 라든가 하는 거창한 이유가 아니었다. 다만 반듯한 직업 하나 갖고 살고 싶다는 생각이었다. 법조인이 되면 최소한 나 자신은 억울한 처지에 빠지지 않을 것이라는 막연한 기대감이 있었기 때문이다.

그러나 전공도 아닌 사법고시는 생각보다 어려웠다. 경제적인 상황도 걸림돌이었다. 초등학교 시절부터 무모한 구석이 있던 나는 30살이 되어서도 여전히 돈키호테였다. 애초부터 경제적인 상황을 고려하고,

내 머리 수준도 고려하고 도전을 했어야 한다고 여러 번 후회했다. 나를 잘 알던 명훈은 절대 고시는 안 된다고 말렸었다. 고생하면서 살아온 부모님을 봉양하라는 게 한 이유였고, 고시는 마약과 같아서 한 번 중독되면 헤어나지 못하는 속성이 있다는 소리를 들었다는 것이 다른 이유였다. 하지만 나는 고시가 인생의 마지막 도전이기를 바라며 고집을 부렸다.

'나'라는 존재에 깊이 뿌리 박혀 있는 열등감을 털어버리기 위해서 한 번쯤 커다란 성취감을 맛볼 필요가 있다는 생각이었다. 그래서 고시는 멈출 수 없이 질주하는 자동차가 되고 있었다. 나를 포함해서 그 어느 누구도 브레이크를 걸 수 없었다.

우둔했던 나는 참 복이 많은 놈이었다. 고등학교 1학년 때 같은 반이었던 친구를 10년 만에 우연히 만났다. 그 친구는 나를 도와주겠다고 했다. 자기도 어려운 처지에 있었는데 그는 다른 친구 세 명과 함께 2년 반 동안 경제적으로 지원해줬다. 한 명이 3만 원씩 갹출해서 12만 원을 만들어 매월 통장으로 보내줬다. 다른 선배 형도 매월 10만 원씩 보태줬고, 때로는 후배들도 나서서 도와줬다. 정말로 복이 많은 놈이었다.

나는 칠전팔기 끝에 고시에 합격할 수 있었다. 그 후 운전면허를 취득할 때도 정확히 칠전팔기였다. 재주는 별로 없고 버티는 데만 자신이 있다 보니 그런 것 같다는 생각을 하고 혼자 쓴웃음을 지었다.

고시 공부를 하면서는 입시학원 수학 강사와 고시학원 강사를 하면서 돈을 벌기도 했다. 그때는 그것이 그렇게 지겨울 수가 없었다. 언젠가 한 번 시험에 떨어진 직후 명훈, 형준과 소주를 마시고 술김에 자살하겠다고 철로에 누워 버렸다. 이 버릇은 어릴 때나 나이 서른 살이 넘어서나 여전했던 것이다. 화가 나고 뜻대로 안 되면 죽어버리겠다는 생각을 했던 나를 돌아보면 또 쓴웃음이 절로 나오곤 했다.

하늘의 도움과 보살핌으로 또 나를 도와주던 사람들의 정성을 갸륵히 여긴 신께서는 내게 합격이라는 선물을 가져다줬다. 처음 합격했다는 사실이 잘 실감나지 않았다. 합격하고 나서도 자다가 시험에서 떨어지는 꿈을 꾸고 가위눌린 적도 있다. 꿈에서 깨 보면 떨어지는 것은 꿈이었고, 합격한 것이 현실이라는 것을 알고는 마음이 놓였다.

나는 사법연수생이라는 떳떳한 직업을 갖게 됐다. 고시 공부하는 동안 사람들을 거의 만나지 않았다. '직업이 무엇이냐?' '어느 직장을 다니느냐?'고 물으면 대답할 말이 없기 때문이기도 했고, 또 '네 머리로 무슨 고시 공부냐?'라고 업신여기지 않을까 하는 자격지심 때문이기도 했다.

친척들도 내게 한마디씩 했다. 대학까지 나왔으면 빨리 취직해서 돈을 벌어야지 무슨 얼어 죽을 놈의 고시 공부냐고 하면서.

"공부하는 데 한 푼도 보태주지도 않은 사람들이 감 놔라 대추 놔라 말들도 많아."

어머니는 나를 위로했다.

친척들 말이 맞다. 사실 우리 집 같은 형편에 대학까지 졸업했으면 가문의 영광으로 알았어야 했다. 그러나 그놈의 자존심은 '절대로 포기하지 말라'고 나를 다그쳤다.

합격을 하고 직업을 얻으니 결혼도 할 수 있었다. 합격생들에게 뚜쟁이들이 많이 달라붙었다. 나는 결혼 상대를 만나기 위해 선배들로부터 자주 여자를 소개받았다. 그래서 1997년 2월 초 3일간의 연휴 동안 C호텔 커피숍에서 네 명의 여인을 만났다. 이때 만난 낭자들 중 네 번째 만났던 여인이 지금의 아내다. 나머지 세 명의 젊은 낭자들하고는 30분 정도를 이야기를 나눴다. 나이 차이가 많이 나서 나하고는 잘 맞지 않을 것이라는 예감이 들었다.

하지만 네 번째 여인이었던 현재의 아내는 처음 만나던 날 장장 6시간 30분 동안 이야기를 나누면서 저녁식사도 함께했다. 나는 이때 신용카드를 처음 사용해봤다. 이 여인은 어머니가 소개해준 여인이었다. 어머니처럼 신앙심이 두터워 교회를 열심히 다니고 있었다.

'그래, 내가 기다리던 여인이 이 여자구나!'라는 생각이 들었다. 나는 세 번째 만날 때 청혼을 했다. 청혼하던 날의 기억을 결코 지울 수 없다. 나는 "이제, 우리 그만 만나자!"고 말하며 상대방의 반응을 떠봤다. 그녀는 무척이나 놀라고 있었다. 나는 바로 "같이 살고 싶다"는 말을 했다. 멋있게 청혼하려고 거울 보고 연습까지 했는데 생각보다 연기가 서툴렀나 보다. 나는 아내가 될 여인에게 앞으로 어떻게 살겠다는 포부를 밝혔다. 내 말을 들은 예비 아내는 눈물을 흘렸다. 나는 그날 결혼식 날짜까지 잡아 버렸다.

찻집에서 나와 바로 예비 아내와 나는 손을 잡고 신사동 밤길을 걸었다. 이제 결혼할 수 있을 것 같다는 실감이 들었다. 결혼을 서둘렀던 것은 손자를 간절히 기다리고 있는 아버지 소원을 빨리 들어줘야 했기 때문이다.

사법연수원을 마치고 나는 남들이 가지 않는 정부 산하기관에 들어 갔다. 많은 사람이 만류했다. 하지만 나는 내 고집대로 했다. 현장 경험 을 쌓아 전문성을 갖춘 변호사가 되어야 한다는 것이 내 판단이었다. 그래서 2002년 봄 미국 유학길에 올랐던 것이고, 거기서 두우쟁이 명 훈의 죽음을 들었다.

2002년 가을, 내가 미국에서 공부하고 있을 때 명훈은 만 40세의 나이 로 세상을 떠났다. 명훈의 죽음을 울면서 알린 것은 형준이었다. 그런 데 그 형준이마저 세상을 떠나갔다. 2004년 12월 25일 크리스마스날 만 42세의 나이로….

D상고를 우수한 성적으로 졸업한 형준은 한 은행에 취업했다. 나는 군에서 제대한 후 복학을 해야 했지만 등록금을 마련할 길이 없었다. 여기저기 알아보다가 형준을 만나 걱정을 토로했더니 "칠복아! 걱정하 지 마. 등록금 정도는 내가 도와줄 수 있어" 하고 말했다. 자신의 직장 으로 와보라는 날 갔더니 하얀 봉투에 등록금을 준비해서 내게 건네줬 다. 이렇게 고마울 수가 있단 말인가? 그런 형준이는 회사 구조조정에 서 밀려나 자영업을 하면서 내내 마음고생을 하다가 이 세상을 떠났다.

형준과 나는 서로에게 콤플렉스를 느끼며 살아왔다. 어릴 때는 내가 형준에게 콤플렉스를 느꼈고, 내가 대학에 간 이후로는 형준이 내게 콤플렉스를 갖고 있었다. 형준과 나는 중학교 시절에도 자주 다퉜지만, 그 후에도 자주 다퉜다. 형준의 죽음이 너무나 허무했고 너무나 허탈했다. 이렇게 일찍 이별할 줄 알았더라면 좀 더 따뜻하고 정겹게, 좀 더 친밀하고 부드럽게, 좀 더 애정과 사랑으로, 그렇게 살고 그렇게 대했더라면 내 마음이 조금은 덜 아플 텐데…. 형준이 죽어가면서 행여 마음속에 담아 두고 있는 나에 대한 원망은 없었는지 나는 다 용서받고 싶다.

나의 심한 열등감은 자존심만 강하게 만들던 것 같다. 치사하지 않으려고, 또 자존심을 지키기 위해 거세게 몸부림을 치며 살아왔다. 그 알량한 자존심이 죽기 전의 형준과 또 한 번 충돌하게 만들었다. 아! 어쩌란 말이냐, 이 아픈 가슴을.

나는 작년 크리스마스부터 올해 초까지 정말 힘들었고 인생에 대해 깊은 회의를 느꼈다. 명훈의 죽음을 듣고 놀랐고, 형준의 죽음을 접하고 경악했다. 가슴이 찢어질 듯 아려왔다. '죽음!'이란 이 세상과의 작별은 갑자기 문을 열고 불쑥 나서듯 그렇게 갑자기 찾아오는 것 같았다. 어떻게 친구인 명훈과 형준에게 죽음이라는 가혹한 형벌이 2년이라는 짧은 기간에 연이어 내려질 수 있는지. 믿을 수 없는 일이, 아니 믿어지지 않는 일이었다.

이것은 하늘의 실수였다. 세상을 살다 보면 별의별 일이 다 있다고는 하지만 이건 도저히 말도 안 되는, 정녕 있을 수 없는 일이 아닌가? 처음에 나는 이것이 꿈이기를 간절히 바랐다. 하지만 이것은 현실이었고 현실을 받아들이는 데는 시간이 필요했다. 허망한 것이 인생이라더니 이렇게 갈 줄은 정말 몰랐다.

나는 죽음이라는 영원한 여행을 떠나는 명훈과 형준을 배웅하지 못했다. 명훈아! 혼자 떠나는 것이 외로워 형준이를 데려갔느냐? '두 녀석이 외롭지 않게 함께 영원한 여행을 하게 되었구나'하고 속으로 위안을 해봐도 씁쓸한 여운은 조금도 가시지 않았다.

내게는 사춘기가 내 나이 또래들보다 먼저 왔다. 초등학교 5학년 때부터 신문을 배달하다 보니 많이 되바라져서 그랬던 것 같다. 보급소에는 나보다 나이를 많이 먹은 형들이 있었는데 이들과 함께 생활하다 보니 또래들보다 매우 조숙했다. 사춘기 시절인 소년 때 나는 외로움으로 떨어지는 낙엽만 봐도 눈물을 흘렸다. 유년의 기억이 사무치는 아픔으로 다가오는 날은 죽고도 싶었다. 이럴 때 두우쟁이 명훈과 형준이 내 옆으로 가까이 다가와 줬다. 이 두 친구가 나의 빈 곳을 채워줬다.

형준을 떠나보내고 나는 집에서 사진을 정리하고 있었다. 중학년 3학년 때 봄소풍을 가서 셋이서 찍은 빛이 바랜 흑백 사진 2장, 가을소풍 가서 셋이 찍은 흑백 사진 2장이 남아 있었다. 나는 주르르 두 뺨 위로 흐르는 눈물을 주체하지 못했다. 슬픔의 눈물, 아쉬움의 눈물, 허무함의 눈물, 표현할 수 없는 만감이 교차하고 있었다.

나는 끝내 울음을 터뜨리고 말았다. 곁에 있던 아내는 떨리는 내 어깨를 와락 껴안았다. 아무 영문도 모르는, 초등학교에 막 입학한 딸아이는 옆에서 "아빠, 아빠, 울지 마" 하고 내 팔에 매달렸다.

내가 소월의 〈초혼〉을 좋아했던 시기는 중학교 3학년 때였다. 비구니가 됐다는 주희 누나를 생각하며 그 시를 읽었다. 감수성이 예민했던 사춘기 시절에 나는 오늘을 위해 초혼을 외워두었는지도 모르겠다.

산산이 부서진 이름이여!
허공 중에 헤어진 이름이여!
불러도 주인 없는 이름이여!
부르다가 내가 죽을 이름이여!

심중에 남아 있는 말 한마디는
끝끝내 마저 하지 못했구나.
사랑하던 그 사람이여!
사랑하던 그 사람이여!

붉은 해는 서산마루에 걸리었다.
사슴의 무리도 슬피 운다.
떨어져 나간 앉은 산위에서
나는 그대의 이름의 부르노라.

설움에 겹도록 부르노라.
설움에 겹도록 부르노라.
부르는 소리가 비껴가지만

하늘과 땅 사이가 너무 넓구나.

선 채로 이 자리에 돌이 되어도
부르다가 내가 죽을 이름이여!
사랑하던 그 사람이여!
사랑하던 그 사람이여!

명훈과 형준은 이제 이 세상을 떠나 흙으로 돌아갔다. 명훈은 내게 있어 의연한 형이었다. 형준은 미운 정 고운 정이 많이 든 친구였고, 또 다른 나의 거울이었다. 두 명의 친구들은 이 세상을 먼저 떠났다. 어린 아들 2명과 어린 딸 2명을 각각 남겨둔 채…. 그들의 어린 아들과 어린 딸은 아마도 "아빠, 죽지 마요, 내가 있잖아요. 아빠가 죽으면 우린 어떻게 살아요"라고 외쳤을 것이다. 내가 어릴 때 그랬던 것처럼….

중학교 시절 함께 찍은 사진을 보면 볼수록 지난 시절이 생각나 눈물이 났다. 태어나서 이렇게 많이 울어 본 적이 없었다. 어린 시절 절대 눈물을 보이지 않으리라 다짐했건만 40이 넘은 나이에 왜 이리도 눈물이 흘러내리는지.

나만 홀로 남겨둔 채 세상을 먼저 떠난 나쁜 자식들이 자꾸 생각나 사진을 찢어버리려고 했더니 곁에 있던 아내가 말렸다. 아내의 눈에도 눈물이 고여 있었다.

살아오면서 주위 사람들에게 진 빚이 참 많다.

'젊었을 때 고생은 사서도 한다'고 한 5, 6학년 때 담임 선생님,

신문 보급소 사무실의 잊을 수 없는 형들,

명훈과 형준, 두 친구는 속이 깊었던 친구들이었다. 정말 이 세상에 이런 친구들이 있었을까?

특히 명훈이는 가장 소중했던 친구요, 형이요, 선생님이었다.

명훈은 정신적으로 많이 의지했던 친구였다.

내게는 망가질 수 있는 기회가 많이 있었고 또 나는 유혹에 약했다.

그런데 내게 두우쟁이 명훈이 다가왔다.

내 곁에 그가 있었기 때문에 빗나가지 않고 망가지지 않았다.

먼저 간 명훈이의 몫까지 살아야 한다.

물론 형준의 몫도 내 몫이 됐다.

명훈은 내게 있어 두우쟁이였다. 두우쟁이라는 이름은 물고기 전문가도 생소하게 여기는 물고기다. 좀처럼 보기 힘들고 채집하기가 하늘의 별 따기만큼이나 어렵다고 한다. 해마다 같은 시기, 4월 곡우를 전후로 한강, 임진강, 금강을 거슬러 올라와 얕은 물에 산란을 하고 깊은 물로 사라진다. 곡식에 필요한 비가 내린다는 뜻을 가진 곡우는 농사에 중요한 절기인데, 이때를 맞춰 나타나는 물고기가 두우쟁이다.

두우쟁이여! 어찌하여 이 모래무지에게 물보라만 치고는 어디로 눈물처럼 사라져 갔는가!

에필로그

2005년 12월 24일, 이 책의 초판인 《모래무지와 두우쟁이》를 출간했
다. 출간일은 故김경현(형준)의 1주기가 되는 날이었다.

어린 시절 여동생 상숙과 상순(숙이와 순이)을 떠나보낸 후 나는 죽음
에 매우 민감해졌다. 슬픈 사연을 안고 죽어간 아이들의 언론 보도를
보면, 그 모습이 동생들의 죽음과 오버랩 되면서 나도 모르게 눈물을
흘렸다. 그 후 어린 시절과 젊은 시절의 세상살이는 힘겨웠고, 허무와
염세와 비관이 나를 지배했다.

이상설(명훈)은 2002년 40세의 나이에 세상과 작별했고, 상설의 죽
음을 알린 또 다른 친구 경현은 2004년 42세의 나이에 세상을 떠났다.
죽음이라는 이 세상과의 작별은 문을 열고 불쑥 나서듯 그렇게 갑자기
찾아왔다. 나도 언제 세상과 작별할지 모른다는 강박관념 속에서, 가난
과 어둠 속을 헤매던 나를 진흙 속에서 꺼내주고 세상을 떠난 친구들과
나눈 우정을 기록으로 남기고 싶었다. 그래서 친구들에게 바친다는 심
정으로 이 책을 썼다.

출간한 이후 독자들로부터 전화도 많이 받고 만남도 있었다. 솔직한 책을 써줘서 삶의 용기를 얻었다는 말들을 했다. 특히 기억에 남는 것은 6.25전쟁 때 월남했다는 80대 어르신과의 통화, 미국과 중국 교포 몇 분과의 만남, 대구 경혜여자중학교 홍옥교 교장 선생님과 학생들과의 만남이었다.

그러나 출간 후 얼마 지나지 않아 서점에 깔린 책들을 거둬들이고 절판시켰다. 처음 책을 내겠다고 했을 때부터 굳이 어려웠던 과거를 책으로 알릴 필요가 있느냐며 가족들이 모두 말릴 정도로 반대가 심했기 때문이다.

《모래무지와 두우쟁이》를 출간한 후 어느덧 16년이 흐르고 있다. 출간 당시는 변호사 활동을 했다. 2007년부터는 교육자의 길을 걷고 있다. 선생의 길은 참으로 어렵다. 선생은 제자들에게 모범을 보여야 하기 때문이다. 또 선생으로서의 내 언행과 가치관이 은연중에 제자들의 정서적인 면에 깊이 영향을 미치기 때문이다.

어린 시절부터 세상살이를 힘겨워하면서 허무, 염세, 비관이 나를 지배했지만, 선생이 되어 제자들을 가르치면서 나는 참 많이 변했다. 나의 내면에 잠재되어 나도 모르게 튀어나오는 허무, 염세, 비관을 제자들에게 가르칠 수는 없는 노릇이었다.

나는 젊은이들에게 고민과 갈등을 최소화하고 행복을 찾아가는 여정이 인생이 아닌가 생각한다고 말하기 시작했다. 이 세상에 왔다가 저 세상으로 가는 게 인생이라면, 진정 자신을 불살라보자고 말하기 시작했다. 불행하게 살다 가는 것이 너무나 억울하다는 생각이 들었기 때문이다.

그 언젠가 인생의 무거운 짐을 내려놓게 되는 날, 우리 모두는 "정말 충실하게 삶을 고민하고 갈등했지만, 그래도 최선을 다해 살면서 행복해지려고 노력하다가 저세상으로 갑니다"라고 말하자고 말하게 되었다.

선생이 된 후 이 책을 중고로 사서 읽었다는 제자들이나 복간을 권하는 제자들이 많았다. 출간에 가장 반대가 심했던 아버지도 2015년 세상을 떠나셨고(아버지에 관한 글을 쓰고자 생전에 인터뷰하고 일생을 기록으로 남기면서 아버지 생각도 많이 바뀌었다), 이제 내 나이도 살아온 시간보다 살아갈 시간이 점점 줄어들면서 사람들에게 '이런 삶도 있다'는 사실을 남겨 보기로 했다.

자신의 삶을 부둥켜안은 채, 자신의 삶을 사랑하라고 말해주는 것도 의미 있는 일이라고 생각했기 때문이다. 그래서 이 책을 복간하라는 권유를 받아들였다.

스승 같던 친구 상설을 만나지 않았다면 모든 게 달라졌을 것이다. 상설은 선생님처럼 나를 이끌어줬다. 어린 시절 열등감에 시달리느라 모래 속에 몸을 잔뜩 움츠린 모래무지 같았던 나에게, 상설은 농민들이 비를 애타게 기다리는 4월 곡우 무렵에 빗물과 함께 강가에 잠시 나타났다 사라지는 신비한 물고기 두우쟁이였다.

나
이 세상 소풍 끝내는 날
우리
다시 강에서 만나리라.

우리는 다시 강에서 만난다 2

초판 1쇄　2021년 7월 19일

지은이　이상복
펴낸이　서정희
펴낸곳　매경출판㈜
책임편집　조문채
마케팅　강윤현 이진희 장하라
디자인　김보현 김신아

매경출판㈜

등록　2003년 4월 24일(No. 2-3759)
주소　(04557) 서울시 중구 충무로 2(필동1가) 매일경제 별관 2층 매경출판㈜
홈페이지　www.mkbook.co.kr
전화　02)2000-2612(기획편집)　02)2000-2636(마케팅)　02)2000-2606(구입 문의)
팩스　02)2000-2609　**이메일**　publish@mk.co.kr
인쇄 · 제본　㈜M-print　031)8071-0961
ISBN　979-11-6484-304-6(04810)